愛のない身分差婚のはずが、極上御曹司に甘く娶られそうです

水守真子
Masako Mizumori

Eternity
BUNKO

目次

愛のない身分差婚のはずが、
極上御曹司に甘く娶られそうです

○プロローグ

今日は三連休前のせいか電話が多い。対応しているだけで時間があっという間に過ぎてしまう。

来客から書類を受け取るため一階受付ロビーに来ていた原乃々佳《はらののか》は、焦る気持ちを抑えつつ、エレベーターの『昇る』ボタンを押した。

午後二時、昼時を過ぎたエレベーターホールに人はまばらだ。

階数を表示する電光板を見上げて、気持ちを落ち着かせようと口から深い息を吐《は》いた。

席に戻ったら、預かった書類を上司の机の上に置いてから、取引先に電話をしなくてはいけない。こちらからお願いをする内容なので、少しどころかだいぶ気が重い。家の電話なんて数える程しか使ったことがなかったから、電話という声だけのコミュニケーションの難しさは就職してから知った。取引先や仕事内容をある程度理解していないと、メモを取るのも一苦労だ。口調や声色はもちろん、言葉遣いを間違えればクレームに繋がる。

考えをまとめながら乃々佳はやってきたエレベーターに乗り込んだ。

いつも前向きだよねと言われるけれど、電話をかける前は気持ちのハードルが格段に上がる。どんな仕事も前向きに頑張ろうと思えるのは、松豊川《まつとよがわ》商事という人気企業に就職出来たから。

それを報告した時の両親の喜んだ表情を、曇《くも》らせないと心に決めたのだ。働き者の両親の子どもなのだから、私もちゃんと出来るはずだと、勝手に勇気をもらっている。

それに、大好きな甘いものを自分へのご褒美にすれば、案外毎日を乗り切れるものだ。冷凍庫にある新作のチョコレートアイスを思い浮かべただけで乃々佳の頬は緩《ゆる》んだ。濃厚バニラアイスに三種類の砕かれたナッツがチョコレートコーティングされている箱入りの高級アイス。口の中で濃厚にとろけて至高の時間に浸れる。一人暮らしなので節約を心掛けているが、疲れている時にコンビニで奮発するアイスは別扱い。後悔するより楽しむのが正しいのだ。

乃々佳は緩《ゆる》みまくった頬を引き締めた。話す内容をメモにまとめてから電話を掛ければ少しは気が楽になる。

エレベーターから降りて仕事の段取りを考えつつ、電話の音が鳴り響くオフィスへと足を踏み入れた。仕事に関する会話が聞こえてくるだけで自然と気が引き締まる。足早に自分のデスクに戻ろうと足を向けたところで呼び止められた。

「ちょ、原さん！　ま、まさか、船井《ふない》さんが来てた？」

「あ、はい。来てました」

返事をしながら乃々佳が振り向くと、同僚の星野絵瑠《ほしのえる》が、乃々佳が持っている封筒を指差していた。それは先程ロビーで受け取った封筒で、つられてそれに視線を落とす。

大きく印刷されている『株式会社萱丸《すがまる》』という社名が目に入って来て納得した。オフィスサプライを取り扱うこの会社の営業担当は船井だ。絵瑠はイケメン船井のファンだから、すぐに気付いたのだろう。

「さっき受付にいらっしゃって、早見《はやみ》部長への書類を預かったの。言えば良かったね」

会議室に通す必要がなければ、基本的に来客は一階受付ロビーで対応する。終日外出の上司の早見から、船井が来るので書類を受け取ってほしいと頼まれていた。

今まではずっと先輩が受け取っていたのだが、最近は課内で新入りの乃々佳がロビーまで取りに行くようになった。船井はその先輩のことも「元気ですか」と尋ねてくれる、イケメンな上に大変に気遣いが出来る人なのだ。

いつもなら船井が来社すると聞けば、ちょっとした話題として絵瑠に振る。けれど今日は忙しくて、直前まで船井がやってくることさえもすっかり忘れていた。

「で、かっこよかった？」

花より団子の乃々佳とは正反対の絵瑠は、船井に興味津々の様子だ。

「うん、いつも通りに爽やかだった」

今日も素晴らしい営業スマイルだった。乃々佳の癒しといえば甘いものだが、絵瑠にとってはイケメンなのだろう。

絵瑠の『もっと何かあるだろう』というキラキラした目に気圧《けお》されて、今日の船井の姿を懸命に思い出す。

「えーっと、船井さんのワイシャツの衿《えり》も袖《そで》もアイロン完璧だった。靴もピカピカで、もちろんスーツにヨレもなし。バッグも清潔で中もチラッと見えたけど整理されてたよ。いつも清潔感がある人だよね」

乃々佳の観察結果に、絵瑠は目を細めた。

「エグイ。相変わらずチェックがエグイ」

「ごめん……。気を付ける……」

身だしなみに厳しい家がすぐそばにあったからついつい見てしまうのだが、度が過ぎるのは確かに失礼だ。けれど書類を受け取っただけで、他にした会話といえば先輩のことくらいだから、得た情報はその程度しかない。

「私が対応したかったなぁ」

「うちのお客様だから難しいかも」

総務課のお客様の対応を経理課の絵瑠にお願いするのは全員が不在の時くらいだろう

から、現実的には難しいだろう。

高身長の整った塩顔で手足が長く低音の声もいい。女性が色めき立つ要素を兼ね備えた営業マンの船井。一目見れば「あの人ね！」と覚えてもらえるイケメンで、女子社員に対しての対応はとても物腰が柔らかく、あざといくらいだ。

絵瑠がチラリと物欲しげな視線を向けてきた。

「原さんからさ、飲みに行きませんかって、今度聞いてみてくれないかな。原さんのキャラなら、けっこう、こう、サラッと頼めそうなんだけど」

「うん。いいよ」

絵瑠は一瞬固まった後、身を乗り出した。まさか即答するとは思わなかったというような反応だ。

「え、まじで？　本当？　言ってみるもんだね。ありがとう」

「先輩も来るって言えば、船井さんは来てくれそうな気がするんだよね」

船井は何となくだが先輩に会いたがっている気がする。それを置いても、他の会社の人と食事をしながら話す機会を作るのは楽しそうだ。共通項もない知らない人と食事をするのはちょっと怖いけれど、取引先の会社の人なら多少安心感があった。

絵瑠は飲み会の話に興奮したのか、本音をポロリと漏らす。

「うちの会社にも船井さんレベルのイケメンがいればいいのに」

「それ、男性陣も美人がいればいいのにって思っているから……」

乃々佳が周りを憚《はばか》って小声で答えると、それはそうだけど、と絵瑠は苦笑して腕を組む。

「乙女ゲームみたいにさ、イケメンに囲まれるって夢なの。船井さんってこう三百六十度完璧だからさ」

「乙女ゲーム？」

「ああ、聞かなかったことにして」

絵瑠は慌てて手を横に振ったが、とにかく船井がストライクで好みらしい。理想の好みのタイプが現実で知り合いにいるだけで、人生が華やかになるのだろう。

こういう時に、自分は非現実的な家のそばで育ったのだと乃々佳は痛感する。

「あ、でも、男性社員は原さんのことは可愛いと言ってるよ」

「いいよ、そういう持ち上げしなくても、ちゃんと船井さんには聞いてみるから大丈夫だよ」

乃々佳は苦笑しながら絵瑠の忖度《そんたく》を受け流した。自分の見た目が多少整っていたとしても、本当の美形と並べば平凡なのだ。

壁に掛かっている時計が乃々佳の視界に入り込んだ。その時刻にはっとする。

「ごめん。取引先に電話をしないといけないの。仕事に戻るね。飲み会のことは任せておいて」

ふと大きな付箋を切らしていることを思い出す。早見の机の上に封筒を置くのに、船井が来社した時刻などを書いたメモを貼りたい。

文具がストックされている棚に寄ろうと身体を向けると、また絵瑠に話し掛けられた。

「ねぇねぇ、前から気になっていたんだけど」

「ん？」

絵瑠が何とも不思議な表情を浮かべている。

「彼氏と長いの？　イケメン彼氏なの？」

「彼氏？　イケメン？　え、私？」

思わず復唱してから、なぜそうなるのだと乃々佳は首を傾《かし》げた。彼氏的な人は大学時代にいたが自然消滅している。いつ終わったのかもわからない感じで終わって、初体験はその人だったので、思い出せばひたすら苦い。

それからは自分を大事にしようと決め仕事に没頭していると、甘いスイーツで人生満足するようになっていた。

「だって、彼氏がいるからコンパにも、船井さんにも、興味がないんでしょう？」

二十三歳の健康的な女子が異性に興味を示さないのが不思議で、彼氏がいるという結論に至ったらしい。なるほど、と思う。

「彼氏なんていないけど、今は仕事で早く一人前になりたいなと思ってる。イケメンは……嫌いじゃないけど、大事なのは人格だよね。じゃ、電話をしなきゃいけないから」

逃げるように乃々佳はその場を去った。なんだか複雑な気持ちだ。

資産家イケメン三兄弟が住む敷地内に、使用人の立場なのに家を建ててもらって住んでいた。良くしてもらったせいでイケメン耐性が付きすぎて、異性にそんなに興味を持てないみたい。——そんなことを言えば根掘り葉掘り聞かれるので、何も言わないと決めている。

乃々佳の人生の大半は、出来る資産家イケメン三兄弟と共にあるのだ。

高校生の時はバイト先の人にストーカーをされたが、イケメン次男に助けてもらった。そして、困った時はすぐに連絡をしろとやんわりと、だがきつめに注意をされた。

短大時代に出来た彼氏とは初体験を済ませて自然消滅したが、それを知ったイケメン三男は怒り狂ってくれた。そして、楽観的なのはいいが自分を大事にしろと、しっかりめに説教をされた。

イケメン長男とは年が離れているのと、跡取りと言う立場上付かず離れずという関係だが、幼少期は遊んでもらっていた記憶がぼんやりとはある。今は何かと気に掛けて守ってもらっていて、たぶん乃々佳に対して一番過保護なのは彼だと思う。

こんな人達と兄妹《きょうだい》のように育てば、恋愛が遠い人生設定になって当然だ。

乃々佳はふっ、と苦笑する。有難いし嬉しいのに、厄介とはこのこと。

人生は長いしこれから恋することもあるだろうと、乃々佳は付箋と購入したペットボトルのコーヒーを手に席に戻る。

机の上に置いていたスマートフォンの、メッセージが届いたことを知らせるランプがチカチカと光っていた。乃々佳はメッセージを確認しようと手に取り、呟く。

「お母さん」

母からだとわかって罪悪感に襲われたのは、連絡を最近していないからだ。

両親はそのイケメン三兄弟のいる資産家の屋敷で使用人として働いている。忙しい両親を気遣い、就職してから連絡はそれなりにとっても、実家には帰っていない。帰れば本家の方々と屋敷の皆にも挨拶に伺《うかが》わないといけないし、両親の負担になるのがわかっているからだ。

母からの連絡なんて珍しいと思いつつ、メッセージを開いた。

『元気ですか。旦那様のお加減が悪く、乃々佳に会いたがっています。ずっと黙っていたのに、突然ごめんなさい。今夜、帰って来ることは出来ますか？』

旦那様の具合が悪い。初めて知った情報に体温がサッと下がる。

次に娘の生活を最大限に優先してくれる両親の申し訳なさそうな表情が浮かんだ。

たぶん本当に悪いから連絡をしてきたのだろう。いつからどれくらい悪いのか、この文面からは何もわからない。乃々佳はすぐに返事を打つ。

『私は元気です。今日中に帰ります。早めに家に着くようにするので迎えはいりません』

返事がいらないようにメッセージをしたのは、信頼をされている母が忙しいのが想像出来たからだ。

旦那様の具合が悪いとなっては、屋敷中が緊張しているはず。実家を出たのに両親の働く姿を含めて、屋敷内の様子が手に取るように思い浮かんだ。

乃々佳はお菓子置き場となってしまっているデスクの引き出しを開けた。ストロベリーとブルーベリーが練り込まれたチョコレートを取り出し、口の中に放り込む。甘くて酸っぱくて、その独特の甘味が高ぶった神経を落ち着けていく。

勝手に想像して悩んだり落ち込んだりしても仕方がない。

出来ることは、定時に帰れるように仕事を終わらせること。

「よし」

小さな声で気合いを入れてから、乃々佳はいつも以上に目の前の仕事に集中をした。

両親の勤め先、久遠《くおん》家は明治時代に紡績《ぼうせき》で成功したことから始まる。

戦前戦後、それからも幾多の試練を乗り越え、現在主軸となっているのは金融で、財閥系企業として政財界に君臨していた。

そんな久遠家本家屋敷の住み込み使用人として、乃々佳の両親は働いている。

今の当主である久遠勝造《しょうぞう》が、買い物で訪れている百貨店で働いていた父、準一《じゅんいち》を気に入り、運転手として引き抜いたらしい。そんな久遠家が出会いの場となり、屋敷で働いていた母の道子《みちこ》と職場恋愛の末に結婚し、生まれたのが乃々佳だ。

久遠家には既に息子が三人いたが、勝造の妻の直美《なおみ》が三人目の出産の後に体調を崩した。

これ以上は子どもを望めないと言われた一年後、道子が乃々佳を産んだ。女子が欲しかった直美は自分のことのように喜び、勝造と一緒に自分の子のように可愛がってくれた。

準一は両親を亡くしているらしく、道子は事情があって親戚とは疎遠だということで、乃々佳は幼い頃に、久遠家が自分の親戚だと思っていたのを覚えている。

幼い頃は屋敷の外に家があったせいで、乃々佳は保育園から帰ってくると久遠家の屋敷内で過ごしていた。

その頃、何がきっかけかは知らないが、勝造が信用出来る人物しか雇わないという方針に変更したらしい。使用人の数は最小限となり、結果的に両親は朝から晩まで忙しく働くことになった。

忙しさ故に久遠家に泊まる日が多くなり、乃々佳が久遠家で過ごす時間も増え、それがあって敷地内に家を建ててもらったようだ。

兄妹《きょうだい》のように育った次男の総司《そうじ》と三男の照《てる》とは、年齢が近かったこともあり今も仲がいい。

ただ、長男の東悟《とうご》とは年が八歳も離れていて、既に跡取りとして教育がされていたから、他の二人の兄弟との距離とは違った。

それでもそばに行けば嫌がらずに見守るようにそこにいさせてくれたし、チョコレートをくれたのも覚えている。今も昔も乃々佳自身が社会的な立場の違いをしっかり意識して接していて、その差は一生縮まらないという確信がある。

この兄弟がとんでもなくイケメンだと気がついたのは中学生になる頃。勝造と直美に高級外車や新幹線のグリーン車を使ってよく遊びに連れて行ってもらっていることを、おかしいのだと実感したのもその頃だ。

慣れとは怖いもので、これは普通じゃないということにも鈍感になるらしい。

だいぶ自分の感覚が世間とズレていると気づいたのが早くて良かったと思っている。

おかげでイケメンにも経済的な成功への憧れもあまりない。屋敷内のイザコザをそれなりに見聞きし、体験したせいだ。

久遠夫妻には本当に良くしてもらっていたから、勘違いして育っていてもおかしくなかったと自分でも思う。

そうならないで成人出来たのは働く両親の背中だ。乃々佳が何かをしてもらうと両親は頭を下げていた。

そんな二人の姿に胸の痛みは深くなるばかりだったが、どうしていいかもわからなかった。

だが、小学校の高学年になる頃に、勉強が理由ならば久遠家の誘いを断われることに気付いたのだ。それから勉強に集中したので、ありがたいことに成績もどんどん上がった。

中学、高校、大学を照と同じ私学に通わないかと久遠家から提案はあった。それだけの学力もあったのだが、すべて公立に通う意地も通した。

世界には階層があるのだ。

勘違いすればとても痛い目をみると、物心ついた頃にはなぜか知っていた。

『久遠家の皆様が仲良くして下さっても、別世界の人だということを忘れてはいけないよ』

父は運転をする時に着けている白い手袋を取って、優しく頭を撫でてくれた。

『旦那様、奥様、お坊ちゃん達はとてもいい方よ。でも、それに甘えないでね』

母は荒れがちな手で、頬を撫でてくれた。

乃々佳にとっては久遠家の家族と過ごすよりも、両親と一緒におにぎりを食べる時間の方が満たされたし心が温まった。

でも、乃々佳と過ごしていても久遠家から呼び出しがあれば両親は出かけていく。

二人の意識が一番に向けられるのは久遠家で、いつだってそれは変わらなかった。

大好きな両親の迷惑にならないように。心配の種にならないように。

二人が大事にする久遠家に害が及ばないように。

それを念頭に置いて生きるようになったのは、ずいぶんと小さい頃だったと思う。

愛情はいっぱい注いでもらったし、何不自由のない生活をさせてもらったのだから、文句なんてないがちょっと寂しかった。それくらいの気持ちを抱くのは、許されると思っている。

○突然のプロポーズ

「着いた……」

セキュリティカードを通して屋敷の裏門を潜《くぐ》った時には、午前零時を回っていた。夜道のゴールにほっとすると、安心から独り言がぽろりと漏れる。

一泊はすることになるだろうからと、家に荷物を取りに帰ったせいで遅くなったのだ。閑静な住宅地にある屋敷へは、駅から歩いて二十分くらいかかる。大丈夫だろうと安易に思って歩き始めたが、街灯も少ない道に後悔はすぐに襲ってきた。なぜ大丈夫と思ったのか、こういう楽観的というか、抜けている部分が自分にはあって、時々嫌になる。

でも無事に帰れたのだからヨシとする。次回からは気を付けようと決めた。

荷物を家に置いて屋敷に行かねばと、早足で自宅に向かって歩いていると、後ろから足音が追いかけてきて、ビクリと身体が跳ね上がった。まだ夜道を歩いたことによる、交感神経ピリピリモードらしい。

敷地内だから不審者じゃないと、自分に言い聞かせながら振り向くと本家の方から駆け寄ってくる人影がある。

あのやや逞《たくま》しい長身のシルエットは久遠東悟、久遠家の長男だ。

うわ、と声が喉から漏れる前に、乃々佳の背筋は使用人の娘としての条件反射でピンと伸びた。

東悟の背は兄弟の中で一番高く、百八十四センチもある。小さな顔に長い手足は三兄弟とも一緒だが、筋トレを欠かさない体躯が東悟の特徴だ。アーモンド形の大きな目、高い鼻にすっきりした顎《あご》、後継者として育てられたせいか精悍な印象で、人に威圧感を与えがちだが、笑うととても可愛くなるし喋れば優しい。

こういうハイスペックな人間がそばにいたから、男性への感覚が麻痺しているのだと改めて感じる。

東悟は黒のシャツにジーンズというラフな格好だった。いつもは会社近くのマンションに住んでいると聞くから、家に帰ってきているのだろう。それほどに、勝造の具合は悪いのかもしれない。

乃々佳はやってくる跡取りの長男に自分から慌てて駆け寄り、礼儀正しく礼をした。使用人の礼儀と線引きは何よりも大切なのである。

「坊ちゃん。こんばんは。お久し振りです。旦那様のお加減は……」

「こんばんは。急に悪かったね」

細身寄りの筋肉質とはいえ厳ついのだが、丁寧な言葉遣いだし声も大きくないのでそこまで怖くはない。とはいえこちらが会話に慣れてくると毒舌なところが出てくるので、それを引き出さないように出来ればとは思う。

「乃々佳、タクシーを使って来ただろう。支払いをするから、領収書をくれないか」

「え」

勝造の具合の話になると思っていただけに、やばいと思った。この次の展開を予想しながら恐る恐る東悟を見上げる。

「領収書は、その、ないです」

「誰かに送ってもらった？　男……彼氏に送ってもらったのなら」

「彼氏？　駅から歩いて帰ってきましたけど……はっ」

バカ正直に答えてしまったせいで、東悟があからさまに顔を顰《しか》めた。

タクシーで帰って来たけれど領収書は断ったと言えば良かったのだ。知恵は後から湧いてきたがもう遅い。

東悟は跡取りだから使用人の手前もあって、他の兄弟のように特別に親しくはしてこない。

だが、身の安全に関わる時は別だ。

そもそも、東悟が久遠家の経理関係だけでなく、防犯関係もチェックしているのだから、その気になればすぐに調べられるのだ。上手い嘘をついても歩いて帰ってきたことがバレるのは時間の問題だった。

タクシーを使って安全を図《はか》るべきだったと反省は後からやってきたが、『男』と答えたらもうちょっと面倒になった気はするので、それよりいいかと自分を慰める。

一人暮らしの懐《ふところ》にタクシー代の急な出費は痛いと伝えても、この資産家に通じるとは思わない。

ただ、知った道だしと歩くことを選択し、身の安全よりも甘いもの費の優先順位を高くしたのは事実。十分に夜道で怖い思いをしたし、間違っていたと反省はしても過去には戻れない。

乃々佳は素直に東悟からの小言を受け入れる覚悟をする。

「……次回から気を付けます」

「働いている年頃の女性を呼び出したのに、迎えの配慮を欠いたのはこちらだが気を付けてほしい。本家に電話してくれれば迎えに行ったし、タクシーを使っても領収書を回してもらえれば精算する。とにかく、安全を第一に考えてほしいんだ」

「はい」

ごもっともすぎて、反論出来ない。

昔は大きなお兄さんと思っていたけれど、今は小さなお父さんと話しているようだ。

東悟が言っていることは正しいが、使用人の娘が本家の誰かに電話をして迎えを寄越《よこ》してもらうなんて無理。領収書を渡すなんて畏《おそ》れ多いことも出来ない。

どんなに礼儀正しく振る舞っても、陰でまた特別扱いだと揶揄される。

ちょっと可愛いからって、調子に乗って。そんな嫌味を直接言われるのなら甘んじて受け入れるが、両親に矛先が向いたり、彼らの耳に入るのは避けたい。

久遠家全員に信頼を置かれている両親に歯向かう人間は、新人か部外者だ。

それでも腹の中で何も抱《かか》えていない人間はいないだろう。両親を傷つける方法は、娘である乃々佳に何かすることであることを知っているから、やっぱり嫌だ。

夜道を歩いた反省はしたけれど、ちょっとした反抗心が乃々佳の心にむくむくと湧き上がった。

「……でも、大丈夫でしたし」

「危険は、突然にやってくるんだ」

珍しい東悟の強めの口調に、乃々佳はきょとんとする。

「乃々佳は年頃の女性で、しかも綺麗なんだ。夜道は心配だよ。こちらがどれだけ守りたくても、言ってくれないと守れないし助けられない。とにかく、誰かを頼ってくれ」

内心ビクリとした。もしかして総司から昔バイト先の人にストーカーされていた時のことを聞いているのだろうか。もう過去の話だが出来れば知られたくはない。

この過保護の小さいお父さんは、過去だろうが何だろうが、知った途端に何かしでかしそうな気がする。乃々佳に執拗に嫌味を言い続けた使用人が、屋敷から消えたのは絶対に偶然じゃない。

「まぁ、でも。乃々佳は、乃々佳のままだな」

東悟が急に頭をぐりぐりと撫でてきた。何も知らないらしいと胸を撫でおろしたが、手が大きくて重いし、遠慮なく撫でられて髪がぐちゃぐちゃになりそうで慌てる。

というか、頭を撫でるとか子ども扱いが過ぎる。手首を掴んで引っぺがしたいが、この人は跡取りの坊ちゃんだとぐっと我慢した。

「私は昔から私です。それに、もう、子どもじゃないから……っ」

「知っているよ、そんなことは昔から」

「この扱いは、子どもですよ」

絶対的な身長差のせいで、つむじを常に見せている身だ。乃々佳が既に成人済だと東悟はまだ実感出来ていないのだと思う。

眉間に皺《しわ》を寄せながら乃々佳が東悟を見上げると、彼はくしゃりと笑っていた。どきりと心臓がひとつ跳ね上がる。

この笑顔は、東悟の怖くて壁のある印象を一気に和《やわ》らげるのだ。

相変わらず雰囲気の全てが魅力的でかっこいい。つくづく、久遠家の男と親しい自分は呪われていると思う。他の男性と接するたびに、彼らの素晴らしさを再確認し続けないといけないのだから。

「しばらく会わない間にずいぶんと垢抜けたね。素敵な女性になっていたから、危険だとかなり焦った。原さん夫婦の娘だから綺麗になるとは思ってたけど」

「……」

よくもまぁこうスラスラと歯の浮くようなセリフが言えるなと、乃々佳のときめきが冷める。言い慣れているのだなと感心さえしてしまった。

乃々佳は頭の上の手を指差す。

「言動と行動が伴《ともな》っていませんよ。これは、子どもにすることです」

「そうかな。でも、本当に綺麗だ」

続けて綺麗と言われて、眉間に皺《しわ》を寄せつつもさすがに頬は熱を持ち始めた。

幼い乃々佳にとっては、憧れのお兄さん的な存在でもあったのだ。手を伸ばしても遠く届かない人だけれど、声を掛けてもらえば嬉しくてそわそわするというか。

久遠家を親族だと信じていた頃、もっと自由で皆一緒だと思っていた。けれど違うというのをどこかで痛烈にこの身で痛感したのは覚えている。

人としては一緒かもしれないけれど、立場が違うと自然と区別されていく。そんな理不尽もひっくるめて社会なのだ。

「そうだな……。今度から俺が直接迎えにいくから後で連絡先を教えて」

「いやいやいやいや」

乃々佳は全力で首を横に振った。

「坊ちゃんにそんなご迷惑を掛けるのは畏《おそ》れ多いです。タクシーをちゃんと使います。神に誓ってタクシーを使って領収書を回します。信じて下さい」

東悟は信じていなさそうだ。

領収書はもらい忘れたと言い通すと心の中では決めているのを見透かされている気はする。

「俺に、電話だ」

「……いえ、……ハイ」

小さなお父さんはこうと決めたら譲らない。そういえば三兄弟の中で東悟の連絡先だけ知らなかった。今までも困っていないので、これからも困らないと思うし、社会的地位のある人間の個人情報なんて出来れば知りたくない。

だいたい、跡取りを送り迎えに使うなんて両親を困らせてしまうだけじゃないか。

ふいに乃々佳の頭上にあった手が離れた。大きさと重みが一気になくなって、ぬくもりだけが残り、乃々佳は東悟を見上げた。

「いい加減にその坊ちゃんは止めてくれないかな。何で総司と照はそのままで、俺だけ坊ちゃん」

「跡取りの息子様だからですよ。当然じゃないですか」

困りながらも乃々佳が答えると、東悟は腕を組んだ。

両親が坊ちゃんと呼んでいるから、自然と乃々佳もそう呼ぶようになったのだと思う。それに苦言を呈するのは東悟本人だけだ。

「俺が止めてと言ってるのに？　前から言ってると思うけど、なかなか聞き入れてもらえないのはなぜかな。人が嫌がることをするのが好きっていう趣味なの？　あんなに素直な子だったのに、どうしちゃったのかな」

「口が悪くなってますよ……。坊ちゃんと私にはですね、越えられない壁があるんです」

東悟が表情を曇《くも》らせた気がした。

本家の跡取りと使用人の娘という関係は、近いようでとても遠い。他の兄弟とは違って年齢も離れているし、たまに会えば親目線な過保護気味だし、やはり坊ちゃん以外はしっくりこない。

「ぶれないね。東悟って呼ばせるのが楽しみになってきた」

「あ、でも、ご結婚をされたら、坊ちゃんとは呼べないかも……」

その時は東悟様と呼ぶしかなくなるな……と考えていると、微笑みを浮かべている東悟と目が合った。庭の灯《あか》りの下であるせいで、表情が良く見える。

東悟の目から感情が流れ込んでくるようで、それがなんだか、こそばゆくて落ち着かなくなった。

気が付けば先程まで東悟の手が乗せられていた頭を自分の指で触れている。

「……その話はまた後で。俺は乃々佳を迎えに来たんだ」

乃々佳は我に返ると、片手で持っていた荷物を両手で持ち直した。

帰ってきた理由が理由だけに、一気に気持ちが引き締まる。

「あの、旦那様の具合はいかがなのでしょうか」

「気持ちで生きてる人だから、持ち直すとは思っている」

返事を誤魔化された気がした。東悟は乃々佳が持っていたバッグを自然に取り上げる。

「あの」

「悪いね。父からの呼び出しだ。このまま屋敷に寄ってもらうよ」

荷物を自宅に置く時間さえ惜しいということだろうか。いや、それならば、こんな雑談はしなかったはずだ。

乃々佳の頭の中がぐるぐると回る。

緊張で縮むような痛みを胃に覚えながら、東悟について本家の屋敷へと向かった。

本家の屋敷は長い間に改修と増築を重ねながら、レトロモダンな洋館の佇《たたず》まいを残している。

広々としたロビーにはピアノがあり、訪問客を待たせる応接セットが一つあった。階段横には常に花が活けられ、今日も最も美しい状態で花開いている。

「間宮《まみや》、乃々佳を父の部屋に通すから」

どこからともなくすっと現れたのは、屋敷を取り仕切る八代《やしろ》の補佐をしている間宮だった。

東悟と同じくらいの年で、すらりとした体型と柔和な笑みが特徴の彼と乃々佳はあまり接点がない。乃々佳の方を向いて、まるで親戚の子が帰ってきたかのような優しい視線を向けてくれる。

「かしこまりました。乃々佳さん、お久し振りです」

両親の使用人の中の地位は高い。だからこそ娘はより頭《こうべ》を垂《た》れなければならないのだ。

「こんばんは。間宮さん。こんな夜分に申し訳ありません」

深々と頭を下げる乃々佳の腕を取ったのは東悟だった。

「とりあえず起きているかもしれないから、顔だけは出してほしい」

「あ、はい」

メインで執事の役割を果たしている八代はもう就寝しているのだろう。間宮が丁寧に礼をして送り出してくれるので、乃々佳は腕を引かれながらぺこぺこと頭を下げる。

無言のまま階段を上り一番奥の久遠家の当主である久遠勝造の主寝室に近づく。緊張が高まり、出来れば引き返したい気持ちだったが、東悟はノックもせずにドアノブに手を掛けた。

ギィ……と音を立ててドアは静かに開いたが、乃々佳は緊張がピークに達したせいで足が動かない。開いたドアの隙間から病院のような匂いが漂《ただよ》ってくる。

「大丈夫だ」

ドアを押さえてくれている東悟が勇気づけるように頷いてくれたので、乃々佳は足を踏み入れる。前に入ったのは、就職祝いのプレゼントを頂いた時だ。次がこんな形になるとは思ってもみなかった。

広いベッドの上で勝造は寝ていて、息をしていないのかと緊張してしまうほどに静かだ。

乃々佳は明らかに自分の手が震えたのがわかった。

「……っ」

前に会った時と比べれば一回りは痩《や》せていて、土気色の顔色は明らかに生気に欠けている。人を従える立派で活気に満ち溢《あふ》れる勝造の面影と全く重ならない。東悟の態度からここまでの状態だとは想像していなかっただけに、乃々佳はショックで言葉を失う。

「父さん、乃々佳が帰ってきましたよ」

「ぼ、坊ちゃん」

東悟がベッド横に近寄り勝造の耳元に話し掛けたので、思わず彼の腕を掴んだ。わざわざ起こす必要もないと、乃々佳は彼の後ろでハラハラとする。

「昼夜が逆転気味だし、眠りも浅いんだ」

そう言った東悟が寂し気に見えたのは気のせいじゃない。ふっと見せた彼の様子に、乃々佳の涙腺が刺激される。

その時、勝造の瞼《まぶた》が僅かに震え、閉じていた目がゆっくりと開いた。ぼんやりと彷徨《さまよ》う視線が乃々佳に止まった時、虚ろだった表情が笑顔になる。

乃々佳の涙腺が熱を持ち、考えるより先にベッドの脇に膝をついていた。

幼い頃はたくさん遊びに連れて行ってくれる親戚のおじさんだと漠然と思っていたが、今ならよくわかる。勝造はいつも忙しい合間を縫ってくれていた。もしかしたら、実の子ども達以上に可愛がってくれたかもしれない。

「旦那様、ただいま帰りました」

「久し振りだね。会うたびに綺麗になって……」

穏やかながらも掠《かす》れた小さな声に衝撃を受けて、乃々佳の心はめげそうになった。頑張って笑みを浮かべると、静かに話しかける。

「なかなか帰って来ずに、ごめんなさい」

全てをわかっているような微笑を浮かべた勝造の口元から浅い息が漏れる。体力がだいぶ落ちているのだ。

ベッド脇には点滴のスタンドもある。それ用の物品も棚に整理して置かれていた。大丈夫ですかとは聞けない。いつでも点滴が出来るように準備しておかないといけない状態なのだ。

乃々佳は勝造の掛け布団の上に置かれている手をぎゅっと握り締める。

「仕事はどうだい」

「まだ、会社の役に立てているかはわかりません。でも、私は楽しくやらせてもらっています。元気になったら、いろいろ話を聞かせて下さい。……お仕事のこと、いろいろ教えて下さい」

勝造は嬉しそうに目を細めた。こんなに体調の変化があることを誰も教えてくれなかったのは、皆が乃々佳の生活を大事にしてくれたからだろう。

連絡があったということは危ないから。こみ上げてくる涙を、唇を噛み締めることで堪《こら》えた。

勝造は周りを従わせるタイプだが、モラハラ的な絶対的支配者というわけではない。昔から自分とは違う意見にも寛容だった。小さな頃は乃々佳がはっきりと勝造にものを言うものだから、両親はよくハラハラしていた。

勝造は重要な最終決定は自分が下すが、他人の思想や人生にぐいぐいと干渉しない。東悟にはさすがに違ったようだが、他の兄弟は比較的自由に生きている。

だからか乃々佳には勝造が怖いという意識はあまりなかった。ただ可愛がってもらったという印象が強い。

「ののちゃんにね、お願いがあって、呼び出してもらったんだ。悪かったね」

「私に出来ることですか」

「ああ、出来る」

出来ることは何でもしようと乃々佳が真剣に頷くと勝造は笑んだ。

「東悟と、結婚してくれないか」

「……」

乃々佳は固まった。勝造は、東悟と自分に結婚しろと言っていないか。

いや、そんな冗談を言う人ではない。心の中で自分に落ち着くようにと言い聞かせる。

久遠家と自分は生きている階層が違うのだから、現実的な話じゃない。

勝造は結婚をお願いする相手を間違うほど、混乱しているのだろうか。乃々佳が困って後ろに立っている東悟を見上げたが、眉を僅かにひそめているだけで微動だにしていない。

勝造は人違いをしていると考えた乃々佳は、親同士が決めた東悟の許嫁《いいなずけ》ともいえる存在を口に出した。

「坊ちゃんと、黒瀬《くろせ》のお嬢様との縁談の件ですか。私もご成婚の際には、お手伝いに参ります。旦那様もお孫様のお顔を見るまでは、元気でいなければ」

「そうだ、孫だ。二人の孫なら、さぞかし、可愛いだろう」

勝造は微笑んで、満足げに細い息を吐《は》いた。

黒瀬雅《みやび》は華族の血筋を引いている、父親は大学教授で母親が事業家という家柄の娘だ。乃々佳は屋敷で何度か遠目で見かけたことがある。とても洗練された美しい人だった。

東悟とは年齢が釣り合うということで、公《おおやけ》ではないにしろ昔から婚約しているような関係にあった。東悟も三十歳を迎えたし、これを機会にいよいよ身を固めるのだろう。

「ののちゃんが、娘になるのだと思うと嬉しいよ」

「……えっと」

今日は仕事が忙しくて疲れているせいで自分の理解力が落ちているのかもしれない。そう考えても、やはり、なんだか話がズレている。

勝造の瞼《まぶた》が落ち始めた。とても安らかな表情で、眠るのを邪魔するつもりは全くないのだが、東悟と乃々佳が結婚すると思っていたら大変だ。

乃々佳はどうしていいかがわからなくて、後ろにいる東悟を振り返る。

「ぼ、坊ちゃん。黒瀬のお嬢様との結婚は年内ですか」

東悟は腕を組んで慌てている乃々佳に肩を竦《すく》めた。

「あの話はとうの昔になくなっている」

「ああ、えっ？　では、他の方との縁談があるのですか」

そろそろ身を固めろと東悟が周りから言われているのは知っている。本人には本命がいるんだけど相手が鈍感でねーと、手のパックをしていた三男の照から聞いた覚えはあった。

「それとも、好きな方がいる……ってことですか」

「いるね」

「なら、それをお伝えしないと」

今の問題は、勝造が誤解したまま眠ってしまっていいのかだ。

勝造には娘のように可愛がってもらっていただけに、誤解に罪悪感が膨らんでいく。

「父さん」

東悟が隣に立ったので、乃々佳は勝造の手を離して場所を譲る。

勝造の手の甲に指先を軽く触れさせた東悟は、目を閉じたままの勝造に静かに声を掛ける。

「乃々佳へのプロポーズはちゃんと自分でしますから、今日はもう休んで下さい」

聞こえたのか勝造の口元が緩《ゆる》んで寝息が深くなったが、乃々佳の頭の中は真っ白になった。

「そんな嘘を吐《つ》いたらダメじゃないですか。冗談が過ぎますよ。きっと起きても覚えていらっしゃいますし」

「冗談じゃないんだよ。父が先にするとは思わなかった」

弱っていても本当に食えない人だと、東悟は勝造に悪態づいている。

話が理解出来ない乃々佳は東悟の渋《しぶ》い表情を横からただ見つめた。視線に気づいたのか彼は表情を和《やわ》らげる。

「乃々佳、遅くに悪いが今から時間をもらえないか」

「わ、わかりました。誤解を解く作戦会議ですね」

乃々佳が拳を握ってやる気を見せると、東悟は苦笑しながら首を横に振った。

「いや、俺が乃々佳にプロポーズする時間が欲しい」

「は」

気が抜けた普通の声が出て慌てて口を押さえる。心臓が早鐘を打ち過ぎて息苦しくて、先程まであった疲れも眠気も一気に吹き飛んだ。

誤解ならそう勝造に伝えれば話は終わる。

壁に掛かっている時計は夜中の一時半を指しているから、まともな判断を出来るとも思えない。

「……明日なら時間を作ってもらえるかな」

乃々佳が時計に視線をやったのに気が付いたのだろう。東悟は強引なようで、気遣ってくれる。

勝造を寂しそうに見下ろす東悟の横顔に少年時代の彼が重なった。一人で何かの重圧に耐えているのに、それを隠しているような表情。すっかり忘れていた乃々佳は内心慌てる。

その横顔に吸い寄せられるように、いつもそばにいた。隣にいれば東悟はちょっと笑ってくれたから。彼が笑うと嬉しかった。

あの時と同じ雰囲気を感じてしまって断れない。

「い、今からでも、少しだけなら」

「ありがとう」

東悟の心底嬉しそうな笑顔が、胸の中にすっと入りこんだ。

冷静でありたいのに、困ったことに指が震えている。それを隠すように乃々佳は手を握り締めた。


東悟の部屋も二階にある。

シンと静まった廊下を彼の後ろについて歩く。歳が離れているから、彼の部屋で遊ぶことはなかった。東悟が幼い乃々佳の面倒を見てくれた時ぐらいしか入ったことがない。

その時も他の弟達の部屋みたいにおもちゃやゲームはなく、東悟は何をして遊んでいるのだろうと幼心《おさなごころ》に不思議に思ったのを覚えている。今思えば勉強に集中するための個室だったのだろう。

「どうぞ」

「お邪魔します」

押さえてもらったドアをためらいながらくぐって部屋に入った。勧《すす》められた一人掛けのソファに腰掛ける。目だけで部屋を見渡したが、やはり記憶の中の部屋とは違った。

家具はセミダブルのベッド、年季の入った勉強机に本棚、一人掛けのソファとオットマンだけだ。広い部屋だがシンプルな装飾は東悟の性格を表しているのかもしれない。

部屋をこっそり観察していると東悟が部屋の鍵を閉めたので、思わず乃々佳はソファから腰を浮かせる。

「坊ちゃん、ドアは開けておくものでは……」

乃々佳に年頃の女性であることを意識しろと注意したばかりなのに、真夜中に部屋を密室にするのは矛盾していないか。いや、夜道は危ないと女扱いをしつつ、頭を撫でてくるなど子ども扱いをしてくるから大丈夫なのか。

混乱が混乱を呼んでよくわからなくなってくる。

「プロポーズを誰かに聞かれてもいいなら開けておくけど」

「その冗談は笑えないんですってば」

今まで結婚なんて考えたこともなく、早く働いて自立をしたいと思っていた。若いうちに結婚して子どもを産みたいという友人もいたが、そういう意見もあるのかと思ったくらいだ。

それに雇い主の息子にプロポーズをされるなんて、恋愛漫画のような想像なんてただの一度もしたことがない。現実の世界には絶対的な区別や階層があって、よほどの切れ者か美人でないと入り込むのは無理なのだ。

戸惑いと不安で乃々佳の顔は引き攣《つ》っていた。

「とにかく、旦那様の誤解を解かないと」

「どうして冗談だと思うのかな」

「どうしてって」

乃々佳は思わず笑ってしまった。理由は簡単で、乃々佳が使用人の娘だからだ。

両親のことは大好きだし、とても尊敬しているが、久遠家が経営する会社を大きくしたり、家を存続させるための『何か』を持っていない。

「そんなの、家柄が違いすぎるからに決まっているじゃないですか」

「乃々佳は家柄が合えば結婚するんだ。そこに愛や尊敬がなくても」

「愛と尊敬は大事にしたいです」

「俺もそう思う。だから乃々佳がいい」

「でも家柄が」

「どんな家だって、遡《さかのぼ》ればただの家だろう」

「久遠家は、百年以上も継続させてきた重みがあります」

東悟は腕を組んで苦笑する。家の重圧を背負うために、彼がずっと努力してきたのも知っている。

東悟は勉強机から持って来た椅子を置き、背もたれを乃々佳の側に向け跨《またが》るように座った。

物理的な小さな壁はあるけれど、とても近い。ちゃんと距離を置いてくれる人が、今日はやたらと近いから乃々佳の緊張が意識せずとも高まる。

東悟は背もたれの上の縁《へり》に腕を置き、上に顎《あご》を乗せた。

「……父さんの認知の面は問題がなく、せん妄もない。ただ気持ちが弱っているというのが先生の見立てだ。あの人は、気持ちで生きているから」

長年の付き合いのある主治医の先生がそう言ったからということだけではなく納得出来た。

勝造は確かに気持ちが強い人だ。視覚化出来るのなら、この屋敷くらいは簡単に包み込むほど大きいだろう。

「だから、俺達は回復すると思っている。問題は父さんがどうすれば気持ちがしっかりと保てるかなんだよ」

「それが私だと言わないで下さいね」

東悟が微笑したので乃々佳は頭を抱《かか》えた。大事に思ってくれているのは嬉しいが何か違う。

「旦那様は坊ちゃんが望まない結婚をさせるような方じゃないでしょう。坊ちゃんが誰かと結婚してお子様が生まれたら気力も戻ってくると思います。だから早く」

「ちょっと違う」

東悟が困ったように笑った。彼の笑顔は反則だと乃々佳はいつも思う。長身で筋肉質という厳つさがあって圧もある人が、笑めば簡単に惹き付けられるのだ。

「父さんは、乃々佳がこの家に戻ってくることを望んでいる」

「ええっと」

乃々佳はあまり働かない頭をフル稼働させる。

「実家から通勤すれば、問題は解決ですよね。出来るだけ早めに、実家に戻ります」

実家は屋敷内だから帰ってくることになるだろう。会社まで遠くはなるが通勤に無理な距離ではない。旦那様の具合が良くなればまた一人暮らしをすればいい。

自分なりの結論が出ると、ほっとして眠くなってきた。あくびをかみ殺すと東悟と目が合った。

「乃々佳」

「はい。えっと、引っ越しの日程ですね。いつから戻ってくることが可能かを両親に相談をして、父から坊ちゃんに連絡してもらいますね。会社にも通勤手当の変更とか、報告が必要だし」

もろもろの難しいことはまず寝て朝から考えたいと思っていると、東悟が腰を浮かせてまた椅子を近づけてきた。顔がかなり近づいて焦る。乃々佳は少しでも距離を保つために、ソファの背もたれに背中を押し付けた。

東悟の、彫像のような人を惹き付ける完璧な顔立ちとカリスマの雰囲気。それを前面に押し出してきたので、否が応でも緊張が高まる。

「ち、近いです」

「近づいたからね」

にこりと微笑むだけで下がらなかったので、乃々佳の頬が真っ赤に染まる。東悟は微笑を浮かべたままだ。

「敷地内に戻ってきてほしいというわけではない。父さんは乃々佳が頑張っているのを喜んでいたし、邪魔をしないようにしていただろう」

「はい」

実家に戻らず、屋敷に顔を出さないことにも、何を言われたこともなかった。

「ある日、話題に上ってね。乃々佳が知らない男と結婚すれば、久遠とは縁が遠のくという話だ。相手の男の仕事で知らない土地で子どもでも産めば、ますます帰ってこれなくなる」

「それは……そうなのかな……。ちょっとわからないです。そんな相手がいないから。でも、どんな関係が」

急な話の展開に乃々佳の頭にハテナがいっぱい浮かんだ。

結婚相手どころか彼氏さえいない状況なのに、皆揃って勝手に何を心配しているのか。

それに、両親が働いている限り久遠家と縁が切れるわけではない。

「原家は久遠にとっては親戚よりも近い他人なんだ。それなのに外に出たら自然と関係が遠くなるどころか切れる可能性がある。それが嫌なのだと思う。歳を取って信頼出来る人間にそばにいてほしいという欲が強く出たんだろう」

「……あの、旦那様と父は、仕事の上下関係はありますが、友人でもあると思います。だから、原の家と縁が切れたりすることはないと思うんです」

原家は久遠家と雇用関係で結ばれているが、勝造と準一は友人だ。それに彼らは常に久遠家を大事にしてきた。乃々佳が寂しくなる程度には。だから、心配するようなことはないと思う。

「父さんが乃々佳に結婚の話をしたのは、それが理由」

「……何となくわかりました。でもそれは、私が実家に帰ってくれれば解決ですよね」

乃々佳は胸を撫でおろした。おかしな空気を終わらせたかったのに、東悟は表情を引き締める。

「プロポーズはまた別。俺と結婚してほしいというのは、俺の意思」

「は……、またまたご冗談を」

笑って誤魔化そうとしたが、東悟の目が真剣に自分を見ていた。

「結婚してくれないか」

「いやいや、そんな、それは……」

それはありえない。それだけは乃々佳にもわかっていた。乃々佳の返事を予想していたのか、東悟はまったく動揺していない。

「坊ちゃんは好きな方と結ばれないと……。お子様が生まれれば旦那様の気持ちも変わるでしょう」

「うん。で、乃々佳が俺に生理的嫌悪を感じているなら、無理強《じ》いは出来ないけど、俺との結婚はどうかな」

「どうかなって……出来ません」

重いのか軽いのかわからないプロポーズにどう反応していいかわからないが、返事だけは決まっている。

「あ、もちろん坊ちゃんに嫌悪感はありませんけれど」

乃々佳がそう返事をすると東悟は自分が座っていた椅子を勉強机のそばに片付け、戻ってくると目の前に跪《ひざまず》いた。

それから、乃々佳が気づかない内に膝の上できつく握り締めていた手を、東悟の手が包み込んできた。びっくりするくらいに温かい。

「手を握ってますが、これは何……」

「嫌かな」

久遠家の跡取りを跪《ひざまず》かせているだけでなく、手を包まれているという状況が乃々佳をますます混乱させる。

そういえば先程は頭をずいぶんと撫でられた。今日はボディタッチが多い。普段はそんなことをしてくる人ではない。

「乃々佳」

「はいっ」

名前を呼ばれただけなのに、全身の血が沸騰するかのような感覚に襲われた。顔も耳も全部真っ赤になった上に、じわりと汗までが浮かんできて恥ずかしい。雰囲気に呑《の》まれてしまっている。

腕で顔を隠そうにも、東悟に見上げられている上に、手を握られているから動くのが難しかった。

「その、あの、えっと、坊ちゃん」

「気分が悪いとか、触られたくないとかある？」

こんな状況なのに紳士的に尋ねられるので、一人で興奮しているような自分がますますいたたまれない。緊張しすぎて呼吸は浅くなるし、肌はやけに敏感になっていて、東悟の息や声にも反応していた。

キャパシティを完全に超えてしまった乃々佳は涙目を東悟に向ける。

「どれだけ触られても大丈夫なので、私、家に帰りたい……。ご飯も食べたいです。夜ご飯、まだなんです……。お腹が空いたんです」

追い詰められて出てくるのが食事の話である自分が情けない。

もうダメだと、場の雰囲気に耐えられなくなった乃々佳は立ち上がろうとした。その二の腕を咄嗟《とっさ》に東悟に掴まれた。

その時、僅かに東悟の手が胸の尖端を掠《かす》って、身体に走った痺《しび》れに声が漏れた。

「あっ」

膝から力が抜けて、先程まで座っていたソファに腰が落ちた。

自分が過剰に反応している様子を全部、東悟に見られている。恥ずかしさが振り切れて、乃々佳はこの場から逃げ出すことしか考えられなくなった。

「本当に、嫌じゃないです。坊ちゃん、今日はなんだかおかしいです」

「もう俺はずっとおかしいよ。……ここは？」

腕を掴んでいた東悟の手が離れて耳に触れた。

ビリっと走った甘痒《がゆ》い感覚に乃々佳が首を竦《すく》めたのに、彼の手は頬、髪、うなじと移動していく。

東悟に触れられる度《たび》に、身体の奥にある何かに突き動かされそうな怖さが膨れ上がった。

「大丈夫だって言ったのに、どうして触るの」

敬語を使う余裕さえもない。自分からも衝動的に東悟に触れてしまいそうな、そんな未知の感覚が生まれてきたことにも怯えた。

「乃々佳、結婚しないか」

「出来ない……」

とても近くにいるせいで、さっきから彼の身体から発せられる熱さえも肌で感じている。直接肌と肌で触れ合ったらどうなってしまうのか、ふいに浮かんだ考えに身体に電流のような衝撃が走った。耐えられなくなった乃々佳は目を瞑《つむ》る。

「出来ないです……」

こんな思いをしてしまう人と一緒にいたら頭も心もおかしくなってしまう。

常に息切れしながら生きて行かなくてはいけなくなる。これは不幸だし、無理だ。

「そ、そもそも、こういうのは好きな相手にするんじゃないんですか。それか、遊び相手にするとか……、とにかく、私はこういうのに向かないんです」

東悟が息を呑《の》んだのがわかって、乃々佳ははっとして目を開けた。

不穏な光を目に湛《たた》えた東悟と視線がぶつかる。責めるようなそれに負けずに、震える声を絞り出す。

「坊ちゃん、私には力不足なんです。お相手は別に探されるのが賢明です」

「嫌だ」

東悟の表情が歪んで、子どものような駄々にも聞こえた。

二の腕を強く握られて乃々佳の息が詰まる。さっきまでは優しく触れてくれていただけに、その差に心臓が跳ねて痛んだ。

「急すぎる話だってことはわかる。けど、俺との結婚を真剣に考えてくれないか」

両親の顔が浮かんだ。自分の立場をはき違えてはいけないと、優しくも厳しく諭し続けてくれた彼らが、乃々佳の首を横に振らせる。

「ごめんなさい」

「なら、待つ」

諦めてくれると思っていた乃々佳は、愕然《がくぜん》とした表情を東悟に向けた。

「待つって、坊ちゃんはもう結婚しなくては。旦那様だってそれをお望みです。久遠家には跡取りが必要ですが、本当に、私では役に立てそうにないんです」

東悟は腕から手を離して、代わりに乃々佳の手を握る。

「違う、乃々佳にしか出来ないんだ。俺を、久遠家を助けてくれないか。俺を愛してくれなんて言わない」

そんな悲しいことを言わないでと思った。

東悟は愛されないといけない。それくらいにいっぱい努力をしてきたのを知っているし、とても素敵な人だから。

「そんなに嫌なら、契約結婚でもいい」

「嫌じゃないです。私には、力不足なんです」

さっきから理由を言っているのに納得してもらえないのだから、これ以上何を言えばいいかもわからない。

『久遠家を助ける』とは両親が誇りを持って行っている仕事だ。力にはなりたいが、結婚で何の役に立てるのかが、まったく見えてこなかった。

「契約にはいい条件を出す」

「じょ、冗談を」

目を合わせたまま、持ち上げられた手の平に唇を付けられて乃々佳は固まった。東悟はさっきよりも力強い、真剣な目を向けてくる。

「俺は、本気で乃々佳に結婚を申し込んでいる。諦めないから、覚悟をしてほしい」

東悟は乃々佳の手を優しく膝の上に戻すと立ち上がった。愚直なほどまっすぐな視線は、真剣なのに柔らかい。

「好きだ」

「……は」

乃々佳はこの視線に覚えがある。幼い時に東悟から向けられていた目、そのものだ。しかし今の言葉は東悟の言い間違いだ。何も、聞こえなかった。もう真夜中だ。状況も手伝って東悟の気持ちに魔が差しているだけ。

瞬《また》きも呼吸も忘れがちになるこの時間は全てうやむやになって、強烈な記憶としてだけ残るのだ。

「送るよ」

「あ、ありがとうございます……」

乃々佳は激しい疲労感を覚えながら、ドアの鍵を開ける東悟の背中を見つめた。


東悟はキッチンへ寄ると乃々佳に夜食を用意してくれた。

冷蔵庫から夜食用にいつも用意してあるおにぎりを出して、てきぱきと味噌汁を保存容器に入れて、それらを紙袋に入れてくれる。その中にお饅頭《まんじゅう》を入れてくれたのも見逃さなかった。

次期当主に何をさせているのだと思ったのだが手伝う気力もなく、手渡された夜食をありがたく受け取った。食べ物で機嫌が良くなると思われているのは間違いではないので反論しづらい。

久遠家の男達はこういうことまでこなせるから、乃々佳の恋愛は遠のいているのだ。

「それじゃ、おやすみ」

敷地内だというのに自宅に送ってもらった。

お礼を言った後、思考停止したまま夜食を食べて、お饅頭《まんじゅう》に幸せな気持ちになって、ベッドに潜り込んだら悩む暇もなく眠ってしまった。


カーテンから差し込む朝日が目に当たって目が覚めた。正直、記憶が曖昧《あいまい》だ。興奮して眠れないと思いきや、食事のおかげかぐっすりと寝ていた。ショックすぎて寝ることに逃げたのだとしても、眠れるという自分のメンタルの強さに呆《あき》れる。

それでも日頃の習慣通りの時刻に目が覚めたから、眠りは浅かったのだろう。

実家のベッドで目が覚めれば、昨夜の東悟からのプロポーズは本当だったと信じるしかない。

けれど理解は出来ないし、信じられない。

ベッドの上で上体を起こしたままぼうっとしていると、階下から食べ物のいい香りが漂《ただよ》ってきた。

親がいるという安心感からか、夜食を食べたのにお腹が空いてくる。

両親は東悟からのプロポーズの話を知っているのだろうか。東悟が両親に話を通さずに、乃々佳に結婚の話をするとは考えにくい。

乃々佳は髪だけ梳《す》いて、長袖長ズボンの綿パジャマのままでダイニングへと向かう。

朝食が用意されたダイニングテーブルの席に先に座っていた父親の準一は、乃々佳の姿に顔を綻《ほころ》ばせた。

「おはよう。ちょっと痩《や》せたか」

「おはよう。久し振りに会うからそう思うだけだよ」

まるで毎日会っていたみたいに家族の時間が始まる。こんな親との関係が乃々佳は大好きだった。

「ほら、母さんが朝食を作ってくれた。おかわりをたくさんするといい」

準一が立ち上がって台所に行くとご飯をお茶碗によそってくれる。

乃々佳は自分の身体を見下ろした。働き出したからか歳を取ったからか、年頃特有のふっくらした感じはなくなった気はする。

乃々佳の方こそ、久し振りに会う準一が痩《や》せたことに戸惑う。

「お父さんこそ、痩《や》せたんじゃないの」

すると、困ったような笑みを浮かべて言った。

「旦那様の送迎がなくなってね。庭仕事を手伝っているせいかもしれない」

「そっか」

そういえば少し日に焼けた気もする。準一は勝造の専属のようなものだから、勝造が倒れてしまえばいつものようには稼働出来ないのかもしれない。

「お母さんは最近特に屋敷に泊まり込んでいるからね。朝方に乃々佳の寝顔を見てまた戻ったよ」

「え、起こしてくれれば良かったのに」

「その代わりに、朝食を張り切って作ってた。さ、食べようか」

帰ってきた時くらい自分が作れば良かったと苦くは思ったが、道子が作った和食の朝食は素直に嬉しい。

会いたいと思うけど、仕事の邪魔はしたくない。ずっとこんな気持ちで住んでいたなと久々に思い出した。

塩鮭朝食と学生時代に勝手に名前を付けていたそれは、記憶の中そのままでテーブルの上に湯気を出して並んでいる。塩鮭のお皿には大根おろしとだし巻き卵が添えられていた。お味噌汁の中身の野菜は冷蔵庫の残り物で、ご飯には麦だとか雑穀が混ざっている。今日はプラスして父が漬けるキュウリの漬物が小皿に盛られていた。

「嬉しいなぁ。いただきます」

実家に戻ってこなかった時間が身に沁《し》みる。

乃々佳が席に着き箸を手に取ると準一は微笑した。

「旦那様からのお話は、断っていいからね」

乃々佳が準一を見つめると、困ったように首を傾《かし》げる。

「結婚の話、されなかったか？」

「あー……あの冗談。旦那様も気が弱ってるんだね」

きっと今日にでも冗談が過ぎたと言ってくるはずだ。

そう思うのに、東悟の目が脳裏に浮かぶと胸の奥がざわついた。

追い打ちを掛けるようなことを準一は言う。

「冗談じゃないよ。久遠家は本気だもんなぁ」

「そんなはずはないって」

乃々佳は冗談にしようと笑ったが、味噌汁に口をつけた準一は真剣な顔のままだ。

胃がぎゅっと掴まれたように痛んだ。

「ことあるごとに、申し込まれていたからね」

絶句する乃々佳の前で、準一は淡々と食事を続けている。

立派な家同士の格、そういった釣り合いが取れないと結婚そのものを成立させないはずだ。両親が何らかの久遠家の弱みでも握ったのかと勘繰《かんぐ》ってしまう。

黙った乃々佳を見て、準一は話題を変えてきた。

「そうそう。乃々佳も社会人になって一人立ちしたことだし、父さんと母さんはお屋敷《ここ》を出ようかと計画していて」

引っ越しなんて大きなことを準一があまりにも何気なく言ったので、乃々佳は鮭の切り身に箸を入れながら固まった。

「どうして……。初耳だよ」

「乃々佳もいないわけだし、二人には広すぎるんだ。執事の八代さんはね、まだまだサポートはしているけれど、屋敷の実質の仕切りを間宮さんに譲ったしね」

確かに昨夜に屋敷で出迎えてくれたのは間宮だった。久遠家の世代が変わっていく。

胸の中に広がる妙な不安はなんだろう。

「その間宮さんが結婚したんだ。奥さんが最近、身籠《みご》ってね。その奥さんも出来れば、屋敷で働きたいと言ってる。まぁ、旦那様の状態が悪いから、現実になるのはもっと後になるだろうけれど。……もしそうなるなら、この家を譲るべきだと母さんと話をしている」

「そっか……」

八代は独身だったから屋敷内に私室をもらっていた。間宮は乃々佳が生まれる前の原家と同じような状況らしい。この屋敷は離れで社宅のようなものだし、譲るのが筋だと両親が思うのも納得だ。

勝造があの状態では、準一の仕事はこの屋敷ではお休みみたいなもの。

働き者の両親はまだ四十代だし、再出発を考えるのなら今だと思ってもおかしくない。

もし娘を望まれたからここを出ようと考えていたらと思い、乃々佳は身を固くした。

雇い主から娘を嫁にくれと言われた両親の心労を思うと胸が痛む。

「プロポーズはちゃんとお断りしたんだけど……」

語尾は弱々しく消え入り、乃々佳は朝食に意識を向けた。このプロポーズを断ることが両親の立場をどうしてしまうのだろう。

赤味噌の味噌汁は塩気が強くて目が覚めるはずだ。それなのに味噌汁の味がよくわからなくなってきて、乃々佳は小さく溜《た》め息を吐《つ》いた。

『なら、待つ』

東悟の言葉はどこまでも真摯だったし、触れてくる手も壊れ物を扱うような丁寧さで嫌じゃなかった。

『好きだ』

いや、あれは聞き間違いだ。ブンブンと頭を横に振る。

乃々佳が百面相をしているせいか、準一は人の好さそうな顔を申し訳なさそうに曇《くも》らせる。

「坊ちゃんの件はね……、乃々佳が高校に入学するあたりくらいから、かなり真面目に結婚の話は頂いていたんだ」

「高校？　早すぎじゃない？　お父さんとお母さん、久遠家の秘密というか、知ってはいけないことを知ってしまったとか？」

「相変わらず面白い発想をするね。私達が久遠家の秘密を握っているのなら、同じくらい原家の秘密をあちらは知っているよ」

父親がおかしそうに笑ったので、乃々佳は唇を尖《とが》らせた。

「久遠家に比べれば、うちの秘密なんて一銭にもならないよ」

「そうでもないかもしれないよ。言えない知られたくないことは誰だってあるものだ。その度合いが相対的な価値を決めるんじゃないのかな」

虫も殺さない人の好さそうな準一だが、さすが勝造の話し相手だ。核心をついてきた。

確かに乃々佳はストーカーされていたことを未だに両親に言えない。

そういえば母の道子も、自分や自分の家のことを話したがらないなと思う。

一度だけ親に決められた結婚相手が嫌だから家を出たという、ドラマチックなことを聞いたことはあった。その時はそんな漫画みたいな話と笑って流したのだけれど、実際はどうなのかは知らない。

「乃々佳には乃々佳の人生があるからね。自分の判断基準がどこにあるかわからない内に、そういう話を耳に入れないでほしいとお願いしていたんだ」

「……ありがとう」

両親が家を出ることに賛成してくれたのは、外の世界を知ってほしいからだったのかもしれない。

久遠家の敷地内では、久遠家がルールだからだ。

連絡がなくても元気な証拠とばかりに放置してくれた両親には一生頭が上がらないだろう。

今日はとりあえず自分の家に帰ろうと決める。旦那様が元気になるまで実家に戻るのはいいけれど、ちょっと時間が欲しい。

乃々佳は自分に触れてきた東悟の温かい手を思い出して、もぞもぞと身体を動かした。思い出しただけでこんなに落ち着かないのだから、正常な判断が出来るとも思えない。

家に帰ってアイスを食べて、ゆっくり寝てから考えようと決めた時、玄関のドアベルが鳴った。

「お邪魔しまーす」

まるでこの家の住人であるかのような気軽な挨拶の声が響いて、乃々佳は先手を打たれたと内心で頭を抱《かか》える。

「おや、総司さんだね」

乃々佳は準一に頷いた。

次男の総司が誰の返事も待たずに上がってくるのはいつものことだ。

久遠家の三兄弟はお互いに無関心のようで頑丈に結びつき合っている。用件は火を見るよりも明らかで、プロポーズの件だ。しかも、乃々佳は朝には帰るだろうが道子の朝食は食べるはずだと見込んで、この時間にやってきた。見透かされ過ぎていて悲しい。

リビングに入ってきた総司が、乃々佳を見つけて嬉しそうに笑んだ。

「やぁ、義姉《ねえ》さん。久し振り」

「久し振りです、総司様」

この冗談で、結婚を後押しに来たのが決定的になった。

総司は兄弟の中で最も社交的でわかりやすく明るい。乃々佳より五歳年上で、久遠の系列である証券会社に勤めている。容姿の端整さは同じ血を引くだけあって兄弟で似ているのだが、笑んだ時に細くなる目や、開いた唇から覗く白い歯、何もかもを包み込むような雰囲気は人の警戒心を緩《ゆる》ませる。ついつい彼にはいろいろなことを打ち明けてしまう何かがあった。

久遠家の潤滑油でもあり、物事を円滑に進ませる根回しの役割を担《にな》っていて、それだけに乃々佳は身構える。

「準一さん、おはようございます。朝食中にすみません」

「大丈夫ですよ。ご一緒にいかがですか」

ぺこりととても礼儀正しく準一に頭を下げるから、総司を問答無用に追い出せなくなった。

久遠家の三兄弟は使用人に対しても高慢に振る舞わないので、親しみやすく勘違いされやすい。女性使用人が最小限に抑えられている理由の一つだ。

使用人の子である思春期の女子が、三兄弟に憧れて勝手に屋敷に来たこともあった。年に一度、家族を招待する催《もよお》しがあるのだが、そこで優しく話し掛けられて好きになってしまったらしい。屋敷はセキュリティに厳しく、部外者の来訪前には必ず執事の許可がいるのだが、それを飛ばした。

しばらくしてその親である使用人は見なくなったので、仕事を続けられなくなったのだろう。

そんな過去を見ているのだから、結婚話をされても、からかわれているとしか思えない。

「朝食は済ませたので、コーヒーだけ頂いてもいいですか」

「どうぞ」

「では、勝手にさせてもらいます」

準一は毎朝、自分で豆を挽《ひ》きコーヒーを淹《い》れて、ポットで保温してくれている。

総司は食器棚にある自分用のマグカップを取り出した。自分でコーヒーを注いで乃々佳の横の椅子を引く。

使用人の家に突然来てコーヒーでも淹《い》れさせようものなら引き取り願おう。そう思っていた乃々佳は諦めた。いつも通りの自然な総司だ。

「食事、続けてもいい？」

「もちろん。不作法なのは俺の方だから。——乃々佳が帰る前に来ないといけないと思ってさ」

総司は微かに笑んだ。やはり朝食を済ませたら帰るつもりだったのがバレている。乃々佳の行動を読ませたら総司はピカイチで、いつも敵《かな》わない。ストーカーの時だってその観察眼で助けられたので文句は言えない。

コーヒーを一口飲んだ総司は、スッと背筋を伸ばした。ポロシャツとチノパンというで立ちだが、その所作だけで場の雰囲気がぐっと引き締まる。

乃々佳は彼が作りだす空気感に呑《の》まれまいと朝食を食べ続けた。せっかくの道子の手料理なのに、どんどん味わえなくなっていく。

「朝食中に申し訳ありません。前から話をさせて頂いている兄、東悟と乃々佳さんの結婚の件で伺《うかが》いました。昨晩、乃々佳さんに正式にプロポーズをしたとのことで」

「ぐう……っ」

味噌汁が気管に入りそうになって、喉から変な声が出た。全方位から話を固めようとしてきている。

総司が出てきたのは、久遠家として本気だという意思表示だ。

乃々佳はちらりと総司の横顔を盗み見れば、彼もこちらを見ていた。

「兄さんからプロポーズ、されたよね」

覚えていないと言いたかったが、返事のように勝手に顔が赤くなったのが自分でもわかる。からかわれると覚悟したけれど、総司は準一に向き直ると頭を下げた。

「乃々佳さんの気持ちを最優先に、準一さんと道子さんにもご理解を頂けたら、話を進めていきたいと思っています」

「そ、総司君、ちょっと待ってよ」

あまりにも本気モードなので乃々佳は箸を置いた。準一は小さく溜《た》め息を吐《つ》いて背筋を伸ばす。

「乃々佳の幸せが一番大事です。娘の意思を尊重していただきたい。私達夫婦の願いはそれだけです」

父親までが頭を下げたから、乃々佳は宙で腕をバタバタさせた。

「ちょ、ちょっと皆、正気に戻ってよ。坊ちゃんは跡取りだよ。何もかもが釣り合わないの、総司君が一番わかるでしょう。こんな私じゃ無理だよ」

東悟にもそう伝えたが、相手にはしてもらえなかった。

総司は唇を引き結んだ乃々佳を見つめた後、うーんと言いつつコーヒーを一口飲む。

「乃々佳の礼儀作法は、うちの母親と道子さんに仕込まれているから完璧だ。それで十分だよ」

「釣り合わないっていう話をしているの」

挨拶や礼儀に関しては親からだけでなく、久遠家の人達からは実地で学ばせてもらった。

高級な場所にも連れて行ってもらったので振る舞い方も確かにわかる。社会に出てみれば役立つことばかりで、貴重な経験をさせてもらったと心から感謝していた。

「無理強《じ》いはしないよ。乃々佳には将来を誓い合った彼氏がいるってことならしょうがないし。あーあ。東悟君はまた出し抜かれたんだなぁ」

総司は兄である東悟を『君』付けで呼ぶ。

「待ってよ。彼氏とか作る暇なんてないから。家と会社の往復で精一杯だし、一週間で溜《た》めた家事をするのは本当に大変で……」

「乃々佳は若いしコンパとか他部署との飲み会とか誘われるでしょ。そういうのが出会いの場になるじゃん。俺だったら絶対に乃々佳に声を掛けるけど」

「一人暮らしなのに全てのお誘いを受けてたら、お家賃が払えなくなっちゃいますけど」

「偉いね、ちゃんと考えて生活してるんだ。社会に出たら人は一気に成長してしまうね。でも彼氏はいないんだ。乃々佳の口から聞けて良かった」

普通に会話をしながら、情報を抜くのは総司の得意技だ。

彼氏はおらず、男の影さえもないという事実を、父親の前で暴露させられてしまった。猛烈に恥ずかしい。なぜこんな罰ゲームを受けることになっているのか。

乃々佳が項垂《うなだ》れていると、朝食を終えた準一が食器を重ねながら席を立ちシンクに食器を置きに行く。

「後は総司様と二人でお話しするといいよ」

「お父さん」

「乃々佳が決めなさい。久遠家に暇《いとま》を頂いてもいいんだ。お父さんもお母さんも乃々佳の味方というのは変わらないからね」

乃々佳の肩に手を置いた後、総司に軽く礼をしてダイニングを出て行く。

昔より小さく感じる背中なのに、ちゃんと娘を守ってくれようとする準一に乃々佳の胸は痛んだ。

「さすが準一さん。釘を刺されちゃったな」

総司は苦笑しながら、頭をかいた。

自分が結婚を断ったら、両親の仕事に影響がある。乃々佳は胃の奥が痛むのを感じた。テーブルの上にはまだ終えていない乃々佳の朝食だけが残っている。

旦那様が体調を崩して、父親も歳を取ったように見える。自分が家を出ても、両親も、実家も、何もかも変わらないと漠然と思っていた。永遠に続くと思っていた時間に置いて行かれたような気分だ。

こんなに早く自分の甘さを思い知るとは思わなかった。

急激なストレスのせいか、猛烈に甘いものが食べたくなる。そんな乃々佳の肩に、総司は軽く手を乗せた。

「乃々佳、一応確認。まだ、男が怖かったりする？」

「……総司君のおかげで大丈夫なの。男の人が怖かったら、あの後に彼氏とか出来てないし」

早く自立したいという気持ちから高校生の時に始めたバイトで、乃々佳はバイト先の大学生からこれは運命だと興奮してまくしたてられて、ストーカーされたのだ。

待ち伏せなど行き過ぎた行動を伴《ともな》うもので、精神的に追い詰められていたのを総司が気づいてくれて、バイト先に送迎してくれた。

その内にその大学生はバイトに来なくなったのだが、店長から実家に戻ったらしいとだけ聞く。

「あの時は、本当にありがとう」

「妹が困ってたからね。当然」

この一連の出来事を二人だけの秘密にしてもらったのは、勝造や東悟が知ったら大事《おおごと》になりそうだったからだ。勝造からはバイトをしたいなら仕事場は紹介する、とまで言われていたからでもあるし、何よりも両親にいらない心配をかけたくなかった。

この一件で、総司には頭が上がらない。

「東悟君ね、銀行も屋敷も仕切らないといけないからバタバタしてて」

「……大変だよね。坊ちゃんも、身体を壊さないといいけど」

「乃々佳がプロポーズを受けてくれれば、一気に回復すると思うよ」

「簡単に言わないで……」

コンビニに行こうくらいのノリだったので、乃々佳は総司をやんわりと睨《にら》んだ。

「東悟君が過保護なの、乃々佳だけだからね」

「子ども扱いしているの間違いだよ……」

東悟は昨夜も、いつ来るかもわからない自分を待っていてくれたのかもしれない。

そこまでしなくてもいいのにという想いと一緒に、真剣にプロポーズしてくれた東悟の顔が思い浮かんだ。思い出すと冷静さが遠のく。

「何、一人で百面相をしているの」

「そんな顔にもなる状況だからだと思う」

総司に指摘されて乃々佳は唇を突き出した。彼は微苦笑してからマグカップの縁《ふち》を撫でつつ口を開く。

「乃々佳さ、よく知った東悟君と結婚するの、何が嫌なのか俺に相談してよ」

「そりゃ私と結婚すれば、坊ちゃんは気を遣わないでいいだろうけど、そもそも釣り合わないの。スペックが違いすぎるもん」

憧れという言葉も知らない幼い頃から、東悟は存在が特別だった。少年の頃の東悟は純白のシャツと紺の短パンで庭に立っているだけなのに、半径一メートルは輝いて見えたくらいだ。

でもどこか寂しそうで、笑顔にしたくて。いろんな方法で東悟の気を引こうとしていたのだが、今考えるととても恥ずかしい。

乃々佳が近寄っても東悟は拒否せずにいてくれた。それどころか、ポケットから包み紙にくるまれたチョコレートを出して、手の上に乗せてくれたのだ。

チョコと東悟、無邪気なあの頃はどちらも好きだった。いつからか、その思い出はぷっつりと途切れているのだけれど。

「じゃ、質問を変えるよ。東悟君、真面目にプロポーズしたと思うんだけど、乃々佳はどうして頑《かたく》なに冗談だと思っているの」

「釣り合いが」

「釣り合いねぇ」

あんな生まれながらにスポットライトがあたっているような人の横に並ぶなんて想像が出来ない。

「それってさ、自分に釣り合うバックグラウンドがあれば、喜んで結婚するって聞こえるけど」

「ないからノーコメント」

ポリポリと父親の漬けてくれたキュウリの浅漬けと白飯を一緒に食べる。

母親が忙しい時は、準一とこれを食べていた。テレビを見て笑いながら、醤油をたっぷりつけたキュウリの漬物を食べる時間が幸せだった。

そんな庶民の自分と、久遠家の御曹司が合うわけがない。家庭の文化が違うと、お互い不幸になる。

「お家柄のいい方を選んだ方がいいと思う。黒瀬のお嬢様とか」

「それは無理だ」

総司が真顔できっぱりと言い切ったので、乃々佳は首を傾《かし》げた。

「黒瀬の皆様と何があったの。お嬢様は総司君と同じくらいの年だっけ」

「いや、年上。それはいいとして。なぁ、乃々佳。俺は乃々佳が好きだし、何かがあればすぐに助けにいくと決めているよ」

「ありがとう。もういっぱい助けてもらってる」

「東悟君はもっと積極的に、ずっと支えたいと思っているんだ」

「うん。わかるよ」

三兄弟には強い絆があるのは知っている。三人が揃うと場を制するほどの圧倒的存在感を発揮するのだが、それはお互いを守り合っているからこそ出る雰囲気だ。

それをわかっているのは、ごく身近な人達だけだろう。

「私も、支えていきたいと思ってる」

その気持ちに嘘偽りはない。東悟は昔から自分を、特に自分自身の心を犠牲にしすぎる。だからこそ不幸な結婚や契約結婚をしてほしくないのだ。

食事をようやく終えた乃々佳は「ごちそうさま」と手を合わせると食器を重ねた。

食器を洗おうと立ち上がると、嬉しそうな表情を浮かべた総司に見上げられた。

「どうしたの?」

「乃々佳にそう言ってもらえると嬉しいなと思って。ありがとう」

「私は久遠家の皆様には末っ子みたいに大事にしてもらっているもの。何かの形で恩返し出来たらとは思ってはいるけど」

久遠家の人達は人柄もいい。そんな裕福な人達がいるのは、乃々佳にとってはちょっとした希望なのだ。力になれることがあれば何でもしたいという気持ちはずっとある。

しばらく実家から通勤するくらいは全く問題はないが、ちょっと時間は欲しい。

「乃々佳の恩返し、東悟君と結婚はどう？　民話では助けられた美人は、恩人の家に押しかけて夫婦になる」

何の例えだと返事に窮していると総司のスマートフォンが鳴って、二人の会話は途切れた。

「ちょっと、ごめん」

総司は立ち上がると、電話を取りつつ乃々佳から距離を取った。漏れ聞こえてくるのも嫌だったので、乃々佳は台所に立つと食器を洗い始める。

一人暮らしのワンルームのシンクは小さい。実家のシンクの洗いやすい広さに新鮮さを覚えていると、総司に後ろから声を掛けられた。

「ごめん、乃々佳。ちょっと屋敷に戻る」

「あ、はーい」

手が泡だらけだったので、上体を捩《ね》じって振り向いて挨拶をしたが既に姿はなかった。

旦那様の容態が悪くなっていなければいいけれど。急に訪れた静寂に心がマイナス方向に騒ぎだす。乃々佳は食器洗いに集中し不安なことを考えなくて済むようにした。

総司が使ったマグカップがまだテーブルの上にあるはずだが、とりあえずここにあるものの片付けを終わらせることにする。

旦那様の容態が急変すれば、そのプレッシャーはますます東悟に圧《の》し掛かってくるはずだ。昨夜の東悟は、本当に東悟だったのかとさえ思う。

　東悟は基本的にクールで、あまり感情的にならない印象だ。それが、プロポーズをしてきた上に、あんなに触れてきた。ストレスだと思えば腑に落ちる。人格を変えるほどなんてよほどのことで心配だ。

「私も他人事じゃないな……」

　明日は我が身だ。甘いものでも食べて、ストレスが振り切れる前に気持ちを切り替えたい。

　駅前にチェーン展開しているお洒落なカフェがある。甘いフラッペの新作が出ていたはずだ。必ず買って飲むと決めて食器洗いに精を出していると、玄関のドアが開く音がした。

　準一が屋敷へと行ったのなら、声を掛けてくれたはずだ。それがないので消去法で用事が済んだ総司が戻って来たのだろうと思った。

「乃々佳」

「総司君、おかえりなさい。使ったマグカップをこっちに持って来てくれるかな。今、洗っているから」

振り返りもせずに乃々佳は、声を掛けてきた相手に頼む。

「はい」

「ありがとう」

隣にやってきた総司の背が、いつもより高い。違和感を覚えながらマグカップを受け取るつもりが落としそうになった。

「な、ぼ、坊ちゃん。あれ、総司君は」

「総司とならさっきすれ違った。ここには戻って来れないんじゃないかな」

隣に立っている容姿端麗な男性は総司ではなく東悟だった。原家はあまりにも出入りが簡単すぎると乃々佳は肩を落とす。

何の心の準備もなく現れた東悟に、どんな顔をすればいいかわからない。

本人は何事もなかったような涼しい顔をしているから、自分からはプロポーズの話題に触れるのだけは止めようと心に決める。だが、お礼をしなくてはいけないことがあった。

「あの、昨夜は、食事をありがとうございました。おいしかったです。容器は後で屋敷に返しに行くので」

「そんなの、俺が後で持って帰るよ」

半分呆《あき》れ顔の東悟の顔色が少し悪く感じて、ちゃんと休めているか体調が心配になる。

忙しいし、ストレスも多いのだ。

「顔色、あまり良くないですよ。大丈夫ですか」

「体力はある方だから、問題ないよ」

代わることが出来る仕事であれば、寝ていて下さいとでも言えるが、そんなものはないから何とも不甲斐ない。

それに昨夜を彷彿させる距離の近さが乃々佳の緊張を高めた。

明るい時間に触れられたら正気でいられるだろうか。そんな現場を父親に目撃されれば、きっと恥ずかしくて死んでしまう。頬、耳、触れられた部分がなぜか熱を持ち始めた。自然と呼吸が乱れてきて、呼吸を止めがちになる。

カタンと東悟はマグカップをシンクに置いて蛇口を閉めた。

「水、もったいないよ」

「ああっ」

食器に付いた泡をすすごうとしていたので、水を出していたのを忘れていた。水音も聞こえないほどに東悟を見つめていたらしい。

意識しすぎている自分をどう扱っていいかわからないが、洗うべき食器は残っている。

片付けを終わらせなければと泡の付いた食器を持つと、手から滑ってシンクに落ちた。

ガンッという派手な音が乃々佳の気を遠くさせる。

「……続きは俺がするから、乃々佳はちょっと休んだらいい」

「いやいや、そんなことはお願い出来ませんよ。休むべきは坊ちゃんですよ。何だかお疲れのようですし、父が淹《い》れたコーヒーでもいかがですか」

思わぬ申し出を即座に断ると、東悟は微かに口角を上げた。

すぐそばに立たれているから緊張しているし、どういった会話を選べばいいかもわからない。

乃々佳が黙ってしまうと、テーブルの上を見るように東悟に視線で促《うなが》される。

「駅前のカフェで新作の甘いのを買ってきた。広告の看板が立っていたから、好きなんじゃないかと思って」

「えっ」

自然に生唾を呑《の》みこんでしまった。そこには帰る時には必ず買って飲もうと決めていたカフェの紙袋が置いてあった。

いつの間にと驚きながらも目をきらきらさせてしまって、東悟は腕まくりをしながら笑う。

「そろそろ、甘いものが欲しいんじゃないか」

「頂いていいんですか」

「見せつけるためだけに買う程に金はないよ」

資産家の御曹司の冗談に呆《あき》れていると、身体でやんわりとシンクの前から横に押された。そこを退《ど》けという意味だ。

「……今、押しましたよね」

「乃々佳がなかなか退《ど》かないからね。強行突破をするしかない」

本当に食器を洗ってくれようとしている。意地を張り合っても時間が経過するだけだと、お礼を言って乃々佳は大人しく場所を譲った。

押された時の東悟の身体の力強い質量が腕に残っている。男女の身体つきが全然違うのは知っているが、この硬さは普通ではない気がした。

跡取りの坊ちゃんとして見ていた男性を、一人の男の人として意識し始めている。新しい発見にいちいちどぎまぎし始めていた。

「ああいう飲み物って、早めに飲んだ方がいいんじゃないのかな」

「あ、そうです、はい」

東悟は慣れた手つきで食器をすすいでくれている。洗った食器の並べ方も整然としていて無駄がない。明らかに家事に慣れている人のそれだ。

「……何でも出来るんですね」

「何でもって、これは必要な生活力だよ。別に何でもない」

東悟は当然のように言っているけれど、理想ばかりで手を動かさない人だっているだろう。

自分の方が忙しいのに飲み物も買ってきてくれた。時間の使い方に無駄が無さ過ぎる。ダラダラしたいとかないのだろうか。

こんな完璧な人が自分に求婚しているのは、やはり違和感しかない。

「乃々佳も、もう小さなチョコレートってわけにはいかないだろう」

「そうそう。坊ちゃんのポケットには、必ずチョコレートが入ってましたね。嬉しかったなぁ」

乃々佳は思い出して微笑んだ。東悟の方が年上だし当然なのだが、小さな頃のチョコレートのことを覚えているのだ。

テーブルに置かれている紙袋を開けると、季節の果物を使った新作が入っていた。嬉しさを隠しきれずに頬は緩《ゆる》み弾《はず》んだ声を上げる。

「これ、飲みたかったんです」

「良かった」

カップを取り出したが、中身はそんなに溶けていない。いかにもおいしそうな香りを放つその冷たい飲み物の他に、紙袋には何も入っていなかった。

「坊ちゃんの分は?」

「俺は準一さんのコーヒーをもらうよ。料理人《コック》もお墨付きのやつ」

準一は運転も丁寧だが、コーヒーの淹《い》れ方にもそれが出ていた。久遠家の料理人《コック》も休憩の息抜きに父親のコーヒーを望むくらいだ。

そういえば、東悟が甘いものを食べているのをあまり見たことがない。ということは、自分のためだけに買ってきてくれたのだろうか。

「あの、すみません。ありがとうございます」

もう一度礼を言うと東悟は微笑んだ。この笑顔は昔から変わっていないなと思う。性格的なものも変わらないのであれば、優しいのには変わりないはずだ。

昨夜帰宅した途端に駆けつけてくれたし、夜食も用意してくれた。甘い飲み物まで買って来てくれて、誰に対してもこんな接し方をしていれば東悟はいつか疲れ果ててしまう。

乃々佳はプラスチックカップを手に、シンクで手際よく洗い物をしている東悟の横に立った。

背が高いせいで、少し前屈みになっている。腰を痛めそうだなと思いつつ、彼の顔を覗き込む。

「……父のコーヒーとまではいきませんが、私、淹《い》れてもいいですか」

東悟が驚きに目を丸くしたので、乃々佳は言い訳するように早口になる。

「あの、その、もし良かったら、です。何かお返しをですね、したいなと……」

代金を支払うというのは東悟と乃々佳の関係では少し違う。忙しい中、気遣ってくれた彼に自分が出来る、喜んでくれそうなことを考えたらそれしか浮かばなかった。

準一の淹《い》れるコーヒーには遠く及ばないが、中学生の頃から教えてもらってはいるし、両親には乃々佳が淹《い》れているから、人様に出せるものではあると思う。

「じゃあ、お言葉に甘えるよ。――ただ、機嫌取りなんだよ、それ」

食器を全てすすぎ終えた東悟は微苦笑を浮かべて手を拭いた。昨夜から彼のリラックスの延長にある、日常にしか見せない表情の数々に乃々佳の鼓動が速くなる。

もしかしてプロポーズを断ったことで、東悟は傷ついていたりするのだろうか。

拒まれれば心は何らかのダメージを受けて当然だが、東悟はどうなんだろう。

彼が人間らしい感情を持つという事実を、『坊ちゃん』として接することで遠ざけている気がして、乃々佳は焦った。

お礼を言ってストローに口を付ける。頑《かたく》なだった心が解けはじめるくらいに、とっても甘くておいしい。

「昨日の夜、結婚の条件の話をしただろう。文面にする前に、意見を聞こうと思って」

「え」

当たり前のように出た結婚の話題に、乃々佳はカップを落としそうになる。

「弁護士に作らせるから、それを確認してもう一度考えてくれないか」

場当たり的な衝動ではなく、東悟は本気でプロポーズをしているらしい。乃々佳はゴクリと生唾を呑《の》み込む。

「結婚に、条件って……」

乃々佳が考えている以上に真剣な申し出なのだと、くらくらしてきた。

「このプロポーズを受けるか受けないかは乃々佳の自由だから深刻にならなくていいし、返事次第で原さん夫婦が解雇されるようなことはない。むしろずっと働いていてほしいと思っている」

乃々佳は伏せそうになっていた顔を上げた。両親の雇用が約束されるのは素直に嬉しい。

けれど、娘が当主からのプロポーズを断ったとすれば、二人への風当たりがどうなるかはわからない。両親には絶対に迷惑を掛けたくはないと思う。

「契約だと思って、三年は結婚という形を保ってほしい。――もちろん、避妊をして子どもは作らない」

「でも、旦那様が孫の話をしていたじゃないですか」

思わず声を上げてしまった。昨夜の勝造の様子だと、孫を確実に待ち望んでいた。その期待を裏切るようなことに罪悪感がある。

「……契約の内に子どもを産んだとして、終了後に久遠家に渡せるならいいよ」

東悟のビジネスライクな氷のような言葉が乃々佳の心臓を刺した。子どもの親権を主張したとして、久遠家の弁護士に勝てるはずがない。

自分の子どもと離される。想像しただけで真っ青になった乃々佳に、東悟は溜《た》め息を吐《つ》いた。

「ほら、子どもを手放すのは乃々佳には無理だ。かといって、好きでもない男と三年以上も一緒にいるのは辛いだろう。跡取りはいれば問題がない。子どもの問題なら、総司が先にどうにかしてくれる」

乃々佳も傷ついたが、東悟だって目から感情をなくしている。自分を傷つけている。先程とは違う感情を押し殺した雰囲気が、それを如実に語っていた。これでは自分と結婚したとして、東悟も何も得るものがない。

乃々佳は冷たいプラスチックカップをグッと握った。

「坊ちゃんは、それでいいんですか」

「いい」

「絶対に良くないですから。昔からそうやって我慢ばっかりで……。ダメですよ、そんなの……」

乃々佳は続く言葉を呑《の》みこんだ。東悟が庭に一人でいたのは、何かあった時だったと肌で感じていた。幼い頃から十分に頑張ってきたのだ。もっとわがままを言っていい。

「乃々佳を三年も独り占め出来るのなら、俺にとっては十分だ」

「そんなの変ですってば。もっと自由に」

「結婚に関しては我慢するつもりはない。それだけは断言出来るよ」

東悟の頑として譲らない様子に、乃々佳は唖然《あぜん》とした。

勝造も乃々佳との結婚を望んでいると、総司も後押しにやってきたのはつい先程。

奥様には幼い頃から『ののちゃんがお嫁さんに来てくれれば……』と零されていた。

資産も家柄もないのに、どうして皆、自分との結婚を望むのだろう。

乃々佳はシンクの前に立っているだけなのに絵になる東悟を見た。ドラマや映画で見る芸能人よりもスタイルがいいし、かっこいい。

さすがに、猛烈にアプローチされている、気がする。これが勘違いなら、勘違いさせる周りが悪いとさすがに怒るレベルだ。

『好きだ』

あれは、聞き間違いではなかったのか。

プラスチックカップを持っている手先が冷たくてジンジンし始めた。せっかく拭きあげてくれたシンク横の作業台を汚したくなくて、ずっとカップを持っていたせいだ。

甘い果汁の味がする冷たい飲み物が口の中を潤《うるお》していた。頭に直接届くような甘さが、現実を受け入れる助けをしてくれればいいのにと思う。

シンクを綺麗にした東悟は、縁《へり》に背をもたせかけ乃々佳を見た。

「結婚してほしい。生活費はもちろん俺が出すし、自分の給料は自分で使ってくれていい。家事分担が難しければハウスキーパーを雇う。仕事も交友関係も何も言わない。毎日、俺と暮らす家には帰ってきてほしいが……」

「それ、私だけに好条件じゃないですか」

良すぎる条件に乃々佳はぎょっとする。

「条件は概《おおむ》ね合意なのかな。あ、口頭のみの約束で頷いたらダメだ。弁護士に文書を作らせるから待ってほしい。文面にしたものに目を通して、それでもこの結婚が嫌なら……」

「あのですね、人が好すぎます……」

乃々佳は眉間に皺《しわ》を寄せて、拳を握り締めた。

こんなにいい人でグループ会社のトップに立つのだから、弟達の心配や不安は相当だろう。だからこそ支えたいと思うし、信用のおける人物を周りに揃えたいのもわかる。両親が東悟との結婚の話を無下《むげ》に断らなかったのは、幼い頃からそんな東悟を知っているからだとも想像も出来た。

いつもとは違う脳の部分を使っている。乃々佳は急にどっと疲れを感じた。

「……坊ちゃん、糖分をとりませんか」

いる。

「こういう時は、甘いものって決まっています」

乃々佳は東悟に自分が持っているカップを差し出した。中身はまだ半分以上残って

東悟はカップを受け取り、一口飲んで顔を大いに顰《しか》める。

「なんだこれ。めちゃくちゃ、甘い」

「糖分？」

「その甘さが、幸せにしてくれるんですよ」

東悟が甘さにびっくりして素の顔を見せてくれたので、空気がちょっとゆるんで乃々佳はホッとした。

結婚は、自分の人生を左右するようなことだ。

それをこんな短時間で決めてしまっていいのかという心の声はとても正しい。

ただ東悟は小さな頃から知っている人で、相手の家のこともわかっている。昔の結婚は結婚式当日に相手に会うこともあったという。

どのみち、結婚するように持っていかれる。条件を書面にする準備を始めた東悟の覚悟を見れば明らかだ。これ以上逆らうのは時間の無駄。腹を括《くく》るしかない。

何が正しいかはわからないけれど、幸せを決めるのは自分の心。

乃々佳は返してもらった甘い飲み物を飲む。甘い果汁の味がする冷たいそれは頭に直

接届いた。

「結婚します。契約は必要ありません。でも、両親の雇用は守って頂ければ嬉しいです」

「……結婚、してくれるのか」

東悟の目が輝いて、素直に喜ばれた乃々佳の方が照れる。

結婚は恋愛の後に来ると思っていた。けれどお互いの両親の後押しと相手に対して尊敬があるだけ十分だ。

「私で良ければ……ですけど」

「乃々佳がいい」

東悟は嬉しそうに歯を見せて笑ったので、言葉と表情に心を溶かされそうになった。

振り払うようにストローに口を付けて今更はっとする。

何も考えずに東悟にカップを渡したが、間接キスをしてしまっているじゃないか。

東悟があまりに普通に受け取るものだから乃々佳も意識をしていなかった。それを恥ずかしく思っているのは自分だけみたいでちょっと悔しい。

恋人を飛び越えて夫になる目の前の東悟は、とても嬉しそうにこれからの話をしてくれる。

好きだという言葉は本当なのかもと信じてしまうくらい喜んでくれていた。

飲んでいるフラッペが、さっきよりとっても甘く感じる。乃々佳は頬を赤らめながら思った。

「最後のアイスか……」

会社から帰宅した乃々佳は、最後の一本のチョコアイスを咥《くわ》えながら空箱を潰す。

一本で売っているよりも小さく、複数個入りでコスパがいい箱のアイスは冷凍庫に常にストックしているのだが、文字通りこれで最後。来週末に引っ越すことになったからだ。

甘くて冷たいアイスをもぐもぐと食べながら、楽しみをストック出来ないなら毎日コンビニで買うという贅沢を自分に許すことにした。

こういうちょっと贅沢な楽しみを作らないと、精神的になんだか落ち着かない。

東悟のプロポーズを受けてから一週間が経った。

正式な婚約となり、三カ月後には入籍する予定だそうだ。他人事のようなのは、乃々佳は決定事項に返事をするだけだから。

仕事みたいだなぁと思う気持ちはあるが、大きな家が相手ならそんなものなのだろう。

ただ、この一週間というもの、東悟はとんでもなく気を遣ってくれている。毎日連絡をくれて結婚準備の進捗を報告してくれて、希望がないかと毎回尋ねてくれるのだ。

乃々佳がメッセージの返信を滞《とどこお》らせるくらいで、マメすぎる東悟にちょっと申し訳なく思っていた。

東悟と結婚すると決めた時、乃々佳なりに覚悟はした。久遠家の大きさは知っているから、結婚式のあれこれはお任せするとも決めている。

ただ、甘いものを食べる頻度と量が増えているからストレスは感じているのだろう。環境の変化があるのだから仕方がないと思いつつも、体重計に乗るのは怖い。

アイスを咥《くわ》えたまま、仕事をするためにまとめていた髪を解《ほど》いて洗濯機を回す。夜の八時から家事を優先すれば、夕ご飯はこのアイスで終わりそうだ。

いつもは休日にまとめて買い物をしているけれど、引っ越す前の食材の買い物に悩む。どうしようかとぼんやり考えていると電話が鳴った。

スマホには久遠家三男の『照君』の名前が表示されている。

高校生の時にスカウトされて始めたモデルの仕事が本業になり、最近は自分の服のブランドを立ち上げ波に乗っている細身のイケメンだ。

間違いなく結婚のあれこれだろうし、小言まで想像出来た。

言い返す気力も残っていないしと、無視を決めたが一向に電話は鳴りやまない。よほど言いたいことがあるのだろう。

乃々佳が金持ちから学んだことと言えば、彼らはこれと決めたら引かないことだろうか。

二十コールに根負けした乃々佳は最後のアイスの欠片を口の中で溶かすと諦めて電話に出た。

「はい、原です」

『原デスじゃないよ。結婚式はやらないって聞いたよ。乃々佳、それでいいの。少人数でも、すればいいじゃん』

ああ、その話かと、電話の向こうで憤慨している照を和《なご》ませるように乃々佳は答える。

「旦那様のご容態のこともあるから。良くなったらしましょうかって話みたいだよ。照君が怒ってくれなくて大丈夫。気にしてないし」

『いやいや、怒るでしょ。めちゃくちゃ、怒るでしょ。気にしてないとか、嘘でも言っちゃダメだ。ドレス選び、僕は絶対に付いて行くつもりなんだけど！　ドレスってさ、大事だよね⁉』

「ドレス？　……大事、うん、大事だよね」

そんなに大事とまで考えていなかった乃々佳は、トラブルを避けるために話を照に合わせた。

資産家の結婚式費用なんてまったく想像出来ないし、ドレスの大切さもわからない。

結婚に伴《ともな》う金銭的な負担を原家はしなくていいということで決まったから、乃々佳は東悟からの報告にただ頷いていた。

『お金を出さないから文句を言わないとか、そういうことを考えている？　それって、うちがお金で嫌がらせしているようなもんだからね』

「えっと、本当に気は遣ってくれてるよ」

焦りながら乃々佳は言った。頭の中をずばりと言い当ててきた照も、自分の思考をよく読んでくる。

　久遠家の敷地内で暮らし、いろいろ思うことはあっても言葉に出来ないまま悶々《もんもん》としていた乃々佳に、実家を出ることを勧めてくれたのも照だ。聞きだすのが上手なのが総司なら、まず自分でも気づかない何かを指摘して行動を促《うなが》してくれるのは照だと思う。考えなくてもこんな男性に囲まれていれば、恋愛が遠のくのは当然だった。

「本当に大丈夫だよ。坊ちゃんもよくしてくれるし、照君が考えているほど悪い感じじゃないんだよ」

『乃々佳に気を遣うのは当然だし、婚約者を坊ちゃんと呼ぶ距離で結婚とかある？』

「でもほら、この結婚は旦那様を元気にするための手段でもあるし」

『はぁ？　まじで？　そんな風に結婚を決めたとかやばいじゃん。東悟君、超やばい』

口を開けば誤解が深まっていくのに、電話では黙ることが難しい。せめて照のような感情が湧いていれば良かったのかと思う。何の期待もなく結婚を決めているから、何も思わないのだ。

乃々佳は食べ終わったアイスの棒をゴミ箱に捨てた。結婚の報告を誰にすることなく、淡々といつもと変わりなく過ごした一週間を思い返す。

三連休明けの仕事は本当にいつも通りだった。違ったのは東悟から一日一回はメールが入ってくるようになったことだけだ。全て結婚に関わる業務的な連絡ではあったけれど、気遣う言葉が散りばめられたメッセージに、乃々佳の不安は小さくなった。

『とにかく、結婚式の主役は花嫁だと、僕は思っている』

「よくわかんないけど、それは普通の人の話だよ。久遠家と結婚すると決めたんだから、結婚式に口を挟む気はないよ」

『違う、久遠家じゃない。乃々佳は東悟君と結婚するんだ』

電話の向こうで照は大きな溜《た》め息を吐《つ》いた。

自分の代わりに怒ってくれるのはありがたい。けれど、ここで乃々佳が何かを愚痴るようなことをすれば、無駄に行動力がある照は何をするかわからない。

『……ていうかさ、もっと怒りなよ』

「え、だって、意地悪をされているわけじゃないもん」

『そうかもしれないけれど、乃々佳がプロポーズを受けるように、久遠家が周りを固めたのは事実だ』

やっぱり外堀は埋められていたのだ。照は怒ってくれているが、東悟は乃々佳が喜んでプロポーズを受けたわけではないと、一番わかっている。

我慢を強《し》いられる状況であることを理解しているから、気遣ってくれているのだ。

何だか知らないが考えていると急激に甘いものが欲しくなってきた。甘いものは甘いものを呼ぶ作用がある。

冷蔵庫にアイスはもう入っていない。バッグの中に常備している甘い新作のチョコレートは夕方に全部食べてしまっている。コンビニに行くのは夜道を出歩くことを東悟に注意されたから気が引けた。

ミルク多めのカフェオレを作ろうと決めると少しだけ心が落ち着く。

『……せっかくの一人暮らしなのに。東悟君と暮らすために、引っ越しもするんだよ』

「そうだよねぇ。そこはちょっと惜しいかなぁ」

小さいけれど自分の城であるワンルームの部屋を乃々佳は見回す。

実家に帰らなかったのは、ここでの生活が快適だったというのもあった。必要最低限のものと、ほんの少し気持ちをほっこりさせてくれる置物。狭いけれど帰ってくるとホッとする場所だ。

一人暮らしを始めた頃に、静かな部屋でベッドの上で大の字になりただ天井を見ていると、久遠家に迷惑を掛けないようにずっと気を張っていたのだと気づけた。久遠家にというより、両親が困らないようにという感じだろうか。彼等の勤め先の敷地内に実家があったものだから、内外の両側から人目を気にしていた。

あまりにもそれが普通だから、ストレスがあったなど気づいてもなかったのだ。

冷蔵庫を足で閉めてみるという実家ではとても出来ないことから、髪の色を明るくするまで一年半はかかった。心は楽になったけれど、同時に習慣を変える難しさも痛感した。

東悟と暮らすことは、無意識に自分に制限をかけていたあの日々が始まるということかもしれない。プロポーズを受けると決めた時に、覚悟はしたつもりだったけれど、こういう自由が失われるのはやはり寂しい。

乃々佳は明るめの髪を指に巻き付けた。籍を入れる前に黒髪に戻した方がいいだろう。少し悲しいが明日には引っ越し業者が段ボールを持ってくるし、梱包《こんぽう》作業が始まれば感傷に浸っている暇はない。

複雑な乃々佳の心を読んだように、照が悔しそうにも聞こえる声色で言う。

『乃々佳の負担が大きい。僕だって乃々佳が本当の家族になるのは嬉しいけど、……心配だ』

環境の急な変化を照が心配してくれるのがわかって、乃々佳は声を明るくした。

「あ、でもね、いいこともあるよ。坊ちゃんのマンションに引っ越すから通勤が楽になるの。調べたら駅からもまぁまぁ近かった。仕事しながらでも家のことは出来るんじゃないかと思ってるんだよね」

『……あのさ、男女が一つ屋根の下に暮らすのに、その心配？』

荷造りのことばかりであまり他に何も考えていなかったので、一緒に住むということを深くは考えていなかった。

『乃々佳は変に前向きだから付け込まれる。この結婚だってそうじゃないか。父さんだってなんだよ、急に元気になって。気持ちで生きているのは知ってたけどさ』

「でも、元気になって嬉しいでしょう」

勝造に婚約の報告をすると、彼は主治医も驚く程の回復を見せた。結婚の話は保留になるのかと期待をしていたのだが、むしろ勢いづいてしまい、嬉しくはあるが複雑な気持ちは否《いな》めない。

「ねぇ、照君。坊ちゃんは旦那様の代わりにいろいろお仕事して無理してるよね。そこに結婚の準備でしょ。すごく優しいし気を遣ってくれるんだけど、旦那様は元気になった代わりに、次は坊ちゃんが倒れないかと気になっていて」

『……東悟君が乃々佳に優しくするのは当然というか、乃々佳には昔からそうだよね』

「え？　昔から誰にでも優しいよね」

『それは知らないけど、乃々佳には優しいのは知ってる。仕事は東悟君なら大丈夫だよ。

タフだし』

「うーん……」

乃々佳でさえ人の悪意に驚く体験がある。東悟のような地位なら、周りにはもっと激しい人がいそうだ。優しくて、仕事も出来るのは、とても強い証拠だと思う。

『皆、ちょっと乃々佳の人の好さを利用しすぎだよね。あーもう、僕はやっぱり抗議をする。なんていうか、こう、モヤモヤが止まらない』

「そんなにいい人じゃないよ、私」

人に嫌いだという感情だって抱く普通の人間だ。だが照には言葉が届かなかったらしく、また電話すると言って、一方的に電話を切ってしまった。

「お金持ちって勢いある……」

乃々佳は通話を終えたスマートフォンをベッドの上に置く。今週は結婚に伴《ともな》う諸々で自然と身体に力が入ってしまい、疲れは少しずつ蓄積していた。

厄介なのがメッセージの返信だ。東悟に気を遣わなくていいですよと伝えたいのだが、文字だけだと突き放した冷たい感じがして、一度書いた返信を、送る前にいつも消してしまう。明るさを演出しようと可愛いスタンプを送ろうとしても、慣れ慣れしすぎやしないかと、やっぱり手は止まった。

正しいかどうかを考え過ぎて、何も出来ないのだ。

他の兄弟にはこんなに気を遣ったことがないから、ますます動けない。

無事に結婚生活を送れるのかと心配にも思うが、東悟の優しさがあれば大丈夫だろうと気を取り直す。

とりあえず甘いカフェオレを作るために、乃々佳は小さなキッチンに向かった。

上の戸棚から顆粒《かりゅう》のカフェインレスのコーヒーを取り出そうと爪先立ちになった時、ピンポーンとチャイムが鳴る。

「私、何か荷物を頼んだっけ」

最近はネットで買い物をしていない。覚えがないチャイムは、一人暮らしで怖いもの上位だ。

恐る恐るインターフォンの画面を見れば、そこには思いもしなかった人物が立っていた。通話ボタンを押す前に乃々佳は玄関にダッシュする。

チェーンと鍵を外してドアを勢いよく開けると、そこにはスーツ姿の東悟が立っていた。

東悟は何か怖いものでも見たかのようにゾッとした表情を浮かべる。

「……ちょっと待て。いつもはこんな不用心にドアを開けていないと言ってほしい」

「いつもはドアさえも開けませんよ！　私、坊ちゃんと約束してましたっけ。ごめんなさい、メッセージをちゃんと確認していませんでした。いやそれ以前に、どうして住所

「知っているんですか」

東悟は手に持っていた紙袋を乃々佳の目線に上げた。それは全国チェーン展開をしているドーナツショップの紙袋で、甘い香りが乃々佳の鼻腔《びこう》を刺激する。

「ド、ドーナツ！」

先程から甘いものを切望していた乃々佳は、大きな声を出してしまった。

「差し入れ。約束もしていないから、メッセージはしていない。住所を知っているのは、引っ越し業者の手配を俺がする際に、道子さんから教えてもらったから」

「あ、なるほど。どうぞ上がって下さい。汚いですけど……」

跡取りの坊ちゃんを立たせたままは失礼だという、使用人の娘が発動してしまった。

二十時過ぎにいきなり来るとも思っていなかったが、婚約者なら約束もせずに来ていいのか。

いや、そもそも久遠家三兄弟はいきなりやってくるという癖がある。でもこの家まで来たのは東悟が初めてだ。

袋の隙間からしてくる甘いかぐわしい香りが心を躍らせ、乃々佳は無意識に東悟が持つ紙袋に手を伸ばしていた。

「はい、どうぞ」

「遠慮なく頂きます。ありがとうございます」

東悟がドーナツの紙袋を渡してくれて、その重量に心が浮足立ってしまう。

「じゃ、お言葉に甘えて、お邪魔します」

「本当に狭いですよ」

ドアを閉めて東悟が玄関に入ってくると、狭い空間が彼でいっぱいになった。小さな場所だと体格の良さがわかりすぎてしまう。

大きなサイズのスリッパなどないから、靴下のままで部屋の中に入って来てもらった。当然だが東悟の黒い靴下に穴が空いていたり、爪先の辺りが擦《す》り切れていることもない。相変わらず隙が見当たらないと感心した数秒後、自分がどんな部屋着を着ているかに思い至った。

恐る恐る、自分を見下ろす。

パステルカラーの肌触りがいいふわふわの長袖パーカーのチャックは鎖骨下まで下がっているし、同じ生地の短パンから生の太腿がどんと伸びている。久遠家の男達が簡単に出入りする実家にいる時は、憧れても着ようともしなかったものだ。

東悟の前で生脚を曝《さら》け出してしまって、恥ずかしくて穴があったら入りたいが、今から着替えるのは不自然すぎる。せめてものとパーカーのチャックを一番上まで上げた。

内心では冷や汗をかきながら、乃々佳は平然とした顔で手に持っているドーナツを小さなローテーブルの上に置く。

尋ねる。

「突然どうしたんですか。何か問題でも起きましたか」

連絡もなしに来るような、東悟はそんなタイプの人間じゃない。

旦那様の容態が急変したのであれば、呼び出されるのは自分だろうし……と乃々佳は尋ねる。

「旦那様も元気になったし、結婚の話はなくなりましたか？」

顔を合わせて話さないといけないのなら、そんなところだろうか。

東悟はベッドの脇で乃々佳に背を向けて立っていたが、身体ごとこちらに振り返った。

目が笑っていないのに、口元は微笑んでいる。

「なくならない。同棲の引っ越しを控えた婚約者が、夜逃げしていないかを確認しにきた。掴まえに来たんだよ」

「私が夜逃げ？　両親に迷惑を掛けます。お受けしたのだから、久遠家が止めないのなら結婚します、ちゃんと」

真面目に口にすれば、東悟は「そう」とだけ言った。

突然押しかけられた上に、やけに重い空気が部屋の中に充満する。緊張感に息苦しくなって、乃々佳は紙袋を指差した。

「頂いてもいいですか。コーヒーはインスタントしかありませんが、いかがですか？」

「もちろん食べて。……コーヒーを飲めば長居をしてしまうから、遠慮する」

東悟は視線を乃々佳の短パンから出ている生脚で止めて、すぐに逸《そ》らす。その一瞬の動きで、乃々佳は気を失いそうになった。生脚は、やはり目に付いて当然だ。

自慢の脚なら堂々と出来たかもしれないが、虫刺され痕もある微妙な脚。完全に気を抜いている状態を、他人《ひと》に見られて平気でいられるほど図太くはない。

東悟は再び背を向けて、腰に手をやると小さく息を吐《は》いた。脚を見てそんな態度を取られたら、さすがにちょっと複雑な気持ちになる。

東悟は小さなワンルームに花を添えるような高級スーツを着ている。どんなチープな場所でも彼が立った場所は華やかな雰囲気をまとう。大きな責任を背負って立つために生まれたような人物。

付き合ってきた女性はモデルだとか綺麗でスタイルのいい人ばかりだろう。

そんな人と結婚をするという、勢いだけで受けたことが急に怖くなった。

どんなに覚悟をしても、現実に触れたら怖気《おじけ》づくことだってある。怯えが心に居座って消えてくれない。

東悟は背中を向けたまま、静かな口調で言った。

「……こんな結婚、不安に決まっている。それなのに乃々佳は結婚が決まった日から愚痴も不満も言わない。そういう人間は他に逃げ先を作るものだ」

「逃げるが前提になっているんですね」

現実逃避っていう意味なら、脳みそにガツーンとくるくらいの甘いものだ。

このドーナツの差し入れで十分だと思ったのに、東悟が思わぬことを口にした。

「買い物ならまだ可愛い。請求書を回してもらえれば済むだけの話だから。今日は男がいないかを確かめに来た」

「はい……って、は？」

乃々佳の思考は止まる。

「男を連れ込んでいるんじゃないかと心配に」

「そんな暇、ありませんけど！」

思わず大きな声が出た。

仕事は通常通りだし、引っ越しの準備はしなくてはいけないし、東悟から来る結婚への準備進捗に目を通さないといけないしで、暇なんて本当にない。

発想が斜め上すぎるし、この一週間の落ち着かない気持ちが苛立《いらだ》ちになって、乃々佳は背を向けている東悟の二の腕をペシッと軽く叩いた。

「痛いよ」

「バカも休み休み言って下さい。久遠家の三兄弟と違って、私はチヤホヤされなければ、モテもしないんです。仕事帰りに男性とデートするような体力も気力もありません。そんな時間があれば寝ますし。……何ですか、もうっ」

自分で言っていて彩りのない人生に悲しくなってきた。乃々佳は腹立ち紛《まぎ》れに、東悟の二の腕をまたペシッと叩く。

「意外に力いっぱい叩くね。そんな恰好をしてるから勘繰《かんぐ》るだろう」

「何ですか、それ。これは部屋着です。部、屋、着！　好きな服を着て何が悪いんですか。坊ちゃんの今までの彼女は、坊ちゃんのために着たかもしれませんが、私は着たい服を自分のために着ますんで」

東悟は優しく見えて実は高慢ちきなのか。自分の恋愛経験の無さが彼をいい人だと見せていたのなら、ますます辛い。

腰に手を当ててプリプリと怒っていると、東悟の手が頭の上に乗った。

大きな手が頭頂を鷲掴みにするように包み込んでいる。

「また、子ども扱いを……っ」

「悪かった」

やけにあっさりと謝ったので、乃々佳の方が拍子抜けする。

「実家では乃々佳がそういう格好をしているのを見たことがなかったから。誰の影響かと」

「この恰好が男性からの影響って決めつける辺り……、自分がどんな女性と付き合ってきたかを暴露していることになりませんか」

東悟の周りには、彼の好みに合わせる女性ばかりがいると言ってるようなものだ。目の前の婚約者が、モテすぎて思考が偏《かたよ》ってしまった男性に見えてしまう。

「ドン引きです」

「誤解は嫌だな。俺は乃々佳一筋だよ」

「軽い……。この会話でご自分の女性関係を垣間見《かいま》せてしまっているのは、すごい問題だと思いますよ」

乃々佳は両腕を抱くようにしてぶるぶると震えた。頭の上の手は、離れないままだ。

旦那様は奥様一筋でいたけれど、東悟もそうとは限らない。お金も容姿も権力もあるのだ。自分の夫が愛人を作らないという保証はどこにもなかった。最初、契約結婚だと言われていたし、提示された条件に『一途に妻を愛す』的なものはなかったのだ。

そんな少女漫画的な展開なんて期待もしていないし別にいいけど、絶対に仕事は続けよう。自分で自分の自立心を挫《くじ》くようなことはするまいと考えている内に、眉間に皺《しわ》が寄ったらしい。

東悟はもう片方の手の人差し指と中指で、皺《しわ》をぐっと広げてきた。

「な、何を……」

「忙しいのはわかった。相変わらず真面目で勤勉で、男なんか目に入らなかったのもわかった」

貶《けな》されているような気がして、わぁと乃々佳は東悟を凝視する。結婚を申し込まれた時から、毒舌と態度に遠慮がなくなっていっている気がした。

東悟が部屋にある腰高の本棚に、乃々佳の視線を誘うように目をやる。

「行動経済学、決算書の読み方、あ、地政学、政治だね。資格っていうより、視野を広げるために読んでるんだ」

「いやーーーっ」

本棚というのはその人の希望も野心も入っていると思う。社会に出てわからないことが多くて落ち込んでいたのを、長い目で学んでいこうという気持ちに切り替えたのだ。本を一冊読んだところでわからないと投げ出さなければ、きっといつか理解出来ると信じて。

「もうやだ……」

三兄弟には自分の考えていることが筒抜けになるから猛烈に恥ずかしい。

この本棚を、社会人経験豊かな、修羅場をいくつもくぐって来ただろう優秀な人に見られるのは、生脚を晒《さら》す以上にしんどい。人を呼ぶことがなかったせいで、このワンルームは完全なプライベート空間になってしまっていた。

「私を辱《はずかし》めるために来たんですか」

「違う違う。何でそうなる。乃々佳が俺から逃げ出すんじゃないかって、掴まえに来たって言ったけど。——辱《はずかし》めてもいいなら、喜んでいろいろと恥ずかしがってもらうけど」

「何が喜んで、ですかっ。もうじゅうぶん恥ずかしいんですーーっ」

こちらは泣きそうになっているのに、東悟はとてもご機嫌に頭を撫でてくる。眉間の皺《しわ》も伸ばされ続けていて、怒り続けることも不可能だ。

これはもうドーナツくらいじゃ足りないと歯を食いしばっていると、東悟は微笑んだ。

「明日、パフェでも食べに行こうか。フルーツパーラーのパフェ」

「はっ、どこの……」

誰もが知る有名果物店の名前を出されて、テンションが一気に上がった。キラキラした目で東悟を見つめてしまったが、まんまとほだされてしまった自分に問う。こんなにちょろくていいのかと。

東悟はやっと頭と眉間から手を離してくれた。重みがなくなると、ちょっと物足りなくなったのは気のせいだ。腕を組んで見下ろしてくる東悟の表情は、なんだかとっても柔らかい。

「良かったな。一人暮らし」

「へ？」

東悟はそういえばずっと立ったまま、座ろうともしない。長居しないと決めているみたいだ。

「乃々佳が乃々佳に戻った」

「私はずっと私ですけど」

ハテナが頭の中にたくさん浮かんだが、彼らがずっと乃々佳の生活を邪魔しないでくれたのを思い出す。自由を謳歌した自分も。

何だか胸の辺りがむずがゆく、どきどきし始めた。

「俺と暮らすからって、乃々佳が何かを変える必要はないから。――その部屋着とか」

「それって……」

乃々佳は自分の恰好を見下ろした。もこもこ短パンから生脚が伸びているのは変わらない。

信じられないものを見るような目で、東悟を見上げた。

「坊ちゃん……、まさか、私にセクハラを……」

「セクハラの定義は置いておいて、髪の色も読む本も全部って意味だよ」

「本当ですか」

「当たり前だろ。髪の色、よく似合ってる」

実家にいた時は肩までのボブで髪色は黒だった。今は明るめの茶色で長さは胸元まである。昔の髪型に戻さないといけないかも……と思っていただけに、頭の中を読まれたような衝撃に言葉を失う。

「本当に女性はあっという間に変わる。本棚か電子書籍用の端末を買ってもいい。本はいいよな。俺も好きだ」

東悟の手が伸びてきて、また頭を撫でられるのかと身を引けば髪を触られた。髪に神経は通っていないはずだ。どうして、頭を撫でられるよりも心臓がバクバクと反応するのだろう。

「で、明日の待ち合わせだけど」

店の最寄り駅名に乃々佳は機械人形のようにカクカクと頷いた。

二人で出掛けるなんて初めてで、どんな服を着ればいいのかもわからない。

フルーツパーラーのパフェで一瞬で機嫌を直した自分の性根を叩き直したいと思った。

「街中で『坊ちゃん』って呼ばれて俺に変な趣味があると思われるのは嫌なんだけど、東悟って呼んでくれないかな、今から」

「それは……『あの』とかでの代用はダメですか」

「『あの』？」

驚いた顔で返されたので、肩をツンツンと突いたりと付け加えると、東悟は乃々佳の髪から手を引いて、不機嫌そうに再び腕を組んだ。

「ただの名前なのに」

試しに『とうご』という三文字で口を動かしてみようとしたが、口に糸が縫い付けられたかのようにモゴモゴするだけだ。

跡取り息子と使用人の娘という関係は年齢差と同じ重みがある。名前で呼ぶのは精神的なハードルが高すぎるし、それはダメだというブレーキが猛烈にかかる。

「婚約したからには公《おおやけ》の場に招待されることも多いから、早めに慣れてもらいたいな。これに関しては、習うより慣れろ。今、名前で呼んでみて」

「まだ結婚を決めて一週間です。無理です」

東悟にぐいっと顔を近づけられたので焦った。名前を口にしようとしただけで目は泳ぐし、とんでもないストレスを感じているのがわかる。

「言えなかったら、キスするって言ったら、どうする？」

「へ？」

間抜けな顔をしていたはずだ。乃々佳の知識の中にあるキスは、唇を触れ合わせる恋人同士がするもので。そこまで想像をして、全身の毛穴から汗が滲《にじ》み出てきた。

あまりに硬直していたのだろう、東悟は身体を離して自分の腰に手を置いた。

「俺のしたい結婚は、子どもが出来るようなこと込みだよ」

身体の関係。それは家柄の覚悟ほどは、しっかりと考えていなかった。結婚には夜の営みというものが付いてくるし、それはレスというものにならない限り続いていくのだ。

経験がないとは言わないが、目の前の東悟と……考えて思考が固まった。

「契約を、やっぱりするか」

東悟は独り言のように呟く。さっきまで柔らかかった声色が礼儀正しく硬いものへと変わった。

見上げれば柔和な笑みを浮かべているが仮面のようだ。また毒舌を発揮すればいいのに、こういう時はしてこない。

脳裏に小さな頃の庭の情景が浮かんだ。白シャツに紺色の短パンの男の子。既視感を覚えた瞬間、乃々佳は東悟の二の腕を掴んでいた。

なぜそういう行動に出たのか、わからない。

爪先立ちをして、掴んだ二の腕を支えに背伸びをして唇を近づける。東悟の顎《あご》に唇が触れた。僅かに感じた尖《とが》った感触は髭だろう。

あのお兄ちゃんは男の人になったのだと、胸の中に寂しさとも嬉しさともつかないものが広がった。

我に返ると東悟の驚きに見開いた目と目が合って、乃々佳は慌てて三歩後退《あとずさ》り、パーカーの裾《すそ》を握り締めてフローリングの溝を凝視する。

「名前は、まだ無理です。使用人の娘として生きてきたから」

「いや、いやさ、このキスの方が、名前呼ぶより難しいよね」

本当にその通りだと思うのだが、身体が勝手に動いてしまって、言い訳が出来ない。

「総司君と照君は、一緒にお昼寝をしたのも覚えているし、総司君はうちの台所でお母さんの手料理を食べていたし、照君は私の部屋に上がり込んでベッドの上で一緒に漫画を読むという関係だったので、名前の件はお時間を下さい……」

「へぇ、ベッドの上で一緒にね」

ヒヤッとした空気が流れてきたが、気のせいだろう。

下の二人は何だかんだと理由を付けては、十代の頃は特に久遠家の別棟のように、入り浸っていた。総司は母の道子と仲が良く、うちの家は人生相談カウンターではないと苦言を呈《てい》したいくらい、ダイニングで二人で話している時があった。

「まぁ、しょうがないか」

東悟は俯《うつむ》いたままの乃々佳の後頭部に手を乗せる。このぬくもりはちょっと癖になりそうだと思いかけて、乃々佳は心の中で今のナシと打ち消した。

「私って、どんな人と思われているんでしょうか」

「クソ真面目で勤勉で……それから」

「もうやめて下さい」

自分というものを客観視するのはとても難しい。記憶というのは物心ついた頃くらいからしかハッキリしないのに、それより前からそんな性格だったと言われると反論も出来ない。

お堅いとは言われたくないプライドから耳を塞ぎつつ、東悟のことを殆《ほとん》ど知らないなと思った。これだけ甘いものに自分は釣られているのに、彼に何を差し入れれば喜ぶかも知らない。

「そのくせ、優しくて明るくて、可愛い」

東悟がにっこりと笑んで付け加えた。ふわりと心の中が軽くなる。

「最近、綺麗が加わった」

「……っ」

耳まで真っ赤に染まったのがわかった。

久遠東悟という人をもっと知りたい、と今心に芽生えた欲。

この欲の種が何に育つのかは、まだわからないけれどフワフワした気分になるのは本当だ。

○初デート

「乃々佳、好きなのを二つ頼んだらいいよ」

話し掛けられて、食い入るように見ていたメニューから顔を上げた。

東悟がテーブルに肘をついて機嫌良さそうにこちらを見ている。親しみのこもった優しい目なので、なんだかこそばゆい。

フルーツパーラーに開店と同時に入ったおかげで並ばずに席に着けた。メニューを眺めている間にも席はどんどん埋まっていくからちょっと焦る。

甘いものに釣られたせいで、東悟がかっこいいことを忘れていた。店に入ってくる人が東悟で視線を止めて、対面に座っている乃々佳に移る。

イケメンを連れて歩けるような華やかさが自分にはないことは知っているから、じろじろと見ないでほしい。いたたまれなさに、残業続きの週末くらいの疲労を感じる。

「二つも食べられないので……」

「乃々佳なら食べられるよ」

「……」

にこにこと笑んでいる東悟と数秒視線が合う。甘いものは別腹とはいえ、はっきりと断言されてしまった。東悟には自分がどんな風に思われているのか。

眉間に皺《しわ》を寄せていると、彼の後ろ側のテーブルの女子二人から視線を感じた。

この『感じ』の視線は慣れている。屋敷の使用人や、乃々佳の住まいが久遠家の敷地内にあることを知っている同級生から受けていたものだ。

嫉妬と猜疑《さいぎ》のきつい目。慣れているとはいえ、気持ちがいいものではない。

東悟はといえば女性の熱い注目を浴びることに慣れきっているのか、注目されることは当たり前のようで気にした様子がない。

どこからか「あの人、芸能人かな」という小声が聞こえる。無視したいのに、鮮明に聞こえてくるのが不思議だ。

「どうしたの」

疲れた表情をしてしまっていたのだろう、東悟が心配そうに手を額《ひたい》に伸ばしてきた。その手を器用に避けて、身体を後ろに反らせる。

「大丈夫です」

「……ならいいけど。何が食べたい」

「何が、食べたいか」

自然と復唱してしまったのは、メニューの値段のせいである。

高級すぎるというイメージ先行があったせいで、フルーツパーラーに足を踏み入れたのは今日が初めてだった。メニューにあるパフェの、安い居酒屋ならコースの金額相当の値段は現実なのだろうか。洋食メニューもあるのだが、それよりもフルーツがこれでもかと盛られたパフェの方が値段が高いとは何事だ。

怯《ひる》みながらも食べたいという欲求には抗《あらが》えず、自分が払えそうな金額のもの……とメニューをめくり続ける。

「苺の、アイスクリームが食べたいです」

「パフェを食べに来たよね」

「でも、おいしそうだから」

食べたいのは本当だ。苺の果肉がごろごろ入ったアイスを味わってみたい。

パフェを食べに行こうと誘われたのにリサーチもせずに寝てしまったのは痛恨のミスだ。

本来なら買い物に行くべき日にこうやってデートしているので、引っ越しに伴《ともな》って一週間は外食かコンビニ食が続くだろう。現実的にも今出費は出来るだけ抑えたい。

東悟は「ふぅん」と言って、メニューを捲《めく》っている。

「ぼ……いや、あの、何を頼みますか」

坊ちゃんと言いかけたのを言い換えると東悟は苦笑した。いっそ「東悟さん」とでも呼んで、驚いた顔をさせてみたいと思ったが、口はやはり縫い付けられたように動かない。

「このシーズンのパフェを頼もうかと」

「お……」

変な声が出たのはパフェの中でも季節限定のもので、使うフルーツが旬だからか一段とお高い。タクシー代をもケチる身分としては、一週間分の食費以上の金額に震えてしまう。

「良ければ、シェアしないか」

「シェ、シェア」

驚いて聞き返すと東悟は自分の顎《あご》を指差している。昨夜、キスした箇所だ。

乃々佳の頬が赤くなった。キス出来るなら大丈夫じゃないかと言いたいようだ。何の反論も出来ない。

「問題ないね。じゃ、これとこれにしよう」

「いや、シェアって、人目が……」

東悟は店員を呼んで、瑞々《みずみず》しい旬の果物が美しく盛り付けられたおいしそうなパフェを二つとアイスクリーム、コーヒーを一緒に頼んでしまった。確かにアイスクリームは小ぶりだし、朝ごはんもちゃんと抜いてきたけれど、さすがに量が多いんじゃないか。

注文を取ってくれていた女性店員はその内容に疑問など持たないようで、キラキラした目を東悟だけに向けていた。まぁそうなるよなと思う。注文をしたのは東悟だし仕方がない。

どちらかというと、人に対して愛想を絶やさない東悟の態度が意外だった。総司や照はともかく、もうちょっとクールだと想像していたのだ。ちょっとモヤッとした心の動きは見ないふりをする。

店員が去った後、窓の外の雑踏に目をやっていた東悟が口を開いた。

「俺が好きなのを頼んだから、ここは払うよ」

「そんなつもりで、一緒に来たわけではないので」

さっきまでお金の心配をしていたのに、奢《おご》ってもらえても素直に喜べないしお礼を言えない。出すと言ったところで、東悟は絶対に受け取らないのは目に見えている。

考えてみれば東悟が割り勘ね、なんて言うはずがない。

「急に誘ったのは俺だしね。その代わりと言ってはなんだけど、次は俺が行きたいところに付き合って」

「それくらいなら喜んで。あの、ありがとうございます」

東悟はにっこりと笑みを浮かべた。自分といる時間に彼がたくさん笑顔を見せてくれるのが、正直嬉しい。

ずっと、遠くから見守ってくれる兄のような、誰からもひがまれない距離感を保った、親しくも淡々とした交流だった。安全を欠いた時だけは鬼だったけれど。

結婚すると決めてから東悟はいろんな表情を見せてくれる。

「仕事は楽しい？」

東悟と仕事の話をすることになるとは夢にも思わなかった。就職祝いにもらった高級なボールペンはまだ使えずに引き出しの中にある。

「おかげ様で楽しいです。総務課だから……正直華やかではないんですけど」

東悟は就職したい企業に必ず名前が挙がる銀行の役員に収まってしまっている。総司はグループの証券会社で働いているし、照はモデルとして自分を売り出している。

彼らにとっては地味で興味のない仕事だろうから、何となく話しづらい。

「総務は会社にないと困る部署だよ。物品管理や設備保守なんてこまごました仕事を担《にな》ってくれるから他部署が仕事に集中出来る。慰労や福利厚生なんて、社員の離職率を下げる大事な仕事だ。でも、文句を言いやすい部署だからスケープゴートになりやすい」

乃々佳は瞬《また》きを繰り返す。仕事を認めてもらっているような言葉が心に沁《し》みた。自然と前のめりになる。

「あの、今しているのは社員家族の会社見学の準備なんです。記念品の手配とか、看板作りもです。記念品には会社のロゴを入れてもらうんですけど、その選定は先輩とさせてもらっていて。お屋敷のお手伝いもしていたから、その経験が役に立っています」

久遠家の屋敷も使用人の家族の見学を年に一回は催す。会社に比べて規模は小さいけれど、特に用意される食事が好評なのだ。

「お屋敷のことを思い出して、社食を開放するっていうのを提案したんです。そうしたらすんなり通って。その代わりにその日の仕入れが変わってくるから、調整という仕事も増えて」

　東悟は「それで」と話を楽しそうに聞いてくれている。一緒に過ごしている時間を楽しんでもらえる態度は素直に嬉しい。

　話しているうちに東悟が昔の姿と重なった。笑顔を引き出したくなっていたあの男の子は目の前の人物と同じなのだ。いつからだろう。東悟は久遠家の跡取り息子なのだから、親しくしてはならないと心に深く刻んだのは。

「乃々佳？」

「あ、はい」

　急に黙ってしまったらしい。東悟は面倒くさいといった態度も見せず、ずっと興味深げに話を聞いてくれているのに、気持ちをどこかに飛ばしていた。

　結婚が決まってから、東悟にはこうやってずっと一方的に気を遣ってもらっている。

　こんなのじゃダメだと強く思うと同時に口を開いた。

「あの、私の仕事の話よりも、坊ちゃんは最近ちゃんとリラックス出来ていますか」

「リラックス？」

　怪訝そうな顔をした東悟に、乃々佳は頭を大きく上下に振る。

　久遠家の家族と休日をよく過ごしたが、旦那様は決して仕事の話をしなかった。

オンとオフを切り替えて休む時は休むことを大切にしていたのを、東悟が受け継いでいるかはわからない。自分が聞いてもらったように彼の仕事の話を聞いたところで理解出来ないし、わかるように話してくれる彼に負担をかけるだけ。

それならば、と乃々佳は両手を前に出した。

「本の受け売りなのですけど、食事と睡眠ってとっても大切なんですって。で、私は気が付いたんです。ストレッチとマッサージは質のいい睡眠に有効だって。マッサージと言えば肩を思い浮かべるじゃないですか。意外にですね、腰や太腿、足首を揉《も》むと眠りが深くなったりするんですよ。あ、手の平のマッサージもすっごく気持ちがいいんです」

東悟に手をこちらに渡すように促《うなが》すと、すんなりと右手を差し出してくれる。

「ありがとうございます。で、これで、こうやって」

東悟の小指と薬指の間、親指と人差し指の間に、自分の両手の小指と薬指の間を差し込んで、彼の手を広げた。それから親指で手の平を押していく。

「パソコンの仕事で凝《こ》るそうです。指も一本一本、こうやって揉《も》んでいくと手が軽くなりませんか。手が軽くなるだけで、身体も気持ちも楽になるってすごいと思って」

「へぇ、上手だね。気持ちがいい」

身体が軽くなった時の感動を思い出しながら嬉々として話していたがハッとする。

東悟ならきっと腕のいいマッサージや鍼灸院《しんきゅういん》に通い、プロに施術してもらっているはずだ。

「……通っているマッサージ屋くらいありますよね」

「あるけど、本当に気持ちいいよ」

かえって気を遣わせてしまった。

がっくりと肩を落としていると、ちょうどパフェがやってきたので手を離す。素人の押し売りマッサージだったのに、東悟は「ありがとう」とお礼を言ってくれた。

人目も憚《はばか》らずにマッサージをしてしまったことも恥ずかしいし、彼の優しさも心に痛い。

目の前にやってきたパフェには季節の果物が美しく載っていた。メニュー表の写真と何の変わりもないのは、さすが有名フルーツパーラーだ。

やっぱりお高いものは違うと目に焼き付けていると、スプーンを手に持った東悟が口を開いた。

「もう片方の手は、食べた後にしてもらえるのかな」

「マッサージのことですか」

尋ねると東悟はフルーツを器用にスプーンの上に載せながら頷いた。

「右手と左手の軽さが違うから、こういうのはちょっと嫌だ」

気遣ってくれているのか本当にしてほしいのかは不明だが、左右に差があるのが気持ち悪いのはわかる。

「ありますよね、そういうの。食べたらすぐにしますよ」

「そっちの方が楽しみだ」

食べてみればアイスクリームもパフェもとんでもなくおいしかった。

口の中で瑞々《みずみず》しいフルーツと、そのフルーツの甘さを引き出す生クリームが見事に調和するのだ。

「乃々佳は昔からおいしそうに食べるよね。チョコレートをおいしく食べるのが上手だなと思ってたよ」

「そんな昔から食い意地が張っていたんですね、私……」

何でそうなるんだよと東悟は笑いながら、パフェのグラスを乃々佳の方に滑らせてくる。

「残ったら俺が食べるから好きに食べて」

「でも……」

乃々佳が言い淀《よど》むと、東悟は話題を変えてきた。

「本当に手が軽い。足のマッサージも興味が出てきた」

「本当ですか？　一緒に住むわけですし、いつでもするから言って下さい」

素人マッサージなのに気に入ってもらえたようで嬉しい。

流れ的にパフェ二つを遠慮なく食べていることになったが、季節のパフェはどちらも豪華でお腹が許す限り食べたいと思った。

どうせお腹に入れるのならおいしく食べたい。結婚に対しての考え方もこんな感じなのだろうかと自分に問うてみても答えは出なかった。

「乃々佳は、甘やかされないね」

「パフェを二つ食べてる私に、何の話ですか……って、あぁっ」

食べ方を間違い果物が崩れそうになり話どころじゃなくなる。テーブルに落ちそうになった果物を手で受け止めたが、東悟は行儀が悪いなどと言わずに手拭きを店員に頼んでくれた。

これはまるでデートみたいじゃないかと思ってハッとする。

なぜ食べ物に釣られると、全てに鈍感になってしまうんだろう。

「ゆっくり食べたらいいよ。次の行きたいところも、急がなくていいから」

それって子どもに言うことでは……。それなのに、自分の失敗を寛容に受け止めてもらえたことに胸が高鳴った。

『坊ちゃん』が『久遠東悟さん』に変わっていく気持ちの変化に、今、置いて行かれそうになっている。

パフェを二つとアイスクリームを食べてしまった自己嫌悪の気持ちを抱いたまま連れて行かれたのは、高級感溢《あふ》れるブティックのようなウェディングショップだった。

「……ここは」

「俺が行きたい店だよ」

こんな気後《きおく》れする場所だとわかっていれば、パフェを二つも食べなかったし、付き合うとも言わなかったと思う。今からでも踵《きびす》を返したかったが、店内スタッフが東悟に気が付いて出迎えにきたので、回れ右をすることは出来なくなった。

東悟にエスコートされて中に入れば座っていたスタッフまでもが「久遠様、いらっしゃいませ」と頭を下げてくる。乃々佳一人なら素知らぬ顔で引き返せたかもしれないが、がっちりと腰を腕でホールドされていたものだから逃亡は許されなかった。

黒を基調にしたモードな店構えと、上品な照明使いの店内、店員さんの完璧な物腰は高級感溢《あふ》れている。東悟の婚約者として認識をされているのはわかったので、社交の笑みを浮かべて、それらしい態度を取った。

スタッフに通された個室には、ウェディングドレスや、それに伴《ともな》うティアラなどが陳列されていた。部屋全体がキラキラキラキラしていて本当に眩しい。照明使いが上手だとはいえドレスが光るのかと目を凝《こ》らしてみれば、レースの刺繍に縫いつけられた控えめな白いスパンコールが光を受けて反射していた。ティアラは言わずもがなで、模造宝石が品よく埋め込まれている。

「ここは……」

「ドレスを選べる場所。言わずに連れてきたのは、全部任せると言われると思ったから」

「ちょっ……、そういう問題じゃ……」

ウェディングドレスを選びに行こうと言われれば、確かに今日の外出はしなかったと思う。けれど、ドレス選びに連れてくるつもりなのに、あんなにパフェを食べさせる東悟もどうかしている。お腹がポッコリ出てしまうではないか。甘いもので釣れば簡単だと思われているのなら、自分の食生活を省《かえり》みなくてはいけないと本気で思った。

どんなに避けても、ドレスを着る本人が来ないとフィッティングも出来ないし、いずれは来ることとなっただろう。けれど、久遠家に相応《ふさわ》しい装《よそお》いがわからないのでお任せしたいという気持ちは変わらない。

ただ、気になることがあった。

「あの……、旦那様の具合もありますし、結婚式はしないですよね」

「式は未定だが写真は必ず撮る。俺が乃々佳のドレス姿を見たいし。式はしなくてもごく内輪で食事会はするつもりだよ」

勝造の具合が安定しない中でも、出来ることをしようとしてくれている。

「乃々佳は何を選んだらいいのかわからないはずだって、照が厳選したものだから趣味にも合うんじゃないかな」

「照君」

照の名を口にすれば、東悟は片眉を上げてきた。自分の名前は呼ばないのにと言いたいのだろう。兄妹《きょうだい》みたいに育ってきたから、そこは許してほしい。

昨夜、照から義憤の電話が掛かってきていたが、それで今日の昼までに用意をさせたのだろうか。

「照からドレスも選ばせないのはおかしいと電話が昨夜あった。プロに頼んで厳選させているから、最終的に乃々佳に選んでもらうつもりでいると伝えたら、今朝選び直しに来たらしいよ」

「ええっ」

やはりお金持ちの行動力は計《はか》り知れない。知り合いの店だからいいと淡々と東悟は言うが、迷惑には変わりないだろう。東悟が言うには、このお店は久遠家が懇意《こんい》にしているブティックの系列らしい。無茶が許される程度にはお金を落としているのだろう。

考えてみれば、この結婚は大きなお金が動く。

東悟は自分の父親の具合が悪い中で使用人の娘と結婚するのだ。変に噂を立てられやすい状況ではあるし、信用出来る業者を厳選して使う事情はわかる。

わかるけれども、やっぱり言いたい。

「事前にちょっと教えてほしかったかな、と」

「うん、悪かったよ。気を付ける」

東悟が素直に謝ったので、それ以上の文句を言うことが出来なくなった。彼が結婚の計画についてメッセージをくれても、意見も疑問も口にしなかったのは自分だ。受け身の態度が東悟を不安にさせた。それは悪かったなと自分の態度について反省をしていると、個室のドアをノックされる。

部屋に入ってきた中年の男性スタッフが東悟に声を掛けた。

「店長がご挨拶をしたいと申しておりまして」

スタッフが乃々佳も見ていたので、二人にと言いたいのだろう。だが、東悟はそうは受け取らなかった。

「ああ、こちらから行く。ごめん、乃々佳。先に選んでいて」

男性スタッフと颯爽と部屋を出て行く東悟の背中を見て、乃々佳はちょっと落ち込んだ。

礼儀作法は奥様と母から叩きこまれてはいるが、まだ重要人物に会わせるにはいかないと思われたのだろう。

悲しいというよりも当然だ。なぜなら結婚に対しての、何の意見も出していないのだから。

「あの、ドレスをご覧になりませんか」

スタッフから声を掛けられて、乃々佳は笑顔を作った。

彼らの仕事の一部は客のご機嫌取りではあるだろうが、久遠家というだけで更に気を遣わないといけないのだ。沈んだ態度を出してはよくない。

「はい。よろしくお願いします」

乃々佳は微笑んだ。

もちろんドレスに値札などついてはおらず、全てがデザイナーズだとかの最新作だと説明をされた。スカートは広がりがあるのがいいと、ふんわりとしたものを照が揃えたらしい。肩を出すのもいいけれど、レースで覆《おお》われるのもまた可愛いという。

女性スタッフにドレスそれぞれの素晴らしい部分を説明されると楽しくなってくる。

お洒落も人並みに好きなのだから、そうなるのは当然だったかもしれない。

「他のデザインが良ければ店内のものをご覧になって頂けますし、もちろん新作をお待ちいただくことも出来ます。一度で決められる方はそうそういらっしゃいませんから。まずは……どれか試着をしてみませんか」

「試着」

スタッフが笑顔で頷いたので、乃々佳は笑顔の裏で怯《ひる》んだ。

見て触ればもっと見たくなるし選びたくなるものだと今痛感している。着ればもっと欲が出てくるのは明白で、値段を知らないだけに躊躇《ためら》ってしまう。

「えっと、どのドレスも素敵で選べないので、か、彼に話して決めたいと思います」

「お好みのものはありませんでしたか」

眉を八の字にして問いかけてくるスタッフに乃々佳の罪悪感が刺激された。

「照さんが、乃々佳さんに似合うと選んだドレスです。私《わたくし》どもも、お会いしましてその通りだと思いました」

「朝早くから無理を言ったようで、申し訳ありません」

「とんでもないことです。オーナーが対応しておりますので、お気になさらないで下さい」

乃々佳の謝罪に、スタッフが焦って顔の前で手をぶんぶんと振る。

「照さんが乃々佳さんは肌も白くスタイルも抜群でお顔も整って綺麗でいらっしゃるので、ドレスの選びがいがあると仰《おっしゃ》っていましたが、お会いして納得いたしました。せっかくですから、こちらを試着してみませんか」

「……では、お願いしてもいいですか」

金持ち相手に仕事をしている人も、それなりの圧を手に入れるらしい。試着する以外に答える言葉が見つからなかった。

スタッフが俄然《がぜん》張り切り始め、彼女達は乃々佳がつい長い間触れて眺めていたドレスをちゃんと薦《すす》めてくる。白手袋を嵌《は》めたスタッフが、そのドレスを二人掛かりでハンガーラックから取り出してきた。

言われるがまま個室の中にあるカラオケのステージみたいな着替えのスペースに上がる。すぐにカーテンをザーッと閉められてしまった。自分は押しに弱いのだと乃々佳は改めて知る。

旦那様のことでお屋敷に戻ってから、今この瞬間までを考えればそれを受け入れるしかない。

「わぁ、やっぱりお美しい。ちょっと髪もアップにしてみましょうか。動かないで下さいね」

「どうせなら、ティアラも着けてみましょう。手袋も持ってきますね」

目の前にはドレスが全て映るほどの大きな姿見がある。着々と仕上がっていく自分が、ドレスの豪華さに比べて馬子にも衣裳感がすごく、恥ずかしくて直視が出来ない。

スタッフの滑《なめ》らかな動きや足元を見て、何とか自分を見ないようにする。

気を確かに持って、でも角が立たないように、誰にも見られる前にドレスを脱いでしまいたい。

「本当に素敵です。レースでデコルテや腕を隠すことで色気が倍増しますね」

「お持ちの清純さが引き立てられて素敵です」

「はは……、ありがとうございます」

　褒められ慣れているご令嬢が何と答えるかは学びようがなく、乃々佳は何とか返事をする。

　スタッフは乃々佳を褒めちぎりながらも手を休めることなく、ああでもないこうでもないと忙しそうにセットしてくれた。

　可愛い美しいとたくさん褒めてくれるが、持ち上げられた分だけ恥ずかしい。無条件に褒められたことがない人間はこういう時に弱いのだ。

　スタッフに乗せられて何着か着てみたい欲が出てきていることも怖い。全てをお任せするつもりだったが、せめてどれくらいの予算なのかを東悟に聞かなくてはと焦る。

「カーテン開けまーす！」

「え、何て……」

　悶々《もんもん》と考えているとスタッフさんの明るい声が響いた。ちょっと待ってと伸ばした腕は空をきり、ザーッとカーテンが目の前で開く。

　試着が出来るステージから少し離れた場所、黒の革張りの高級感溢《あふ》れる応接セットのソファに座り、脚を組んでいた東悟と目が合った。いつの間に戻って来ていたのか。スタッフは東悟が戻ってきたことを知っていて、ドレス姿の自分を見せたかったのだとわかってももう遅い。

何の心の準備も出来なかった乃々佳は、人生で初めて完全に思考も身体も固まってしまった。

東悟はすぐに読んでいた書類をテーブルに置いて立ち上がりこちらに近寄ってくる。

「とても綺麗だ」

目の前に立った東悟に笑顔で歯が浮くような台詞をさらりと言われて、ビシッと氷漬けにされたみたいに更に固まった。

この場で『馬子にも衣裳だな』なんてモラハラを言う人ではないが、『綺麗だ』と簡単に言えてしまうのもどうかと思う。人前なのだから、似合うねとか、いいと思うとか、なんかこうもっとあるはずだ。スタッフの微笑ましいものを見る笑顔を向けられて、とんでもなく恥ずかしい。

混乱していると、東悟の手が伸びてきた。言葉とは裏腹にまた頭をポンポンして子ども扱いするのだろうなと思ったが、そっと左手を取られる。

「指輪はまた今度。いろいろと順番が狂ってて、本当に悪いと思っている。ごめん」

「いいえ、大変にお忙しい中、お気遣いを頂きまして……」

本当に申し訳なさそうな東悟に、そう答えるのがやっとだった。急なことだったし、気にもしていない。

乃々佳は心の中で唸《うな》った。ドーナツやパフェで釣られる自分を子ども扱いされる方が楽だ。一人の女性扱いをされる方が、戸惑ってしまう。

「指輪もここに用意してもらえるように手配した。次の結婚指輪を選ぶ時は、ちゃんと日時を相談する。それで、いいかな」

「はい、あの、ありがとうございます」

ほっとした様子の東悟に、心臓がどきどきとうるさくなりだした。

夫となる人が優しすぎて困るだなんて人生相談は、きっと誰も本気で聞いてくれないだろう。

カチコチになったままの乃々佳を東悟はからかうでもなく、左手を親指で撫でた。そこから乃々佳の全身に広がった熱い感覚は蔦《つた》みたいに心に絡みつく。

東悟がスタッフと何かを話している間、乃々佳は鏡に映った自分と目が合った。そこにいたのは純白のドレスに身を包んだ花嫁で、頬はほんのり赤く目は潤《うる》んでいる。

結婚するのだ。その実感は決して嫌なものでなかった。

急速に変化していく気持ちに付き合っていると、絵瑠の気持ちが理解出来るような気がした。

ブティックを出る頃には夕方になっていた。

入った時間が昼過ぎで、結局ドレスを何着か試着してしまったせいだ。あれもこれも着てみましょうというスタッフの上手な勧《すす》め方に呑《の》まれてしまった。

決してそんな様子は見せないが、絶対に疲れている東悟に礼だけ言って帰れない。

彼の食事は乃々佳が知る限り、フルーツパーラーでのコーヒーのみだったというのも引っかかっていた。東悟のパフェまで食べてしまったのは乃々佳自身だ。あまり甘いものが好きじゃないからと本人は言っていたけれど、それならばフルーツが隠し味のカレーを頼めばよかったわけで、東悟は乃々佳が多くの味を楽しめるように注文してくれたのだと考えるのが自然だ。

そういう思考が巡ってしまえば、動悸は激しくなって落ち着かないし申し訳ない。

そんな妙なテンションを、乃々佳は思い切って利用した。

「今から坊ちゃんの家にお邪魔してもいいですか。食事作りとマッサージをしますので!」

ギブアンドテイク。何かをしてもらったら、出来るだけ早く返したい。損しやすい性格だと自分でも思うが、気になって仕方がないのだ。

必死な形相だったのだろう、東悟はちょっと悩んだようだが二つ返事で「どうぞ」と許可をくれた。

東悟が住むのは高級を絵に描いたようなマンションで、想像はしていたが呆気にとられる。

無駄に天井が高いエントランス、笑顔で迎えてくれるコンシェルジュ、ピカピカに磨かれているために照明が映りこんで星屑のように光る床。エレベーターは片側2基が対面になっており全部で4基もある。ボタンの上の方にはディスプレイが付いていて、映像でエレベーター内の混み具合がわかるようになっていた。会社みたいだ……と見上げているとエレベーターが到着した。

乗り込んだエレベーターが停まったのは、最上階にも近いかなり上の階で、内廊下の絨毯《じゅうたん》は汚れが目立たず、ヒールで歩いてもカツンといった音も響かない。

来週には東悟が暮らすこのマンションに引っ越すことになるのだが実感はわかない。

「どうぞ。何もないけど。どうせだから、欲しいものがあれば教えて」

「え、いや、はい。では、お邪魔します」

東悟は大きなドアを開けて、家に入れてくれた。

跡取り様の家に入るという畏《おそ》れ多い妄想を持ったことがなかったので変な感じだ。

広い玄関は黒いタイルが敷《し》き詰められていた。靴を揃えてお邪魔をすると、広々としたリビングに出迎えられ、自分の部屋がいくつ入るのだろうかと考えてしまった。

来週からここに住むという現実はとりあえず脇に置いておいて、今は料理を終えて東悟にマッサージをして帰ることに集中する。

部屋の主《あるじ》である東悟は、乃々佳にキッチンの物の位置などを説明してくれた。

おおよそを把握すると腕まくりをして広いキッチンで料理を始める。コンロが三つあるのは、狭いキッチンの一つのコンロで工夫を重ねる身としては嬉しい。

帰宅した東悟はシャワーを浴びて紺のパーカーと同色のジョガーパンツに着替えている。リビングで唯一の大きな家具である大きなソファの上で、銀縁のお洒落な眼鏡を掛けた彼はパソコンを太腿の上に置き仕事を始めた。長くて形のいい男らしい指がキーボードを叩く様を、無意識に何度も盗み見してしまう。眼鏡とパソコン、ラフな服のアンバランスさは、お洒落雑誌から飛び出して来たワンシーンのようで、引くくらいにかっこいい。屋敷ではここまでラフな装《よそお》いをしていた東悟を見たことはなかった。野《や》暮《ぼ》ったくなる人もいるのに、何でも着こなすのだから末恐ろしい。

今更だが、東悟はモテるに決まっている。軽く思っていたことが、一日一緒に行動をして確信に変わっていた。モデルだとかすごく綺麗な人と絶対に付き合っていたはずだ。

包丁を持っていた乃々佳は、力が入ってダンッと大きな音を立ててしまう。

硬い蓮根を切ったせいで、断じてこのモヤモヤする感情のせいではない。

自分を選んだ理由は、旦那様の病気があったからなのは明白だ。おまけに両親の顔もあり、久遠家に泥を塗るような滅多なことをしないと踏まれているのだろう。

結婚を申し込まれた時から、東悟にはずっと優しくしてもらっている。それだけでもありがたいと思っている。

けれど、今からでもいっぱい困らせたい。そんな気持ちが乃々佳の中で大きくなっていた。

出入りしている女性の匂いしかしない、この完璧すぎるキッチンのせいだ。基本の調味料だけでなく、あると便利なスパイスやソース類、調理道具も一通り揃っている。買い物はしなくてもいいと言われ、不思議に思いながら許可を得て冷蔵庫を開けてみれば、冷凍されたお肉だけでなく、新鮮な野菜まで揃っていた。

料理が趣味なのか、女性がちょこちょこ買ってきたのか。乃々佳は糖質ゼロを謳《うた》った砂糖を見つめ、後者だと決めつける。結婚することを知った、嫉妬に狂った美人に後ろから刺される恐れもあるじゃないか。乃々佳は初めて自分の身を案じた。

「乃々佳」

「はいっ」

東悟が心配そうな顔で、自分の眉間に指を置いて「皺《しわ》」と言った。考え過ぎて表情が難しくなっていたようで、乃々佳は慌てて笑顔を作る。

「と、とーっても使いやすい台所だなと思って」

「……そういう顔じゃなかった気がするけど」

遠回しに台所が充実している理由を聞いたつもりだったが、遠すぎて通じなかった。

かといってストレートに聞くには、使用人の娘として雇い主一家の私生活に首を突っ込まないという基本が叩き込まれ過ぎている。

どんな女性がこのキッチンを使っているのですか。そんな質問を口にするなど迂闊《うかつ》なことはしない。

「乃々佳の方が疲れてるんじゃないか。だから、外で食事をしようって言ったのに」

「疲れていません」

「意固地というか、頑固というか、強情というか、意地っ張りだね」

「同じ意味の言葉を並べないで下さい」

乃々佳が思いきり眉間に皺《しわ》を寄せると東悟は笑いながら立ち上がり、一人暮らしには不似合いな大きな冷蔵庫を開けた。緑のお洒落な瓶を取り出すと蓋《ふた》を開けて、コトンと作業台の上に置いてくれる。

「アップルサイダー。おいしいからどうぞ」

「え、いいんですか。ありがとうございます」

「甘いものには素直だよね」

甘いものには滅法《めっぽう》弱く、すぐに機嫌が直ってしまう自分が憎らしい。

東悟はそのままソファに戻りパソコンにまた目を戻した。その余裕な態度に本日何度目かの敗北を感じる。東悟は視線をこちらに寄越《よこ》さずにさらりと言った。

「乃々佳の料理を食べられるのは嬉しいから、断り切れなかった俺にも責任はあるかな」

「れ、冷蔵庫に食材がいっぱいあったから料理が出来たわけで、私が何をしたというわけではなくて……」

「一週間分は作ってくれてるだろう。助かるよ。ありがとう」

その食材を買ってきたのが誰かを気にしながら料理をしているとは言えない。そんな自然に感謝されたら反応に困る。物凄く女性の扱いが上手いせいで、第三の女性疑惑が深まってしまった。

気づけば悶々《もんもん》と考えながら料理を始めて一時間は経とうとしている。乃々佳は作り置きのおかずを入れて並べた保存容器を見た。

蓮根メインの根菜のきんぴら、きのこと生姜の甘辛煮、キャベツとささみの豆板醤《とうばんじゃん》中華風サラダ、牛肉のオイスターソース炒め、鶏肉と里芋の塩麹《こうじ》煮、具材の大きなシーフードミックスのトマト煮。コンロの上では鶏手羽元で作ったポトフをまだ弱火で煮込んでいる。

冷蔵庫を空にするくらいに励《はげ》んでしまったのは、まだ見ぬ誰かへの対抗心では決してない。

東悟は三食コーヒーなのではないかと心配になったのだ。自分は三食デザートでも幸せなのだが、他人の不規則な食生活は健康を害すと全力で止めたくなる。

そう、これはまだ見ぬ誰かへの牽制などでは絶対にない。心の中で呪文のように言い訳を繰り返す。

「坊ちゃん、ポトフはもう少し煮込みますね。マッサージをしたら、火を落として帰ります」

乃々佳がマッサージをすると言ったからか、帰宅後に東悟はシャワーを浴びてくれていた。首を傾《かし》げると、一日出歩いた汗まみれの身体を触らせるわけがないでしょうと呆《あき》れた顔を向けられたのだ。

「お言葉に甘えようかなとは思うけど、無理をしてないかな」

「全然大丈夫ですってば。言ってしない方が、こうもやもやするし」

東悟は苦笑しながらノートパソコンを閉じてテーブルの上に置いた。

「そういう考えは窮屈そうだ」

乃々佳はどきりとする。真面目はいいことだけれどと東悟は付け加えたが、あまり耳には入ってこなかった。

約束は守りなさい、嘘をついてはいけません。ごくごく普通の躾を受けただけで、厳しく言い含められた記憶はないから、性格の問題だと思う。

小さな頃から何だか東悟のことを気にしてしまうというのもあった。なぜだろうと考えてみるとお屋敷の庭が思い浮かんだ。次に赤い印象の女の姿が浮かび、ゾクリとした寒気が全身を襲ってくる。

「で、俺はこうやって横たわっていればいいのかな。王侯貴族のように」

「あ、はいっ。でもそういうの、坊ちゃんが言うと洒落にならないですよ」

東悟の冗談に乃々佳は現実に引き戻された。冷汗《ひやあせ》をかいた上に心臓はまだうるさいがマッサージに専念することにする。

オットマンの上に足を置いてもらい、乃々佳はその前に膝をついて座った。自分の足のサイズが小さいのもあって、東悟の足の大きさにびっくりする。

東悟と自分で明らかに違う部分に触れると、彼が男の人だという現実にハッと気づくのだ。昨日と今日だけで、立派な一人の男性を『坊ちゃん』と呼ぶことに違和感を覚えてしまうほどには変化がある。東悟の作戦なら成功だが、マッサージをすると言い張ったのは乃々佳なので、まんまと自《みずか》らハマっている感じだ。

「触ります！」

高らかに宣言をして、乃々佳は東悟の足の指の間に自分の指を交互に入れてから掴み左右にぐるぐると回した。それからくるぶしのあたりを拳を作って丁寧にほぐすようにマッサージしていく。脛《すね》の骨に沿って膝辺りまで何度もすり上げて、ふくらはぎも手で揉《も》むように圧迫もした。

すっかり黙ってしまった東悟をふと上目遣いで見ると、リラックスしたようでソファの背もたれに身体を委《ゆだ》ねて目を閉じていた。

少しは役に立っていると、乃々佳の胸の中が嬉しさでいっぱいになる。

目を覆《おお》う温かいタオルも用意すれば良かった。そこまで気が回らなかったのがちょっと悔しい。

東悟のふくらはぎは筋肉質なせいか、自分のように柔らかくはなかった。それなりに力を込めているとじんわりと汗ばんで、服の袖《そで》で汗を拭《ぬぐ》いつつマッサージを続けた。

目を瞑《つむ》っている東悟から声を掛けられる。

「後でシャワーを浴びたらいいよ。疲れているようだし、泊まってもいいから」

「ご冗談を……」

目を瞑《つむ》っていても見えるのか。汗を拭《ぬぐ》っていた乃々佳はサッと汗を拭《ぬぐ》うのを止める。

あの食費も考えずに揃えられた食材達を思い浮かべた。突然に訪ねてきた女性と鉢合わせなどというシチュエーションになったらちょっと対応出来ない。ここは断るのが賢明だ。

「帰ります」

「来週から一緒に住むわけだし、この家の勝手を知るためにもどうかな」

「家が汚いままなので、帰ります」

「……泊まればいいのに」

眠ってしまいそうな微かな声に、乃々佳は手を止めて顔を上げた。

今までで一番くらいの、くつろいだ和《やわ》らいだ表情が目に飛び込んでくる。

まだ鎧《よろい》をまといきれない、あの庭にいた幼い東悟がハッキリと重なって見えた。その瞬間、乃々佳の頬がカッと熱を持つ。心臓の音がうるさくて、目の前の人が自分なんかよりもとても大事に思えた。この気持ちは知っている。ずっと前から抱いてきて、絶対に隠さないといけないものだ。

「私、まだ使用人の娘ですから」

無表情で淡々とした口調になったのは、いろんな感情が複雑に渦巻いたせい。使用人の娘として築いてきた壁を崩せば、怖いことが待っているという本能的な何かが、乃々佳の感情に蓋《ふた》をした。

もちろんそれは東悟の望む答えではなかったらしい。

目を開けた東悟は安らぎの表情から一転、外側に向ける鋭さが増したものに変わっていた。

「婚約者の間違いだ」

「そう、そうですね」

東悟が怒ったのが自分のせいなのは明白なので落ち込んだ。さっきまで安らいでもらっていたのに、これだ。最後には東悟を悲しませてしまう。

でも、浮かれそうになると冷静に引き戻してくる何かのおかげで、あの屋敷で暮らしていけた。

「……マッサージ、終わりました。もう帰りますね」

「終わってないよ。はい、交代」

東悟はマッサージの礼を口にしながら身体を起こすと、にこりと微笑して立ち上がった。指をくるりと回して交代という意味のジェスチャーをされたので、乃々佳は首をぶんぶんと横に振る。

「そんなに振ったら首を痛めるよ」

「私、昨日はドーナツを頂きましたし、朝はパフェを、ぼ、坊ちゃんの分まで平《たい》らげたじゃないですか。ドレス選びなどもさせて頂いたお返しでのマッサージと食事作りです。お返しにお返しを繰り返していたらこれはもういたちごっこじゃないかと」

「抱《かか》えて座らせた方がいいならそうするけど」

「……自分で座れます」

腰に手を置いて笑顔を崩さない東悟の圧に乃々佳は屈した。間違いなく抱《かか》え上げるつもりなのがわかったからだ。慌てて東悟が座っていた位置と交代すると、彼の温もりがそこには残っていて落ち着かなくなった。足のマッサージをしてくれるのかと思ったが、東悟はソファの背後に回ると乃々佳の肩に手を乗せる。

「肩凝《こ》るかなと。そんなにガチガチだと」

「それ、嫌味ですよね。口の悪さが増してますけど、大丈夫ですか」

言葉とは裏腹に肩の上に置かれた手は温かくて優しい。

親指を肩の硬い部分に当てて、ゆっくりと揉《も》みほぐしてくれる。

「肩が冷えてるけど、風呂はちゃんと毎日入ってる？」

「なんかちょっと失礼な言い回し……」

憐《あわ》れむような口調が頭上から聞こえて、うとうとし始めていた乃々佳は振り返りつつ東悟を軽くねめつけた。

「シャワーはちゃんと毎日浴びてますので」

「湯船は？　好きでしょ、湯に浸かるの。何時間でも入るくらい」

誰の話だと思う。この家に出入りしている女性がいると自白したなと、乃々佳は大きく反応した。

「その、お風呂が大好きな方と結婚されたらいいのに」

「結婚するけど」

「……？」

日本では重婚は禁止されているはずだ。久遠家の財力を持ってすれば問題ないのか。乃々佳の頭の中にハテナがいくつも浮かぶ。

「道子さんが言ってた。何をしているか知らないけど、乃々佳は風呂から出てこなくて困るって」

「お母さん……っ」

乃々佳は両手で顔を覆《おお》った。母は東悟にそんなことまで話しているのか。

実家にいた頃、久遠家の男が勝手に入ってこないお風呂はセーフティーゾーンとして重宝していたのだ。湯船で文庫本を読むのが好きだったというのもある。

この筒抜け具合も実家を出た理由のひとつだ。嫌というか、どちらかというと恥ずかしい。

「さっきの、嫉妬に聞こえたけど。ねぇ、嫉妬？」

ちょっと嬉しそうな東悟の口調に、乃々佳は顔を赤くする。昨日ならすぐに「違います」と言えたはずなのに口が動かない。余計なことは言うまいと黙ったままマッサージに身を委《ゆだ》ねていると、肩も背中も固まっているのがわかった。毎日ストレッチをしているが、本当に伸ばすべき突っ張るような個所は無意識に避けているのかもしれない。

「坊ちゃんは、マッサージも上手なんですね。誰かにしてあげているんですか」

「してないよ。乃々佳も上手だったけど、誰かにしてあげているの」

質問を質問で返されたが、肩甲骨や二の腕まで解《ほぐ》されて、うまく頭が動かない。

「誰か……」

首の付け根も緩《ゆる》んでくると堪《こら》えられない程に瞼《まぶた》がとろんと落ちてきた。東悟の手が温かいせいだ。触れた箇所を温めながらマッサージされているようなものだから、緩《ゆる》まないはずがない。これは癖になる。

「……あ、昔に付き合った人にはしてあげたかな……」

「へぇ、そうなんだ」

短大の時に猛烈に言い寄られて折れる形で付き合った人がいた。勉強やバイトを優先したのと、大学が違ったせいで自然消滅的に別れたけれど、よく疲れたと口にする人で、会えばマッサージをしていた気がする。

「何年前だっけ……、すごく昔みたいな感じ……」

「まぁ、迂闊《うかつ》だよね。乃々佳は」

そう、昔から強気で圧のある押しに弱い。迂闊《うかつ》なのは認めるしかない。

このままじゃ寝落ちをしてしまいそうだ。乃々佳は落ちかける瞼《まぶた》をこじ開けることに全気力を振り絞った。東悟の手は大きいので触れられるだけで安心に包まれる。人様の家でここまでリラックスするような、豪胆さは持ち合わせていないはずだから、疲れているのかもしれない。

「乃々佳」

肩を揉《も》まれながら耳元に口を寄せられて、低い声で優しく名を呼ばれるとリラックス度が増した。心地のいい声だと思う。

そういえば、結婚の話をされた時も東悟の部屋でたくさん触れられた。その時は緊張が突き抜けて思考停止したのに、今はマッサージを受けている。東悟といると感情が刺激されて緊張するし、こんなにも安らぐこともある。この揺らぐ矛盾に名前があるなら何だろう。

「そいつの名前、憶えてる？」

唐突な質問だけれど、乃々佳は思い出すために眉間に皺《しわ》を寄せた。その時は好きだと思ったはずなのに、こんなに一生懸命考えてやっと思い出す。

「確か、智也《ともや》君。智也だった」

「覚えてるんだ。ちょっとは好きだったということか」

その時は、好きだった。猛烈にアプローチされたら、絆《ほだ》されてしまう隙はある。

「なら、俺の名前は憶えてる？」

「もちろんです。『東悟』です」

耳元で誘われて、そのままをしっかりと口にする。久遠東悟で間違いない。

笑みを含んだ吐息のような声が耳をくすぐる。

「聞こえなかった。忘れた？」

「忘れるわけがないです。東悟です。東悟……とう」

「はい、終了」

肩に手がぽんっと置かれて離れた。

ずいぶん楽になったまだ温かい肩に触れながら振り返り礼を口にする。

「すごく楽になりました。ありがとう、東悟……え」

東悟が口を押さえ、顔を横に向けて、懸命に笑いを堪《こら》えていた。

自分が何を口走ったか、ゆるゆると理解が出来てくる。昔の彼と東悟の名前を口にした。

せっかくほぐれた身体がまた固まる。東悟ならここに出入りする女性の名前を口にするなんて迂闊《うかつ》なマネはしないだろう。マッサージで気持ち良くなって、誘われるまま名前を口にしたのだ。

「楽になったのなら良かった。もう暗くなったから一緒に食事をしよう。乃々佳が作ってくれたのは独り占めをしたいから、何かを頼むよ」

「坊ちゃん！」

「あ、俺の名前が東悟って覚えてるのに、それでまだ呼ぶかな」

悪びれもせずスマホを手にさっそく何かを検索し始めた東悟に対して、乃々佳はソファの上に立った。首から耳まで真っ赤になって熱い。

行儀が悪いのは百も承知だ。こうしないと東悟の背を追い越せないのだから、今回ばかりは自分を許した。ソファの上で仁王立ちになった乃々佳を東悟が見上げる。

「危ないから下りて。寿司、中華、ステーキ、何が食べたい？」

宅配してもらうならピザくらいしか思い浮かばなかったので、乃々佳は豪華なメニューに怯《ひる》んだ。

「このステーキハウスのデザートはおいしいよ。ゆずのシャーベット。削った皮が入ってる」

完全に甘いものに釣られると思われている。甘さと苦味のハーモニーに心惹かれてやまないものの、今はちゃんと話したい。

「デザートの話は後でしますけど、人を騙《だま》すようなことをしちゃダメですよ」

「聞いただけで何も騙《だま》してないけど。答えたのは乃々佳だ」

う、と痛い所を突かれて乃々佳はたじろいだ。

「で、デザートは何がいいの。そっちでメインを選ぶっていうのは初めてだな……」

「先に名前」

「ああ、名前ね。呼んでもらえて嬉しかった、すごく」

東悟が嬉しそうに笑ったので、自分は何にこだわっているのだろうとわからなくなった。名前を呼ばれた本人が喜んで、呼んだ方が怒ってるのだ。ずっと坊ちゃんと呼べるわけでもなく、きっかけをくれたと前向きに捉《とら》えることも出来る。——それなのに、どうしてこんなにも落ち着かない気持ちになるのだろう。

東悟はスマホをズボンの後ろポケットに入れて、とても真摯《しんし》な眼差しを向けてきた。

プロポーズの時と同じ目で、乃々佳は息を呑《の》む。

「乃々佳、俺は……もう乃々佳を守れる。結婚も、俺を選んだことも後悔させない」

何の話かわからないけれど、記憶が揺さぶられる感覚に襲われて気持ちが悪い。

東悟の親指が顎《あご》に触れ、そのまま指が上がっていき唇に辿《たど》り着く。魔法を掛けられたように動けない。

「だから、名前で呼んでよ」

傾《かたむ》いた顔が近づいてきた。東悟からミントの香りがする。彼の右手の指はまた顎《あご》に移動してきて、左手では二の腕を掴まれ引き寄せられていた。拘束するような強さはないし、二人の間にはソファの背もたれもあって、いくら足場が悪いといっても逃げることは出来る。

それなのに唇にお互いの息が掛かる近さで目が合った。心臓の音はうるさいけれど、さっきより今の方が落ち着いている。このまま唇が触れ合えばどうなるのか。それだけで満足するのか。じっと見つめ合っていると口の中が渇《かわ》いてきて、乃々佳は無意識に唇を舐《な》めた。

「……っ」

東悟が思いつめた表情をした後に、唇が触れ合う。迷いのない慣れた東悟のキスに、心が痛んだ。きっとこの家に出入りしている人ともしているのだ。

唇はすぐに離れたけれど、おいしいお菓子みたいにもっと欲しくなる。この嫉妬みたいな気持ちが解けるくらいは欲しい。

こんなに女の人の扱いが上手な夫を持つのは、幸運と不運、どちらなのだろう。

「……坊ちゃんは、どれくらいの女性とお付き合いしたんですか。黒瀬のお嬢様を含めて」

「ストレートに聞くね。もう少しオブラートに包もうか」

東悟はひんやりとした笑みを浮かべたが、その形のいい唇は綻《ほころ》んでいる。

「自分だって、私から元彼の名前を聞いたのに」

「確かにそうか。そんな風に、俺に興味を持ってくれたのは嬉しいよ」

「私とじゃなくても、結婚相手はいたでしょう。……どうして私なんかと結婚を」

東悟の目から笑みが消えて、乃々佳は息を呑《の》んだ。けれど、この疑問を心の中にずっと溜《た》めたまま一緒に暮らすのは辛いと思う。

想像をこじらせてじわじわと自分で傷つくか、今潔《いさぎよ》く傷ついて覚悟を決めるかなら後者だ。

　家のためだと言ってくれれば、『妻』という役割を果たすことが出来る。

「私なんか、ね。自己評価がずいぶんと低い言い方をする」

　久遠家の嫁になるには分不相応であるのは事実だ。人を怒らせるのはとても怖いから嫌だ。相手が東悟なら尚更。

　出来るだけ空気を読んで呑《の》みこむようにしているのに、東悟が親しい笑顔を向けてくれる度《たび》に、彼には不安を吐露したくなる。でも、不安は人に解消してもらうものではないのもわかっていた。自分で解決策を見出さなければいけない。

　乃々佳はいつもの自分を取り戻すために肩の力を抜く。

「……ポトフの火のことを忘れていました。いくら弱火で煮ているとはいえ、スープがなくなるかも」

　何でもいいから東悟から離れたい。

　立っていたソファから下りようとすると、足元が安定しなかったせいでぐらりと身体が揺れた。

「あ……っ」

「ほら、危ない」

　自分一人でもバランスは取れたはず。それなのに背もたれ側から伸ばされた東悟の腕に抱き寄せられた。そのままお尻の下に回ってきた腕に持ち上げられ、器用にソファの背面から抱《かか》えられて、フローリングの上に下ろされる。

「そ、そっちの方が、危な……」

抗議するとキスで口を塞がれた。身体の奥底から疼《うず》きが広がっていく。

「んっ……」

抵抗しようにもソファに身体を押し付けられ、後頭部に手を回されて本当に身動きが取れない。

さっきの触れただけのキスは事故だと思い込むことも出来た。けれどこれは無理だ。東悟とキスをしている。じれったいくらいに優しく、唇で唇の形を辿《たど》られる。心臓が激しく高鳴り出して、息の仕方を忘れてしまった。

柔らかい唇が触れているだけなのに、甘いデザートよりも中毒性がある。不安も嫉妬も消えていく、終わらせたくない甘いもの。

離れないといけないと思うと唇が離れた。

いつのまにか東悟の腕を掴んでいたらしく、乃々佳は手を離すと腰の後ろで握り合わせる。

「で、ポトフの火を止めて、夕飯に何を頼むかを選ぶんだよね」

「え、あ、はい」

ポトフの火は落とさないと、スープがなくなってしまう。

東悟は乃々佳の返事に頷くと、代わりにキッチンへと足を向けポトフの火を止めた。

「何を食べようか」

キスのことなどなかったかのように、東悟がスマートフォンを触り始める。

もっと味わいたいと思っている自分が恥ずかしいし、東悟の余裕の態度が悲しい。

「乃々佳？」

こんな変な気持ちになるのは、お腹が空いているせいで、こなれたキスをされたせいじゃない。乃々佳は唇を引き結ぶ。

この気持ちは、使用人の娘のものとは違う。もし勝造の具合が完全に回復した途端、とんでもない額の慰謝料と一緒に婚約破棄されたら。

浮かんだ疑念は胸の中に広がって、乃々佳は顔をみるみる強張《こわば》らせた。

自分の反応がつい昨日までとは違って、いろいろな種類の感情が溢《あふ》れ出してくる。しかもどちらかといえば、ネガティブなもの。

この結婚は自分にとって何なのだろう。久遠家や両親のことばかりを考えていて、『自分』という感覚がなかった。東悟は後ろ向きになって、不安になることはないのだろうか。たくさんの人と付き合ってきたから、結婚は結婚として割り切れるのか。

せめて人並みの男性経験があれば、このモヤモヤした気持ちは相殺《そうさい》出来たかもしれないのに。今からでも遅くないかもと悪いことを考える。

今はちょっと気持ちの整理をするために一人になりたいと東悟を見上げた。

「引っ越しの準備もあるし、今日は帰ろうかと思うんです」

「乃々佳、甘いものしか食べてないだろう」

東悟がスマホの画面を向けてくる。

「糖質摂取による血糖値の乱高下は精神的に不安定になる。まず、圧倒的にタンパク質が足りてない。とりあえず、肉を食べてからじゃないと帰せない。それか、持って帰ること」

小さいお父さんを発揮した東悟が正論を並べ立て、スマホを更に突き出してきた。メニューを選べというのだ。動けないでいると、東悟は気の毒そうに言う。

「それとも、スイーツと野菜しか食べられない女子になったの」

「そんなこと、ないですもん」

やや言い淀《よど》んだのは、日常的に糖質メインの食生活になりがちだからだ。うどんに温玉を載せればよく出来た食事だとも思っている。

乃々佳が一時間程でバランスを考えて作ったおかずを東悟は指差した。

「人のことばかりを考えて、自分を疎《おろそ》かにしてはダメだ。とりあえず、肉でも魚でもいい。食べて帰りなさい」

心配をしてくれてのことだろうが、真面目な説教を受けて気持ちが凹む。東悟の口調は一貫して優しいし、疲れている自分の受け取り方が悪いと理解出来ても、じんわりと目頭が熱くなってきた。

「勝手に注文するよ。——気持ちはわかるけどね。一人暮らしをしてやってみたかったことを、やっただけというのは」

東悟がスマートフォンをタップしながら苦笑している。

「久遠家の敷地内で暮らすことで、乃々佳は無意識に自分に厳しくしていたんだろう。解放感からいろいろやっていたら、楽な方に流れた」

自分でも掴めていない行動を言葉にしてくれた。理解してもらえるというのは、あまりにも簡単に心の壁を低く柔らかくさせてしまう。

悪いことではないけどねと東悟はスマートフォンの画面を、またこちらに向けてきた。そこには、柔らかそうなステーキと、豪華なサラダの注文受付が終了したと表示されている。値段にびっくりしたけれど、それは口に出さなかった。

「お気遣いをありがとうございます。でも、一般人には、あれもこれもは無理なんです」

ポロリと零す。会社から帰って、食事を作って、片付けて、お風呂に入って、寝る。花丸正解の生活はわかるけれど、重くてだるい身体を横たわらせることしか出来ない日の方が多い。宅配の食事なんて贅沢品だし、とりあえず空腹を満たせるものに手を伸ばしてしまうので精いっぱいの日々。

東悟はスマートフォンをポケットにしまう。

「俺は家に帰ったらタイマーセットして、十分から二十分とりあえず寝るよ。動きたくない時もあるから」

「……坊ちゃんでも動けないとかあるんですか」

「いや、俺も普通に人だし」

多少疲れていても東悟は完璧にこなせる人かと思っていた。

「だから、乃々佳の気持ちはわかるよ。でも、人間の本能的な怠惰な部分を根性でどうにかしようっていうのは、理に適《かな》っていないと俺は思うね。いい流れを自分なりに考えて作って、修正を加えながら習慣にしていくのが、生きる醍醐味《だいごみ》ってやつじゃないかな」

心臓がトクトクと心地よい音を刻んでいる。目の前の男性をもっと知りたいという欲と、もっと自分を知ってもらいたいという感情が前のめりになってきているのがわかった。

「先生。例えば甘いものでとりあえず空腹を満たすのを止めるには、どうすればいいと思いますか」

「そうだな……。まずは家に置かない、次に帰りにコンビニに寄らない、とか」

「コンビニスイーツ、ご褒美にしていることなんですけど」

絶望して呟くと東悟が笑う。もっとその声と表情に触れたいと感じる、これは何だ。

「もっとご褒美だと思えることは何かを考える」

「ご褒美の、更にその上……」

それはなんだろう、と考えて、東悟とのキスが思い浮かんだ。

頭の中で全力で打ち消したけれど、心臓がドキドキと鳴っている。

「でもさ、これを俺に教えてくれたのは乃々佳だよ」

「人違いですよ。そんな立派なこと、考えていません」

東悟は優しく、でもどこか悲しそうに微笑した。

知らない女性に東悟を理由に突然に対峙されても、ちょっと譲れなくなっている自分がいる。

でも、刺されるのは避けたい。

そう考えつつ、ずっと火照《ほて》っている顔を冷たい手の甲で冷やした。

○本物のお嬢様

東悟はフェアなのか何なのか、押すと思えば引いてくる。

家に泊まることを勧《すす》められたが帰ると言い張ると、頑《かたく》なだねと呆《あき》れながらも紳士らしく送ってくれた。彼はデリバリーされたステーキと一緒にワインを嗜《たしな》んでいたから、迷惑を掛けることなく帰ることが出来ると踏んだのだが甘かった。もう午前零時を過ぎるということでタクシーを呼んでくれる。それだけでなく、やってきたタクシーに東悟自身も一緒に乗り込んだのだ。

マンションに着けば乃々佳の部屋の中に入り、狭い部屋なのだから見渡せばわかるのに、何か問題がないかを二周もして確認した。戸締まりに関して口を酸っぱく注意して、待たせていたタクシーで潔《いさぎよ》く帰っていったのだ。

嵐みたいな人だなと思いつつ、安全確認をしてもらったおかげか、乃々佳はベッドに座った瞬間に寝落ちして、起きたら朝だった。

カーテンを開けて日の光を入れて、点《つ》けっぱなしだった灯《あか》りを消してシャワーを浴びる。

化粧を落としている時に唇に触れて、東悟とキスをしたことに想いを馳《は》せた。

東悟が部屋の確認をしてくれて安堵したこと、帰る時の普段と変わらない平然とした態度がちょっと物足りなかったこと、自分の感情の細《こま》やかな動きを覚えている。

まだ現実だとは思えないけれど、婚約中なのだからキスくらい問題ない。恥ずかしくはあるけれどキス以上も受け入れそうな自分はいるし、でも距離を置かないといけないという焦燥が心の中で混ざっている。

石けんを泡立てて身体を洗っている時に二の腕に触れた。小さな頃に怪我をして、痕が残ったらしい。記憶にないのでこの傷のことを道子に聞いたらとても悲しい顔をされた。それから二度と聞いていない。

きっと、思い出す必要もない過去だから、靄《もや》のように掴めない位置にあるのだ。

「小さな頃は東悟君って、呼んでたっけ」

それを良く思わない他の使用人には、辛く当たられていた記憶も薄《う》っすらとあった。幼いというのは何の免罪符にもならないどころか加虐の餌食《えじき》にもなりえる。乃々佳があまり意に介さないのも面白くなかったのだろう。

気にしない性格だと思われているから、東悟はあの女の人の存在が隠しきれない台所に通してくれたのかもしれない。

身辺整理をちゃんとしてからプロポーズをするべきだったと言ってやりたいところだ。

そんなことを考えていると、頭がズキズキと痛み始めた。ここ最近の心労が祟《たた》っているようだと、乃々佳は早々にシャワーを切り上げる。

ご飯を食べていないせいかもしれないと、乃々佳は朝食をとることにした。

東悟に食事の内容について注意を受けたのはちょっと悔しかったので、ティーバッグで淹《い》れた紅茶には砂糖も入れず、トーストにスライスチーズとスクランブルエッグを載せる。スクランブルエッグに塩コショウを入れすぎたが、味が濃くなったのでトーストに載せるとちょうど良かった。

二杯目の紅茶を飲みながら、寝落ちして出来なかった昨夜のお礼のメッセージを東悟に送る。

返事はすぐにあり、遅くまで悪かったという謝罪と、今日は屋敷に戻るからこれからメールの返事は遅くなるという内容だった。文字だけでやりとりされる画面は堅くて、緊張感が漂《ただよ》っているように見える。

トーストを咀嚼《そしゃく》しながら、長く悩んだ後に「かしこまりました」という猫のスタンプを送った。東悟にこういう砕けた感じでメッセージを返すのは初めてで、どきどきしすぎて指先が震える。

秒速でご機嫌な犬のイラストのスタンプが返ってきてほっと胸を撫でおろし、小さなテーブルの上に突っ伏した。女子高生かと、自分で自分に突っ込みながら、犬のスタンプに和む。

「ああもう、頭が痛い」

一昨日の東悟の突然の来訪から、絶叫ジェットコースターのような感情の揺らぎを感じている。

誰かに相談したいと一番に思い浮かんだのは母親だったが、忙しいだろうし久遠家と板挟みをさせてはいけないと止めた。

悩みで頭がいっぱいになる時は、動くのが一番だ。乃々佳は朝食を平《たい》らげると頭痛薬を飲む。

玄関前に置かれていた引っ越し会社からの段ボールは、昨晩東悟が部屋の中に運んでくれた。来週の引っ越しに向けていよいよ梱包《こんぽう》していくしかない。

この一週間はコンビニで食事を調達しようと思っていたが、料理を作り置きするように考え直した。多めにスープを作れば一週間は味変しながらずっと食べ続けることが出来る。お昼だけ社食にすればいい。

時計を見れば朝の九時で、近所のスーパーは開店している時刻だ。朝一番はおつとめ品が残っていたりして、混んでもいないしお得感があった。

カジュアルなマキシ丈のワンピースに着替えると、日焼け止めを塗って簡単に化粧をする。髪を結んでまとめて無造作風アレンジすると小さな鞄に必要な物だけを入れた。

ペディキュアが剥《は》がれていなかったので、素足でスニーカーを履いて家を出る。

薬が効いてきたのか、頭痛がちょっと治《おさ》まってほっとした。

車通りが多い大通りの歩道をのんびりと歩いていると、一台の車が減速して路肩に付けてくる。

乃々佳でも知っている黒塗りの高級車だ。ハザードランプが点《つ》いたのを見て、近所に用があるのだろうくらいに思った。

車は乃々佳が通り過ぎるくらいで停まり、後部座席のドアが開く。

「突然ごめんなさい。原乃々佳さんでお間違いないでしょうか」

名を呼ばれて乃々佳は立ち止まった。声は高級車の中からした気がする。

おそるおそる、車の中を見ると革張りのゆったりとした座席シートに、とびきりの美人が座ってこちらを向いていた。運転席には白い手袋をした運転手がいる。

見知らぬ美人は、豹《ひょう》を彷彿とさせるような妖艶で強い目鼻立ち、黒い髪をきっちりとシニョンにまとめ、濃いベージュのスーツに身を包んでいる。スカートから出ている膝下が驚くほど形が良くて長く、黒いピンヒールを履いていた。

こんな知り合いはいない。聞き間違いだと思い、ぺこりと頭を下げると通り過ぎようとした。

「待って、原乃々佳さんでお間違いないですか？」

「そ、そうですが……」

完璧に描かれた眉毛に、派手ではないがシャドウに間違いのないアイメイク、綺麗な目は乃々佳を捉《とら》えて離さない。

身辺整理を失敗した東悟の彼女が登場したのなら、刺されるかもしれないと乃々佳は身構える。

彼女の口元に浮かぶ微笑は害する目的があるようには見えないが、とにかく知らない人だ。

「ごめんなさい。どちらかでお会いしましたでしょうか」

「ニアミス、かしら。ご挨拶が遅れて申し訳ありません。私《わたくし》、黒瀬雅と申します。久遠家の皆様と懇意《こんい》にさせて頂いております」

「う……」

乃々佳の血の気《け》が引いて、喉がカエルが潰されたような音を出した。

東悟の結婚相手と思っていた相手の登場に全身の血の気《け》が引く。あのキッチンを完璧にした本人の登場かもしれない。結婚に物申されるだけならいいが、本当に刃物でも出されたらどうしよう。全力で逃げるしかない。

硬直した乃々佳に雅は微笑んで、奥の座席に移動した。自分がいた箇所をポンポンと叩く。

「お乗りになって。お話しがしたいの」

「……申し訳ありません。忙しいので、また別の機会に」

断ると雅は笑んだ。

「この度《たび》はご婚約おめでとうございます。東悟さんと多少なりとも私もご縁がありましたので、ぜひお話しをしたくて」

やっぱり結婚について何か意見があるようで気が遠くなった。東悟は雅との結婚の話はなくなっていると言っていたのにご本人の突然の登場だ。

人にプロポーズするのなら、女性関係の整理を先にしてほしいと、いますぐ電話したい。

「……東悟さん本人とお話しをされた方がいいのではありませんか」

乃々佳が言い返すと、雅は口角をくっと上げた。美人が更に美人になって、乃々佳は自分が気の抜けた服装であることを恨んだ。

蛇に睨《にら》まれた蛙状態だ。目の前の雅は全身から女王のオーラを放っていて、同じ女性としてとても敵《かな》いそうにない。

「結婚の件なら尚更、東悟さんと二人で話して、結果だけを……」

「私は、乃々佳さんと二人でお話しがしたいの。だから、お乗りになって」

この有無を言わせない感じは、やはりお金持ち特有のものかもしれない。断られるとは微塵も思っていないし、断らせる気もない圧だ。

「他の車の邪魔になるから、早く」

勝手にやって来たくせにと、さすがにげんなりとした。もちろん、ここで言い返す勇気があれば、東悟と結婚という流れにはなっていない。

「そんなに、時間はとりませんから。ね、早く」

車内で東悟の結婚について脅されるのだろうか。

これからもこういう女性が現れるのなら、経験として逃げずに対峙しておいた方がいい。

乃々佳は腹を決めて、微笑を浮かべたままの雅に緊張した面持ちを向けた。

「わかりました。明日は会社なので、出来るだけ早くお願いします」

「もちろんです。突然にごめんなさいね」

気圧《けお》された形で大人しく乗り込むと、雅はすぐに運転手に出してちょうだいと指示を出す。

車内で刃物が出てくるのではないかと恐れていたが、そのような事態にはならなかった。

雅は最近の当たり障りのない天気の話から、仕事は忙しいのかなど、乃々佳について探《さぐ》りを入れる会話が続く。礼儀正しい会話にもかかわらず、緊張から乃々佳の頭痛は復活していた。

車が停まったのは高級ホテルのエントランス前で、二人を降ろした車は地下駐車場へと消えていく。颯爽とホテルの中に入っていく雅の後ろを、豪奢なロビーには不釣り合いなスニーカーを履いている乃々佳は黙って付いて行った。こんな場所で刃傷沙汰は起こさないだろうという安心だけはある。

エレベーターに乗り、高層階へと昇った。

降りたのは飲食のフロアで、一番奥の壺に活けた青竹に囲まれた小径を抜けると、日本料理店の玄関に出迎えられる。雅に続いて中に入れば硝子越しに、屋外の木が植えられた中庭が見えた。

まだ開店前のはずなのに、レジの前にいた支配人らしき中年の男性が雅に対して丁寧なお辞儀をする。黒瀬家がオーナーをしている店なのだと雅が振り返って説明してくれた。開店前の時刻に打ち合わせが必要な時など、ここを使っているらしい。

通された個室は桐材が壁にも使われており、脚を伸ばせる掘り炬燵《ごたつ》がある。勝造達には高級店によく連れて行ってもらっていたので緊張はしない。会社の接待の席などでもそうで、とても感謝をしている。ただ、今日は素足にスニーカーで、こんな店に来るなら靴下くらい買う時間が欲しかった。雅に素足であることを詫びると、気にしなくていいと言われる。

上座を勧《すす》められたので乃々佳は大人しく座った。

雅は美しい所作で用意されていたポットでお茶を淹《い》れてくれる。

「昨日、東悟さんにご挨拶をさせてもらえなかったので、このような形を取らせて頂きました。ごめんなさい」

「昨日？」

雅は真面目な顔で頭を下げてくれたが、もしかして東悟の家にあの時間いたのだろうか。

それはそれで怖くて聞けないし、だから家の近くで待ち伏せしたという行動力も笑えない。

けれど雅は美しい所作で、バッグの中から名刺ケースを取り出し、乃々佳に一枚差し出した。

「シフォン・リリーの店長をしております、黒瀬雅です。昨日はご来店ありがとうございました」

背筋をピンと伸ばして挨拶をされて、やっと意味がわかった。昨日のウェディングドレスを試着した店は黒瀬家が経営しているらしい。そういえば東悟は店長に挨拶をするために抜けた。乃々佳はその時のちょっと悔しかった気持ちを思い出す。

乃々佳も頭を下げた。

「こちらこそ、挨拶が遅れて申し訳ありません。……たぶん私の礼儀に不安があったのだと思います」

あら、と雅は小首を傾《かし》げる。

「乃々佳さんにではなく、東悟さん自身に不安があったのよ。――私に余計なことを喋られたくないと思ったのね。お屋敷の事情を色々知っているから。それに、乃々佳さん、結婚することに対して、まだ揺らいでいるのでしょう。そこを突っ込まれたくもなかったのね」

くすくすと雅は笑った。親同士も旧知なら、屋敷の内情もある程度は知っていて当然だ。

修羅場になるのかなと身構えつつ、礼を言ってから温かいお茶を頂く。それを雅がじっと観察するように見つめてきた。場違いな服を着ているのは承知しているし化粧だって簡単だ。もし値踏みをされていたとしても、そういう視線には幼い頃から慣れていた。

今は頭痛が気になって、それどころじゃない。黙っていると雅は可愛く両手を顔の前で合わせた。

「突然に現れて、本当にごめんなさい。乃々佳さんが身構えるのも当然だわ。あの久遠家の三兄弟が大事にしている女性だから、あの兄弟を抜きにして忖度《そんたく》なしに話したかったの。この結婚のきっかけも聞きたかったし」

乃々佳は返答に困ってしまう。

黒瀬雅という名前から、東悟と婚約をしていたというお嬢様だろうとは推測された。けれど、写真のない名刺なんて使い回せる。本人かどうかもわからないのに、久遠家の内情に触れるかもしれないことを、どこまで話してもいいかはわからない。

乃々佳が唇を引き結ぶと、雅はぱぁっと表情を輝かせた。

「情報を漏らすことに対しての危機感もあるのね。さすが、東悟さんが選んだ方」

雅の意図がわからない。東悟との結婚を諦めてほしいと、言いたいのだろうか。

乃々佳は悩んだ末、胸の痛みを感じつつ口を開いた。

「黒瀬さんは、東悟さんとの結婚をお望みなのですか」

「あらやだ。それは絶対にないわ」

東悟が不憫《ふびん》になるほど、思いきり雅は否定する。

「だって、私は総司君とお付き合いをしているもの」

「……え？」

その情報は寝耳に水だ。総司に彼女がいるのは別に驚かない。けれどそれが兄である東悟の元婚約者のような存在であるのなら話は別だ。

「ずっと気持ちを隠していたのだけど、気づいた東悟さんが婚約の話を白紙にすることを申し出てくれたわ。そんな事情だから私達は東悟さんの後にしか結婚出来ない。もうお付き合いも長いのよ、私達」

乃々佳は総司のことも実は何も知らないことを知る。こっちのことは筒抜けなだけに、なんだか辛い。

「総司君と結婚したい、と」

「ええ、もちろん。昨日も会ったわ」

頬をほんのり染め満たされた笑みを浮かべた雅に、乃々佳の方が頬を赤らめる。これは絶対に当時から隠せていなかったはずだ。

「東悟さんが私の結婚の年齢を考えて、気を遣って先に条件だけで結婚しようとしていたら……、相手の女性にも失礼でしょう」

雅は心を痛めたという表情をする。とにかくすごい自信だなとは思ったが、いっそ清々《すがすが》しい。

使用人の娘と結婚すると聞けば、確かに無理矢理ではないかと考えるのもわかる、気はする。

「あの東悟さんが結婚する方が総司君が妹みたいに守っている人で、どんな人かとずっと興味を持っていたの。乃々佳さんがとても美人で驚いたわ。おまけに良識もあるのね。あの兄弟が守ろうとするわけだわ」

美人に美人と言われても、何だか微妙な気分だ。

「美人は雅さんだと思います」

「あら、お上手だわ」

雅がまんざらでもない様子で笑む。褒め言葉を受け取るのがうますぎて見習いたい。

乃々佳が三兄弟にはとてもよくしてもらっているのは確かだ。純粋に東悟の結婚相手がどんな女なのか、興味津々で確認しに来たのだろう。

昨日雅に会わせてもらえなかったのは、自分の元彼女に会わせたくなかったという理由でも、乃々佳の礼儀に不安があったわけでもないようで、胸のつかえが消える。

「久遠家の皆様とは小さな頃から一緒に過ごす時間が長かったので、結婚はその延長だと思いますよ」

「違うわ。それなら、総司君でも照君でも良かったでしょう」

乃々佳が違和感を覚えながら言った言葉を、雅ははっきりと否定した。

彼女はシニョンの後れ毛を確認するようにうなじに手をやりながら、湯飲みを見つめる。

「東悟さん、結婚したかった相手と添い遂げる覚悟を決めたのよ。乃々佳さんとの年齢の差を考えれば忍耐強く待ったのだと思うわ」

結婚の話は雅の口ぶりだと東悟が望んだように聞こえる。彼自身もそう言っていたが、都合がいいからだろうと最初は思っていた。

乃々佳は膝の上で手を握り締める。——いや、自分がそう思いたかったのだ。

自分は大事なものを見落としているのではないか。そのせいで、東悟を傷つけているのではないかという不安が胸に広がる。

ポットと一緒に用意されていた、茶器が入っている丸い紅葉《もみじ》柄の入れ物が目に入ってきた。

赤い模様にズキリと頭に大きな痛みが走り、ズキズキと頭痛がひどくなっていく。

乃々佳が黙ったからか、雅は微笑する。

「……男の人って言葉が少ないから、女を不安にさせるわ。説明してくれなくてはわからないと伝えても、わかってくれないの。私達が去ろうとして、やっと態度も言葉も足りなかったと気づく。愚かよね」

言葉が足りないのは圧倒的に乃々佳の方だと思う。東悟は忙しい中に時間を作って、コミュニケーションを大事にしてくれている。雅の言葉を借りるのなら、愚かなのは自分だ。

「東悟さん、人に心を開かない人だから。見た目はちょっと怖いし」

「いえ、東悟さんはよくしてくれます。それに……」

笑ったら可愛いんですよ、と言いかけて呑《の》みこむ。余計なことを言いかけて一人焦っていると、雅は口元に手を当てて品よく笑った。

「私、乃々佳さんに勝手に嫉妬していた時期があってね」

「私にですか」

会ったことないのにと首を傾《かし》げると、雅はバツが悪そうに頷く。

「乃々佳さんが高校生の時くらいかしら。総司君、乃々佳さんのバイト先まで送迎をしていたでしょう。私、その頃はまだ東悟さんと結婚話が宙ぶらりんのままだったし、失恋したとずいぶん泣いたのよ。あなたが久遠家の三兄弟を手玉に取っているのではないかとまで思って」

そういう誤解なら慣れている。どうして原の娘だけ特別扱いなのだという声は身に染《し》みていた。だからこそ他人に実家の話はしない。特に跡取りの東悟とはしっかり使用人の娘として接してきた。

雅のような良家の子女にも同じような思いを抱かれていたのだと思うと歯がゆい。

それでもバイトの送迎をしてくれていた理由を他人《ひと》に話さないという約束を守ってくれている総司の誠実さに、雅には説明しないといけないと思った。

「……その頃は、私が男の人に、その、付きまとわれていたんです。それがエスカレートしてきて。久遠家の皆さんに迷惑を掛けないように気を付けていたのですが限界で。総司君が私の様子が変なのに気づいて、送迎を申し出てくれたんです」

総司のおかげで変なトラウマにはなっていない。あまり思い出せないのは、思い出したくないくらいには怖かったということでもあると思う。

『自分達は想い合っている、運命だ、結ばれるために出会った』

バイト先のロッカーに貼られたメモや手紙、留守電の音声やメールでのメッセージなどは全て総司に回収されたけれど、ゾッとした感覚だけはすぐに思い出せる。

「……そう。大変な思いをされたのね。ごめんなさい。話しにくいプライベートなことを。総司君が話してくれないはずね」

「総司君、とても誠実な人だから。約束を守ってくれているんだと思います」

まっすぐな目でそう伝えると、雅は嬉しそうに顔を綻《ほころ》ばせた。

付き合っている人を褒められて嬉しくなる程、本当に好きなのだ。

「乃々佳さん、それを東悟さんは知っているのかしら？」

「わからないです」

あの兄弟がどういう情報共有をしているのかは知らないが、東悟から直接聞かれた覚えはない。当時の東悟は久遠家の跡取りに課せられる『武者修行』の最中だったから、そういう事情を知らされていないだろうと思う。

「……私は、私を安心させたかっただけね。ごめんなさい」

雅はしゅんと項垂《うなだ》れた。最初の女豹《めひょう》の印象は消えて、目の前には人の好さそうな一人の女性が座っている。人の言いたくないであろうことを引き出してしまったという後悔を滲《にじ》ませる表情は、悪い人には見えない。最初抱いていた怖さのようなものが、乃々佳の中でなくなった。この人は譲れないという強い気持ちが、人を戦闘態勢にさせるのであればなかなかに怖い。

「総司君が、好きなんですね」

「ええ、とても。恋って嫌ね。冷静さを失うもの。早く落ち着きたいわ」

微苦笑した雅が幸せそうに見えるのはなぜだろう。

昨日、東悟の家で充実したキッチンを見て、いやに張り切って料理をしてしまった自分を思い出す。冷静になって考えてみれば、ハウスキーパーが出入りしている可能性の方が高い。東悟は何でも出来るのだから、料理も出来るかもしれないのだ。あんなに感情的に考える必要はなかった。でも、他の女性がいるというフィルターがあった方が冷静でいられるし安全だ。

自分の人生が東悟に染まることが無ければ、心も身体も傷つくことがない。幼い頃、東悟を純粋に慕っていた気持ちはとても無垢で、だからこそしっかり蓋《ふた》を閉じたのだろう。

「東悟さんには、ただ好きだと言ってくれるあなたがいればいいの。私に総司君がいればいいように」

雅のはっきりした物言いは乃々佳を驚かせた。総司に手を出すなとも聞こえる。

「ねぇ、人を好きになったことはある？」

絵瑠にも同じようなことを聞かれた。それほどに恋愛に疎《うと》く見えるのだろう。付き合った人が好きだったのかと聞かれれば、好きだったと思うと曖昧《あいまい》にしか答えられないのは事実だ。

「あまりそういう話は得意ではありません」

「自分が人を惹き付ける魅力に溢《あふ》れているという自覚は？」

「私に、そんなものないと思います」

この質問を肯定出来る人間がいるとすれば、目の前の雅だと思った。異性を惹き付けることが出来るのであれば、乃々佳にはもっと男性経験があったはずだ。

「……乃々佳さん、本当に義務感から結婚を決めたのね。そうね、そう。今から時間をちょうだい」

確かに両親の顔を思い浮かべながら決めたところもあるから、義務感という言葉はしっくりきた。

ここまではっきりと目の前で言われたのは初めてだ。そして嫌な感じはしない。聞こえるように、遠くから、わかりにくく嫌な感じで言ってくる。そんなことが珍しくなかったから新鮮だ。

「――もう、時間は朝から取られていますけど」

少し嫌味な言い方になってしまったと焦ったが、これくらいでは雅には棘《とげ》とも思われないらしい。

「なら同じね。大丈夫ってことだわ」

乃々佳はくすりと笑った。言葉に裏表がないからか、雅といるのはとても楽だ。

明日は会社だし引っ越しの準備も始まるし、スーパーで買い物もしていない。何よりも頭痛がひどい。ここ一週間のお金持ちの強引さと圧にはちょっと疲れた。

文句を言われても帰りたくて、でもその前に言っておきたいこともある。

「私は総司君を兄として慕っていますが、恋愛感情はありません。彼も一緒です」

「そのようね。確認出来て良かった」

雅はスマホをバッグに片付けながら、また歯に衣《きぬ》着せぬことを口にした。

「私ね、『私なんか』という態度を取る人は好きではないの。東悟さんに大事にされているのなら、彼にも失礼だと思うわ」

「だって」

反射的に言い返したが、乃々佳はそれ以上は何も言えなかった。

雅の言う通りだからだ。皆が優しいから甘えていたけれど、自分を卑下する言葉は聞いていて気持ちのいいものじゃない。

「乃々佳さん、昨日ドレスの試着の時、鏡であまり自分を見なかったのでしょう。そういう方は、何かしら抱《かか》えているものよ。守ってくれる人がいるのだから、もう輝いても大丈夫なのよ」

顔を強張《こわば》らせた乃々佳に雅はとびきりの笑顔を見せて立ち上がる。

「東悟さんを驚かせて楽しみましょう。それに私、お話を聞くのが得意なの」

にっこり、と雅は笑った。

自分の感情に素直な雅と一緒にいたら、自分も素直になれるかもしれない。引っ越しの準備より、大事なことだと直感が訴えかけてくる。

雅の言葉に導かれるように立ち上がった時、また紅葉《もみじ》柄の茶器入れが目に入った。

今度は寒気が伴《ともな》って、乃々佳は雅に断って薬を飲んだ。


久遠家の庭は紅葉《もみじ》、梅、松など木もあるが、ツツジなどの低木が多い。刈り込まれた芝生の中には、それらを鑑賞出来るようにと遊歩道が敷《し》かれていた。橋が架《か》かっていて鯉が泳ぐひょうたん型の池があり、そばにある石のガーデンベンチでは座って休むことが出来る。小さな頃にはここには危ないから近づくなと言われていた。池は浅いとはいえ落葉が底に積み重なっており、入ってしまえば足を取られるからだ。

小さな東悟がいたのはこの辺りだと、乃々佳は池の近く、紅葉《もみじ》の木の下に立った。昔はずいぶんと高く見えたけれど、大人になって見上げればそれほどではない。

雅の指示で運転手が送ってくれたのは、乃々佳の家であるマンションではなく久遠邸宅前で、ちゃんと話せというメッセージだろう。

ホテルを出てからは、頭痛を忘れるくらいに忙しかった。

連れて行かれた美容室で髪のトリートメントをしてもらいながらマニキュアとペディキュアを施《ほどこ》され、次に向かった系列のエステでは裸にされて肌を磨かれた。

そこに運ばれていた新品の洋服と靴は、オフィスカジュアルに使えるとはいえ自分が選びがちなモノトーン寄りのものではなかった。肩だけレースで透けているクリーム色のブラウスに青い花柄のスカートというフェミニンな服だ。ハイヒールの靴は高さはあるもののストラップがあって履きやすい。エステで裸になった時に自分の服は回収されていたので、選択肢は残されておらず、似合うとは思えないその服に泣く泣く袖《そで》を通した。

「乃々佳？」

東悟に名を呼ばれて乃々佳は振り向く。

正門前に送られたが、裏口からセキュリティカードを通して中へ入った。入退出は全て管理をされている。自分から出向かなくても東悟の耳に入るのは予想していたが屋敷は広い。どこにいるかまではわからないはずだった。

「どうして、ここだと」

「上から見える」

二階の出窓を指差した。当主が執務を主にする部屋だが、あの窓は庭が一望出来る特等席だ。

「ああ、庭が見渡せますもんね」

「その恰好は、何」

東悟が憤然としているのを珍しく思いながら、乃々佳は自分の洋服を見た後に、彼に向き直った。

「デート、だったから」

「誰と」

顔を強張《こわば》らせた東悟に二の腕を痛いくらいに掴まれて、鋭く問い詰められる。

「今日は引っ越しの準備をすると言っていたじゃないか。だから真夜中に送ったんだ。それなのに、デートとは何だ。聞いていない」

せっかちに乃々佳の二の腕を揺らした。怒りを爆発させまいと堪《こら》えているのがわかる。こういう東悟を見たのは初めてだ。

「なぜ、黙っている。結婚に対する文句や不満ならまず俺に言ってほしい。他の男に会って話す時間があるなら、まず俺と話すのが筋だ。一体、どこへ行っていた」

歯ぎしりが聞こえてきそうで、ここまで感情を表に出してくる東悟が怖いというより、ただ驚く。

「黒瀬さん」

「黒瀬……、黒瀬？」

東悟が拍子抜けしたような顔をした。

「雅さんに連れられて美容室とエステに行きました。それから昨日、ドレスを選んだ店の店内を案内していただきました。和装も勧《すす》めたいと言われて、和装と写真の撮影場所の提案を受けましたよ。お屋敷は歴史的価値もあるし候補に挙げさせてもらいました。指輪に関しては私が疎《うと》すぎるので、まずは百貨店でいろいろ見て回ることを勧《すす》められました。婚約指輪に関しては、私の我儘を通すべきだと」

「あ、ああ」

東悟が呆気に取られているのが楽しくなって、乃々佳は続ける。

「勝手に公的な場所に出るスーツもお願いしました。控え目な訪問着と、付け下げ、小紋も作らないかと言われてます。早めに作って、劇場などに着ていき慣れることを提案もされました。――そんなデートです」

乃々佳は猜疑《さいぎ》に揺らいでいる東悟の目と目を合わせた。肩から掛けているバッグの間口から覗く、雅の店のロゴが入ったファイルに視線を誘導すると、東悟から怒りが抜けていく。

「黒瀬……、デートってそういうことか」

「――請求書が届くと思います。相談もせずにすみません」

「頼むつもりだったし、雅もそれを知っていたから提案したんだろう。請求書の件は大丈夫だよ」

けっこうな額の請求書だと思うのだが、東悟にはたいした問題ではないらしい。雅の言う通りだった。東悟が二の腕から手を離し、それから苦々しく言う。

「……会わせなかった昨日の意趣返しか。あいつが黙っているはずがなかった。ちゃっかり仕事と結び付けてきたな」

「親しいのですね」

「まぁね。婚約者のような形にされていたから、お互い嫌でも定期的に会わせられていたし、話し合うこともたくさんあった」

親しいことを否定しない東悟に、乃々佳は静かに言った。

「……好きでしたか」

「嫌いじゃないが、気が合わない。行動力に時折困るが、仕事は信用出来る」

東悟の手が、身体の横で握り締めていた乃々佳の手を取る。

「屋敷に戻って、温かいお茶でも飲みながら、雅に何を吹き込まれたかを教えて」

乃々佳は首を横に振ると、東悟は困惑した表情をした。

「雅さんといっぱい話をしました。それで思い出したことがあります」

今から言おうとしていることに息が吸えないくらい緊張しているのに、頭痛は治《おさ》まっていく。

「ここで私がたぶん使用人の方に怒鳴られたこと、思い出しました。あの事件、ちょっとした騒ぎになったそうで、雅さんも何となく知っていたそうです」

乃々佳が紅葉《もみじ》の木に手を置くと、東悟はわかりやすく動揺する。

「記憶にないと言えば嘘になるんですが、小さかったからか記憶が遠すぎて印象だけがあるような、そんな感じで」

東悟の力強い両手が乃々佳の肩を掴んで、一語一句を言い聞かせるように言った。

「乃々佳は、何も悪くない」

「そうだと思います」

東悟の厳しく苦しそうな顔に、やっぱり小学校の高学年だった彼はちゃんと覚えているのだなと思った。申し訳なさで胸が痛い。

乃々佳は幼かったせいか、印象だけで覚えていた。赤だとか、怖い、葉っぱ、だとか、そんな抽象的なもので。記憶を断片的にして、あちこちで蓋《ふた》を閉めていた感じだ。

あの頃は庭を走り回ることを許されていた。芝生スペースがあり、小さなブランコまで用意をしてもらっていて、一人でも疲れ果てるまで遊べたのだ。東悟は紅葉《もみじ》の木の下で座って本を読んでいることが多く、低木の合間を縫って、目ざとくそれを見つけてはは横に座って彼を真似て本を読んでいた。それでも集中力が続かず、でも邪魔をしてはいけないのは幼心《おさなごころ》にわかっていて、そばで寝たりしていた。東悟が小学校高学年になると庭で本を読むというより、息抜きをしにくるようになったが、あまり関係は変わらないままだった。――あの日までは。

晴れた秋の日、東悟がとても寂しそうに佇《たたず》んでいた。紅葉《もみじ》が真っ赤に染まり、とても綺麗な季節だった。東悟のポケットにはチョコレートも入っていなくて、とてもびっくりした。そんなことがなかったので幼心《おさなごころ》にとても心配で、だから頰にキスをしたのだ。あれが、とても良くなかった。

「あの時、キスをしたのは、お姫様のキスで王子様が元に戻るという絵本を読んだばかりだったからなんです」

我ながら苦笑してしまうが、小さいながらに元気になってもらう一番の方法だと思ったのだ。

だがそれを使用人の誰かが見ていた。その頃は屋敷の出入りの規則がまだ緩《ゆる》く、特に落ち葉などの季節になると人手がいる時期は、家族であればその家族の責任で出入り自由だったのだ。だから、使用人の家族だったかもしれない。

『この、娼婦！』

幼かった乃々佳は、突き飛ばされて背中をしたたかに紅葉《もみじ》の木にぶつけた。パラパラと紅葉《もみじ》の真っ赤な葉が落ちてきて、綺麗だなとぼんやりと思ったのも覚えている。その誰かは痛みで動けず呻《うめ》いていた乃々佳の髪の毛を掴んで起こすと、土の上に転がした。その芝生の上に散らばる真っ赤な紅葉《もみじ》の葉が目に入って、乃々佳は朦朧《もうろう》としながらそれに指を伸ばした。その人はとても恰幅が良く、だがあまり印象がなかっただけに、何が起こったかを理解出来なかったのだ。

『東悟様、お逃げ下さい！　この女は娼婦です！　私がちゃんと躾《しつ》けますから！』

そう言って持っていた熊手を振り上げたのを、乃々佳は横たわった視界の隅で捉えたが、その後の記憶がない。

東悟は大丈夫だろうか、助けなければと思うのに身体が動かないというジレンマもあった。

目を覚ますとどこかのベッドの上だった。二の腕にはしばらく包帯が巻かれていて、今でも小さな傷が残っている。

「その辺りの記憶が朧気《おぼろげ》で……、でもたぶん私が坊ちゃんと呼ぶようになったのもその時期だと思います」

「その通りだ。乃々佳は俺のことも名前で呼んでいたから」

東悟は歯を食いしばっている。乃々佳は二の腕の傷の辺りを撫でた。

「この結婚、責任からですか。それなら、本当に私は大丈夫ですよ。強烈に覚えていたとかじゃないから」

「責任じゃない。……その頃から俺は乃々佳が好きだったから、無理を言ったんだ」

東悟は乃々佳の腰に手を回すと歩き出した。屋敷に戻るのかと思いきや車庫の方に庭を抜けていく。

東悟の言った意味を理解しようとすれば、ずっと自分だけを求めてくれたということになる。

そんな都合のいいように考えていいのだろうか。

「乃々佳に親切なのは好きだからだよ。あれから父さんに屋敷のセキュリティ強化を進言し、アポイントがない突然の外部の来訪は必ず記帳させている。防犯カメラが多いのも、常に最新のシステムにしているのも、二度とあんなことは起こしたくないから。午前零時近くに、駅から屋敷まで歩いて帰ってくるような本人の意識の低さは想定外だったけどね」

「それは、ごめんなさい」

やはりあの時の東悟は本当に怒っていたのだ。

今までの自分は訳もわからず嫌な出来事に負けたくないと思っているところがあった。

だからわざと危険な方へ舵を切って、ほら大丈夫だと自分に言って踏ん張りたいところがある。ストーカーの件にしてもそうだ。無意識がそうさせていたのかもしれない。

「雅さんはすごいですね」

「何だよ、急に」

東悟があからさまに眉間に皺《しわ》を寄せたので、この二人の関係について総司に今度聞いてみたいと思った。

「仕事中なのにずっと話を聞いてくれたから。おかげで東悟さんに話さないといけないと決めることが出来ました」

「……当てよう。スーツ三着と、インフォーマルのパーティ用のドレス二着、それらに合う靴が四足、アクセサリーの幾つかがマンションに運び込まれるんだろう。仕事なんだから、付いてまわるに決まっている。——でも、雅は傾聴がうまい」

服の数もだいたいあっていて、乃々佳は小さくなってもう一度謝る。

雅にこれから最低限必要なものだと揃えられたら、なんの知識もない乃々佳は頷くしかなかった。

久遠家の若奥様を上顧客として取り込まないはずがないと断言する東悟の横顔を見つめる。

それでも雅の手腕を認めているのはわかって、面白い関係なのだなと思う。

それに東悟の仕事をする時の顔を初めて見た気がして、まじまじと見つめてしまった。

「何か付いてる？」

「いえ、お仕事する時の顔なのだろうなと思って」

「……常に乃々佳に恋煩《わずら》いしていたいけどね」

東悟は車の鍵を開けると、乃々佳を助手席に座らせようとした。

「俺の家か乃々佳の家、どちらか一択だ。どっちにする」

「一人で帰れますよ」

「俺が、今日は離れる気がない」

乃々佳は耳まで真っ赤になって、豪奢な車のシートに座る。

自分も帰りたくない気持ちがあったから、同じ気持ちでいてくれて嬉しいと思った。

「そうだ。あの、お願いがあるの」

ドアを閉めようとする東悟に声を掛けると、彼はわかりやすく驚いた顔をする。

「俺に、お願い？」

乃々佳は緊張しながら、大真面目に頷く。

「忙しいのに、話を二転三転させてごめんなさい。引っ越しを手伝ってもらえませんか。たぶんもう一人じゃちょっと無理で」

今日から始めるつもりが何も手が付けられていない。自分を連れ回す雅に言えば、そんなのは東悟に頼れと言われた。頼めないと渋《しぶ》れば、ならば徹夜で一人でやってみろと白黒はっきりしたアドバイスをされてしまう。ぐうの音も出ないとはこのことだ。家電や家具の処分、不動産屋への連絡に立ち合い、引っ越し業者が来た際に運び出してもらう荷物の梱包《こんぽう》。休みも取らずにするのはもう難しい。

「頼ってくれて嬉しいよ。それなら、今日からうちに住めるな……」

「はい？」

東悟はポケットからスマートフォンを取り出す。

「今から進めさせる。乃々佳、家の鍵を」

「でも、明日は会社で、洋服とか化粧品とかは取りに帰らないと」

「雅が関わったんだろう。たぶん、そこらも大丈夫だよ」

東悟はうんざりとしているが、何が大丈夫かは乃々佳はわからない。

「でも、下着とかもあるし。ある程度は自分が」

「女性でチームを組んでもらうから問題はない」

東悟は助手席のドアを閉めたが、電話の声が車外から漏れ聞こえてきた。

「ああ、悪いがマンションに戻る。帳簿も記帳も完全なデータ化を早急にしたいから、そのつもりで会計士とも話す。後々は俺がチェックする頻度をもう少し減らしたいし、誰かに仕切ってもらいたいが、それはまた考える」

東悟は運転席に乗り込むと同時に電話を切った。ハンドルを持つと目を瞑《つむ》って長い息を吐《は》く。

「いいんですか、お屋敷のこと」

「今日明日ではどうにもならないからいいよ。父さんは屋敷のことには杜撰《ずさん》だと、倒れて露呈してね、いろんな帳簿をチェックし直している」

「旦那様が起きていらっしゃるのなら挨拶を……」

「いらない」

乃々佳はエンジンを掛けて車を発進させた東悟と屋敷を交互に見る。

東悟はそんな乃々佳を一瞥して、前方に向き直った。

「元気になってきて身体が動かない分、口がよく回る状態だ。乃々佳が俺と結婚することを喜んでくれているのは嬉しいが、たぶん今日は帰れなくなるよ。これからは俺の奥さんとして、父さんを見た方がいい。いちいち付き合っていたら身体がいくつあっても足りない。あれで元気になってみろよ、また仕切って騒ぎ出す。勘弁してほしい。俺は絶対に屋敷には住まないから、乃々佳もそのつもりで」

目を瞠《みは》るほど整っている顔で親の愚痴を繰り出すと、それらしい鋭さを持つらしい。こちらの肌がピリピリするほど強靭な意志を感じるけれど、内容はただの親子喧嘩なので可笑《おか》しくて乃々佳は笑ってしまった。

「……笑うなよ」

　くすくすと笑う乃々佳に、頬をほんのり赤く染めて東悟がぼそりと言う。

　昔の東悟も幼い頃の乃々佳を邪険にはしないものの、また来たのと面倒くさそうに接していた。そのくせに面倒見が良くて、チョコレートをくれたり、困っているとすぐに手を差し伸べてくれたりしていたのだ。乃々佳が彼の膝の上で寝てしまい、律儀に起きるまで待ってくれていたせいで足が痺《しび》れて立てないこともあった。それでも拒絶されることはなかった……そんなことも忘れていたのだ。記憶の扉を開ければ、思い出が飛び出してくる。

　乃々佳は手にギュッと力を込めた。

「東悟さんらしい。好きな人には口も態度もちょっと悪いところがありますよね。旦那様が良くなってきて嬉しいんだ」

「……まぁね」

「それに、雅さんや旦那様のことを強引みたいな言い方をしているけど、東悟さんだってそう変わらないと思う。圧が強いのは、皆一緒ですよ」

「耳が痛いね。善処する」

　車が公道に出たところで、乃々佳は緊張で額《ひたい》に浮かんだ汗を手の甲で拭《ぬぐ》う。その手の平にも汗をかいていた。隣の東悟をちらりと窺《うかが》ったが、名前で呼んだことを指摘してくる様子は無さそうだ。

雅のアドバイスは的確だったと、乃々佳はまだ緊張で硬い身体をシートに預けた。

『名前で呼べない？　名前を呼ぶように言われたんでしょう。無理？　初々《ういうい》しくて可愛すぎるんだけれど。とにかく、会話が続く中で自然に捻《ね》じ込んでしまうしかないのではないの』

『自然に、捻《ね》じ込む』

『東悟さん、わざわざ名前で呼んだことを指摘して、いい流れを切ろうとはしないと思うわ。好きだと認めて、歩み寄るって決めたんでしょう。だったら、受け身でいても前進しないわよ。自分から一歩を踏み出さなきゃ』

今車の中で東悟が選んでいる話題は、雅に待ち伏せされたことに対しての憤《いきどお》りと同情で、名前で呼んだことに触れてこようとはしてこない。雅は正しかった。

『誰でも資産家の雇い主には気に入られたいわ。特別扱いをされれば、自己評価が低いほど気持ちが満たされるもの。特にあの三兄弟はちょっとイケメンすぎるしね。嫉妬は怖いから乃々佳さんが線を引いて生きてきたのは生存戦略で当然よ。東悟さんも距離を置けば守れると思ったのでしょうけど……それをやめたキッカケは何だったか、気になるわね』

雅は好奇心を隠しもせずにニヤリと笑んだ。弱みを握りたいとも聞こえたが、それは乃々佳の勘違いだろう。

確かに、結婚を推し進めようとした理由は何だったのか。思い当たらないだけに、首を傾《かし》げた。

○見つけた

東悟のマンションに着いた時、部屋には乃々佳のオフィスカジュアルなワードローブと靴、化粧品一式、下着までもが届いていた。問題ないと東悟が言っていた理由はこれかと思ったが、これはまったく予想出来なかった。荷物の量に乃々佳は真っ青になって震えたが、東悟は呆《あき》れ返ってはいるが返品するつもりはないらしい。

「最低限しかないだろう。いいよ、もう。明日、着ていけるものがあるかだけ確認した方がいい」

「さすがに、私の服だから私がお金を払います」

乃々佳は通帳の貯金額を思いだしつつ、目の前の買い物の総合計を計算し始める。

そんな乃々佳の腰を、車のキーをカウンターに置いた東悟が抱き寄せてきた。

「いらない」

突然の行動に驚いて固まると、東悟はふっと目元を和《やわ》らげて解放してくれた。心臓がドキドキと痛くて動けない乃々佳に顔を寄せると、東悟はどこか泣きそうな顔で唇を動かす。

「あの時は助けられずに、ごめん」

別の意味で心臓が締め付けられるように痛んだ。取り戻せない時間への後悔ほど、心を蝕《むしば》むものもない。

幼かったとはいえ乃々佳の無邪気な言動は、大人の目に余ったのだろうと思う。だから両親はあれだけ線を引くように言い続けたのだ。それでも幼い自分達が大人に何を出来たかを今考えても仕方がない。

記憶が曖昧《あいまい》になるくらいにショックだったのに、トラウマだとかで人間関係に支障が出てはいないのは、周りの大人がしっかりとした対応をしてくれた証拠だ。

東悟への過剰な線引きだけが残って、名前を呼んだりすることにとても抵抗が残った。

「私が馴れ馴れしかったんです」

「微笑ましいくらいだよ。どんな理由があるにせよ、あんな小さな子どもにすることじゃないんだ。うちの考えが甘かった。あの時だけじゃないかな。本気で原家が暇《いとま》を申し出たのは」

両親はどんなことがあろうとも、久遠家を第一に考えるだろうと信じ込んでいただけに、乃々佳は聞き返してしまう。

「まさか」

「自分の娘の方が大事だよ。慎重に行動して当然だと思う。あんなことがあれば、俺でも出て行く判断をするね」

「でも、お屋敷に残った」

両親に大事にされていたことが、第三者の視点からわかるのはとても嬉しい。

でも残る選択をしたのは、久遠家の屋敷に勤めているというプライドからだろうか。

喜んでいいのか悪いのか複雑な心境でいると、東悟が二の腕の傷の辺りを、服の上から撫でてきた。隔《へだ》てる布があるのに、肌が熱くなる。

「俺が道子さんに頼み込んだんだ。外は安全なのかとも聞いた」

「庭師の人が、近所に住んでいるということ?」

東悟はしまったという表情を浮かべた後、僅かに肩を竦《すく》める。これ以上聞くなという意味だ。こういう時、追及するのは得意じゃない。

気持ちを宥《なだ》めようと、乃々佳はうなじを指で撫でながら眉間に皺《しわ》を寄せた。

「結婚の話も高校生の頃くらいからお話を頂いていたと父から聞きました。でもどうして今なんですか」

「俺の我慢の限界」

「……限界」

　東悟が真顔で答えたので、乃々佳も真顔で返してしまった。

　再び逞《たくま》しい腕が伸びてきて抱きすくめられた。背中にしっかりと腕を回されて東悟の匂いが鼻腔《びこう》をくすぐる。心臓がどきどきとうるさくて、落ち着かないのに安心する。この感覚は心地がいいから嫌いじゃない。

「私達は、会話をしているのでは……」

「乃々佳を傷つけたのは俺のせいだ。距離を置きながら守れる方法を探《さぐ》った。大事にしたいと、そう、これでもずっと大事にしていたんだよ。俺は」

「あれは、事故みたいなものだし、久遠家の皆様には大事にされていたし」

「なら、何でその時期の記憶が抜け落ちた」

　東悟の筋肉質の身体が強《こわ》ばって、背中に回されている腕に力が入る。

「……記憶がなくなるほどのショックだったはずなのに、乃々佳は初対面の相手の人柄をまず良く見積もる。そして滅多に減点しない。結果、相手の下心に気が付くことが出来ない」

　圧に弱いことを自覚する日々だった乃々佳は唸《うな》った。

「貶《けな》しているように聞こえますけど」

「本当のことを言っているだけだけどね」

今まで読んだ少女漫画では、こういう状況の時には甘い言葉が紡《つむ》がれるものだった。現実はせちがらいと上目遣いに睨《にら》んでみたが本気では怒れない。

「教えてくれても良かったじゃないですか。警戒心を持てって」

「その年で夜中に人通りのない道を歩いて帰ってくるレベルの警戒心だよ。どうすれば心に響くのかを教えてほしい」

これだけ嫌味の応酬をしているのに、まったく嫌な空気にならない。かろうじて顔だけでも離していたのだが、首の限界を感じて東悟の胸に頬をぴったりとくっつけた。彼の長い指が髪を弄《いじ》りはじめる。

「……ずっと前から、好きだったよ。プロポーズした日も、伝えたとは思うけど」

これは夢じゃないかと思う程、東悟からの告白は嬉しい。けれど、自分の何が彼を惹き付けたのかもわからないから不安になる。

東悟がぶつけてくれているくらいの気持ちを抱いているかと聞かれれば自信がない。

「私も、好きです。ただ……」

「……同じ告白を求めてはいないよ。ただ、あの時のことを思い出したのが嬉しいのか、怖いのかがわからないんだ」

身体を離した東悟の指が乃々佳の鎖骨を這《は》って、そのまま耳朶《じだ》に触れる。その指先が少し震えているのは気のせいだろうか。

「あんなことに巻き込まれるのはごめんだと、婚約破棄を口にされたらどうしようかと」

身体を投げ飛ばされたという映像に感情は伴《ともな》わない。教訓として無意識に強烈に残っているだけだ。プロポーズを知った嫉妬に狂った女性に刺されるかもと本気で心配していたのも、無意識にそういうイメージがあったからかもしれない。

「こうなったら既成事実を作るしかなくなるだろう」

「もう婚約をしていますよね。何か他にありますか」

「大ありだよね」

乃々佳は首を傾《かし》げる。

「他の男に取られるのはごめんだ」

一昨日、約束もないのに家にやって来た理由は男性がいると思われたからだった。雅に着飾られたこの格好に不機嫌になったのもそれだ。

「私、本当に男性と縁がない生活だったから、そういう心配はいらないと思いますよ」

「相手から寄ってきたら、どうするのって話」

「寄ってこないから、大丈夫」

東悟は天を仰《あお》いだ。きょとんと彼を見上げると、雅が選んでくれた服を抓《つま》まれる。

「乃々佳に良く似合う服を選んでいる。こういう服で出歩いたら、わかりやすく虫が付き始めるよ。その場に総司がいなかったことを願うばかりだ」

総司は何も悪くないのに、気の毒になるほどに苦々しい口調だ。

「総司君に、何の関係があるんですか」

「俺の前に他の男に見られるのが嫌だ」

「今日はもう寝た方がいいと思う……」

外を歩けば男性とすれ違うわけで。東悟は疲れすぎて冷静さがなくなっているのかもしれない。お茶でも淹《い》れましょうかと尋ねれば、東悟がじっと見据えてきた。視線の圧に耐えられそうになく、顔を背《そむ》けようとすれば唇が重なった。すぐに離れたが恥ずかしい。

「き、急すぎます！」

自分の唇を守るように手で押さえながら抗議をすると、東悟は眉を上げる。

「慣れてもらわないと。まさか、キスだけで子どもが出来るとでも思ってる？」

「さすがにそこまでは。私だって、経験くらい」

ここは張り合うところじゃなかった。たった一人だし、ぎこちないまま終わった付き合いだったのだから、数に入るのかどうかもわからない。

「……本当に、迂闊《うかつ》だよね。名前、智也だっけ」

東悟のまとう雰囲気が一瞬にして変わった。さっきよりも微笑んでいるのに空気感が冷たい。こちらの神経が追い詰められる威圧感に、乃々佳は完全に気圧《けお》された。

失言だったのはわかるが、この不穏さは想定外だ。

「え、ちょっと怖いです。疲れてますよ、寝ましょう」

「そうだね、寝よう」

東悟は目を細めて乃々佳を肩に担ぎあげる。人をこんなにやすやすと持ち上げられるものなのか。ただ、暴れたら落ちて怪我をする可能性がある。

「あ、歩けますから、離して下さい」

「動かない方がいいよ」

そのまま重さに怯《ひる》むことなく東悟は歩き出し、リビングから廊下に出ると、奥の部屋のドアを開けた。広い部屋の中央にダブルベッドがあり、寝具が多少乱れていて、東悟が普段使っているのだとすぐにわかる。ベッドの足側の壁一面がクローゼット、ベッド脇にはサイドテーブルというシンプルな、休むだけの部屋だ。

東悟は何の迷いもなく乃々佳をベッドに下ろすと、手首を押さえつけて組み敷《し》いた。ベッドに寝て、真上から見下ろされている。部屋が暗いのにわかる吸い込まれそうな強い眼差しと、この状況に乃々佳の声が上擦《うわず》る。

「あの……」

この状況がわからないほど初心《うぶ》じゃない。

東悟はトリートメントを受けてさらさらになった乃々佳の髪を指で梳《す》いた。固唾《かたず》を呑《の》んで固まっていると、東悟の顔が近づいてくる。軽く開いた唇が重なって、瞬間下腹部に熱が集まった。さっきみたいな軽いキスを想像していたのだが、東悟の舌が唇を割り、口腔に入ってくる。欲望に驚いて東悟の肩を掴んだが、怯《ひる》むことなく東悟の舌が絡んできた。貪《むさぼ》るようなキスに心臓が早鐘を打って、乃々佳は力いっぱい彼の肩を押し返す。

「これ、ダメ……だ、めです」

息を吸う合間に言葉を紡ぐがきっとうまく伝わっていない。それどころか身体の奥底から歓びがこみ上がり、ジンと痺《しび》れが走った。

「ん……っ、ふぁ……」

舌の付け根や頬の裏も絡めとられる。口の中を食べられている感覚に、ゾクゾクと疼《うず》きが走り、太腿を擦《す》り合わせた。東悟がうなじに舌を這《は》わせると、お腹の奥からせり上がってくる快感に陶然と身を任せそうな自分が怖くなる。乱れるのが恥ずかしくて身体に力を込めれば、東悟が顔やうなじ、鎖骨とキスの雨を降らせてきた。

「あの、シャワーを浴びてないからっ」

限界を感じてお願いと懇願する目を向ける。耳に唇を近づけてきた東悟が、息を吹きかけるように囁いた。

「このいい香りを消すのはもったいないし、シャワーを浴びて身体が綺麗になったら、容赦なくもっと恥ずかしいことをするよ。抵抗も何もかも吹き飛ぶくらい、すごいこと」

「それって」

何をされるかはわからないが、快楽に堕とす甘い台詞なのはわかる。頭の中が真っ白になり汗ばむくらいに肌が火照《ほて》った。

確かに、エステで使われたオイルは上品でいい香りだ。乾燥しがちな肌は見事に潤《うるお》い、自分でもうっとりと撫でたのは数時間前。誰かに晒《さら》すつもりはなかった、と考えてハッとする。

女性らしい洋服に、滑《なめ》らかな肌、艶《つや》やかな髪、雅は東悟とこうなる道筋を用意したのではないか。

「これって、雅さんの」

乃々佳の声がまた上擦《うわず》ったが、東悟は気にすることなくキスで腫《は》れぼったくなった唇に触れてくる。

「だろうね。俺を煽《あお》りたかったんだろう」

ついさっきまで雅に対して少し批判的でもあったのに、やけにあっさりと受け入れ、乃々佳の肌にキスを降らせる。絶え間ない口づけに乃々佳は朦朧《もうろう》として、興奮が勝《まさ》ってくるのを抑えられない。胸の尖端が張り詰め、掠《かす》める服にさえ反応してしまう。

この後はどうなってしまうのか。恐ろしさと、期待が入り混じって乃々佳は顔を横に背《そむ》けた。

その首筋に東悟は噛みつくように唇を這《は》わせ、仰《の》け反《ぞ》る身体の上にますます圧《の》し掛かってくる。背中に回った手が器用にブラジャーのホックを外し、手際よくブラウスと一緒に押し上げた。胸の膨らみが彼の眼前に晒《さら》されて乃々佳は叫んだ。

「み、見ないで」

「無理だ」

恥ずかしさに気が遠くなっている間にも、スカートのホックもファスナーも外され器用に足元から抜かれる。東悟は慣れているかもしれないが、こっちは平気で裸を見せるような度胸も経験もない。

東悟の手に柔らかな膨らみがやんわりと掴み上げられて形を変えた。卑猥さに怯《ひる》みながら東悟を見つめていると、彼の唇に笑みが浮かんだのがわかる。

その唇が開き、敏感な尖端が咥《くわ》えられそうになった。

「と、東悟さん……っ」

悲痛な声はなかったことにされたようで、空気に晒《さら》されていたはずのそこが、生温かくぬるついた感触で満たされる。我慢しがたい強い快感がお腹の奥からせり上がってきて、息が止まった。

「んぁ……っ、や、だぁ」

片方は口腔と舌で舐《な》め扱《しご》かれ、もう片方が揉《も》みしだかれながら親指で尖端を転がされていた。しかも、わざと音を立てながら吸い上げられ、羞恥と初めて知る喜びに揺さぶられる。

「も、これ以上……っ」

「これ以上がいい？　じゃぁ、ちょっと確かめさせてもらうね」

乳房を捏《こ》ねていた手が離れ、ウエストや臀部、腿を辿《たど》り下肢へと下がった。ショーツの合間に指が滑り込み、乃々佳は文字通りに背中を仰《の》け反《ぞ》らせる。

「あっ」

衝撃的な感覚に閉じそうになった太腿の合間に、東悟の膝がしっかりと割り込む。東悟の指がそこを滑る時のぬるりとした感触に、乃々佳は彼の頭を掴んで胸から離した。

「痛いよ」

「ごめんなさい、でも、これっ、はっ」

髪も掴んでいたらしい。非難めいた目で見上げられたが、秘裂を暴く指が花芯に触れるのを止めない。乃々佳はビクビクと震えた上半身を起こした。

「考えずに、感じてみて」

「む、無理」

「でも、濡れてる」

東悟の口元に、扇情的な笑みが浮かんだ。指先で花芯がくすぐられる度《たび》に、蜜口から蜜が溢《あふ》れ花弁はしとどに濡れて東悟の指を濡らす。くすぐったさと焦れる快感に身体がビクビクと波打って、感覚全てが期待で震えつつあるのも耐えられない。

下着が濡れているのは自分でもわかっていた。シャワーで綺麗にしたくて東悟の情欲が浮かんだ目に訴える。そもそも、わからないことがある。

「どうして、私達、こうなっているのでしょうか」

「乃々佳がね、可愛すぎたから」

神妙な顔で頷いた後、鼻の上に軽いキスを落とされる。

「……っ」

「文句は雅に言って」

訴えはまったく響かないようで、話しながらも東悟の長い指先は秘裂を辿《たど》り続けて、蜜は自然と広がり、媚肉が腫《は》れぼったくなっていく。小さな頃から東悟を知っているからこその、耐えられない恥ずかしさがある。乃々佳は端に寄っていた肌掛け布団を引き寄せると顔を覆《おお》った。

「こんな自分を見られるのが、恥ずかしいんです」

「苦情は後からいくらでも聞くから、こっちを見て。俺を見てればいいんだよ」

東悟は囁くと秘裂の花びらを捲《まく》り、濡れそぼつその洞穴を探《さぐ》り当てると隘路《あいろ》に指をゆるゆると押し込みはじめる。

「ひぁっ」

押し開かれる衝撃で声が出た。痛いわけではないが、東悟の指を体内で感じる違和感が大きい。戸惑っていると、顔を覆《おお》っていた布団をはぎ取られる。

「いいから、俺を見てて」

視界が開《ひら》けると欲望に燃える目をしている東悟がいた。その熱情に絡めとられて乃々佳はじっと見つめてしまった。言葉とは裏腹に表情にはそんなに余裕を感じない。

自分の劣情を抑えつけて、乃々佳を傷つけまいとしてくれているのが伝わってくる。

途端に胸が締め付けられて、理性が欲望の火に燃やされていくのを感じた。愛撫を受けている箇所が一気に熱を持った。東悟の指を包み込むように、ひくりと肉襞が蠢《うごめ》く。

「……そう、それでいい」

蜜襞を指で掻き回され、ぐちゅぐちゅとした音が耳に届く。手の平がぷっくりと膨らんだ珊瑚色の珠も刺激していた。その度《たび》に熱がお腹から頬にまでせり上がって甘い声が出るし、中で指が擦《こす》りつけられている部分が快楽を集めて止まない。

「あ、んっ……っは……」

「乃々佳、大丈夫だから、委《ゆだ》ねて」

かき混ぜられている中がとろとろに熟《う》れていく気がする。下肢の緊張が高まってくると、東悟が唇を重ねてきた。荒々しく舌を吸われて本当に何も考えられなくなる。体内で出口を見つけたくて渦を巻いている甘い疼《うず》きを強烈に感じた。

「あああっ、んっ……っ」

強く激しく弄《いじ》られて、閉じた瞼《まぶた》の裏で光が弾《はじ》ける。脚はピンと張り詰め、足の指が丸まった。身体が心臓そのものになったように、全身で鼓動を打っている。

徐々に力が抜けていくと、ベッドに沈みこむような身体の重さを感じた。息を乱しながら東悟をぼんやりと見つめると、東悟が身体を離し身に着けていた服を脱いでいる。その素早さに目が覚め、現れた肉体美に肌掛け布団で胸を隠しながら、肘を使って上半身を起こしてしまった。

「逃げる気？」

些細な体勢の変化を目ざとく指摘されたが、だるい身体でそんなに俊敏に動けそうにない。

東悟のがっしりとした肩からは引き締まった二の腕が伸び、贅肉がない大胸筋と腹筋は筋肉の隆起が見える。服越しでも余計な肉は無さそうだと思っていたが、実際に目にしてみると彫像みたいで見惚れる前に引いてしまった。

自分のお腹と言えば、甘いもの生活がたたっているのか、ふっくらと膨らんでいる。

「私のお腹、見ないで下さい！」

「もう見た。可愛いよ」

「やっぱり、無理……っ」

「今する話かな、それ。痩《や》せたいってことなら、引き締めるって方向に考えを変えた方がいいと思うよ」

女子は痩《や》せることにこだわるね、と東悟が呆《あき》れながらも裸になり、乃々佳の両膝を掴み左右に割ると、自分の身体を滑り込ませた。抵抗なく開いた脚に、ふっと笑う。

「気持ちの緊張が抜けたみたいで、良かったかな」

「……っ」

まだ続きがあるのだ。目に入ってきた猛々《たけだけ》しい屹立《きつりつ》に、東悟が薄い膜を被せているのを見て乃々佳は慄《おのの》いた。天に向かって反り立っているモノが、何かがわからないほどに経験不足ではない。

「え、それ、それは」

「痛かったら言って」

東悟が屹立《きつりつ》を持ち、乃々佳の蜜口に切っ先を擦《す》り付けた。緩《ゆる》んでいた身体が陶酔を思い出して期待に緊張する。乃々佳のほっそりとした、それでいて肉付きもいい腰を東悟はしっかりと掴んだ。ゆっくりと腰が進められ、濡れた蜜口に侵入した猛《たけ》りが花洞を押し開く。

「……っ」

「力を抜ける？」

閉じていた蜜路が開いていく鈍い痛みに乃々佳は怯《ひる》んだ。無意識に腰が引けて、身体が逃れようとする。

「爪を立てても、肩を噛んでもいいから、気持ちを楽にして」

東悟の肩に額《ひたい》を押し付けてコクコクと頷くと、彼の手が背中に回ってくる。彼の肌からも緊張が伝わってきて、そのことが乃々佳を安心させた。やっぱり、東悟は優しい。自分の気持ちだけで押し進めて、乃々佳を傷つけようとしていない。止まって乃々佳のこめかみにキスをしたり、髪を撫でたりしながら気持ちがほぐれるのを待ってくれる。

少しずつ、快楽を拾う身体の貪欲さが勝《まさ》り始めた。きゅっと東悟の肩をかじりつくように掴む。

「もう、大丈夫」

「無理はしなくていいから」

空洞だった場所が肉棒でいっぱいになったが、東悟は身体を揺さぶったりはしなかった。大事にされて嬉しい気持ちが溢《あふ》れてきて、乃々佳は囁く。

「もっと……、もっと下さい」

東悟も自分自身を満たしてほしかった。

「……乃々佳は、本当に変わらないね」

東悟は乃々佳の額《ひたい》に唇を落とし、身体を引くと再びしなやかに埋《うず》めた。

「あ……っ」

その動きは徐々に力強くなっていき、眩暈《めまい》がするほどの劣情をぶつけられる度《たび》に、愛おしさが高まる。全身で東悟の熱を感じると、今までのこだわりがどうでも良くなっていく。

「乃々佳……」

屹立《きつりつ》はますます硬くなり、蜜襞はその熱情を柔らかく蠢《うごめ》きながら締め付ける。それが愉悦を運んでくるのだ。

夢中で唇を重ねてお互いを求め合い、圧倒的な快楽の渦に何度も呑《の》みこまれた。結ばれるということは、こんなにも温かくて心満たされることだったのだ。

初めて知った感覚は鮮烈で感動的で、その満足感に浸ってしまう自分を受け入れるしかなかった。

上品なサボンの香りが鼻孔をくすぐり、家にこんな香りがあっただろうかと重い瞼《まぶた》を何度目かでやっと開ける。

ぼんやりと焦点が合わない目に映る、一人の下着姿の男性。糊《のり》のきいたシャツに腕を通し袖《そで》にカフスを付けている。スラックスを履くとベルトを閉めた。ネクタイを鏡を見ながら締めている。

ああ、彼自身も所作も着ているスーツの生地も形も全てがかっこいいなと、スプリングのしっかりしたベッドの上からぼんやりと眺めた。

「乃々佳、おはよう。起きたのならシャワーを浴びて。合鍵はカウンターの上に置いてあるから。朝食を一緒に取れなくて悪い。もう行かなくてはいけないんだ。運転手を呼んで会社まで送らせたいけど」

「必要ありません。地図も読めますし、歩けますので……っ」

久遠家の運転手を呼べば、高い確率で父親がやってくる。慣れないベッドの上で、素早く身体を起こした。

東悟が声を上げて笑っている。わざと送迎の話を出したのだとわかって、乃々佳は頬を膨らませた。しかも、無意識に見惚れていた相手は東悟だ。昨夜、結ばれた相手をうっとり見つめるなんて、恥ずかしすぎる。

東悟はいつもとは違う冷たい表情にも見えた。スーツに袖《そで》を通すと腕時計をして、黒の革の鞄を手に取る彼の姿は、昨夜の彼と同一人物とは思えない。

「ごめんなさい。朝、起きれなくて」

東悟が何時に起きて出社するかなんて知らない。朝食を食べるのかさえも。

そんなことも確認しないまま、疲れ切って寝てしまった。

「謝る必要がないよ」

ベッドの脇に鞄を置いた東悟は、乃々佳の顎《あご》を持ち上げると唇に素早くキスをした。

「家事をしてほしくて、奥さんになってもらうわけじゃないから」

乃々佳の口の中がからからに渇く。

「あの、でも」

「夕飯は、乃々佳が作り置いてくれたものがあるから気にしないで」

「でも、それだけじゃ」

「俺のストレス解消の一つが料理だし。足りなければ俺が何か作るよ」

「え、料理が趣味とか知らないです」

東悟は料理をしないと決めつけていた。教えてくれれば良かったのにと目を見開いていると、更に爆弾発言をする。

「道子さんに食材の買い出しだけをお願いしているんだ。他の人に頼んでも、頼んだものとズレたものが冷蔵庫にあったりするから。部屋の掃除もしてくれているから、ほんとに感謝している」

本当に気の利く素晴らしい女性だよねと母親を褒められれば嬉しい。ただ、豊富な食材に女の影を疑い、あまつさえ嫉妬した自分。その相手は母親だったようで穴を掘って入りたい。

「道子さんに嫉妬してる乃々佳は可愛かった。じゃ、行ってくる。裸の見送りはいらないよ。玄関前まで会社の人間が迎えに来てるから」

「……いってらっしゃい」

乃々佳の唇に長めのキスをして東悟は寝室を出て行った。

この行為も恥ずかしくて仕方がないが、嫉妬していたのがバレているのは段違いに恥ずかしい。相手は母親だったのだから、もう消えてなくなるくらいに辛い。

自分も出社の準備をしないといけないので、恥ずかしさの渦の中にいつまでもいるわけにはいかなかった。東悟がベッドサイドに用意してくれていたバスタオルを身体に巻きつけるとバスルームに駆け込んだ。

鏡に映った自分の姿を見て怯《ひる》む。貪《むさぼ》るようなキスを何度もした唇は腫《は》れぼったいし、胸の尖端もきつく愛撫を受けたせいで赤くなっていた。膨らみの方には赤い執着の印があって、慌てて首筋を確認したが何もなくてほっと胸を撫でおろした。

やたら広いバスルームは透明のドアだし、バスタブも脚を伸ばせるほどに広い。ボディソープで身体を洗えば、さっき部屋でかいだのと同じ匂いがした。東悟がここでシャワーを浴びたのだ。一緒に過ごしたのだという現実と、結婚してこういう生活が続くのだという想いが、押し寄せてくると心がむず痒《がゆ》くなる。

髪も洗ったので準備に時間はかかったが、化粧をしても出社に間に合う時刻だ。昨夜、雅に買われていたオフィスカジュアル、アクア色のニットと黒のフレアスカートに着替えて、ストラップのついた新品の靴を履くと家を出た。

スマホで駅までの道を確認しながら歩いていると着信画面に切り替わった。黒瀬雅の名前表示に、乃々佳は出るのをやめる。

朝だしすぐ切れるだろうと思ったが相手は雅だ。しつこく鳴り響き続けて、乃々佳はついに観念した。照からの電話もこんな感じで取った気がする。

「おはようございます」

『乃々佳さん、おはようございます。ねぇ、どうだったかしら』

主語も何もない好奇心を隠さない声色に、乃々佳の頬が引き攣《つ》った。

昨夜の流れは、東悟の性格を知った雅が、乃々佳の話を聞いて画策したと言っても過言ではない。まんまと術中にはまったからこそ、すぐに電話を切りたかった。

「お洋服代は、東悟さんがお支払いしてくれるそうです。それでは、出社の途中ですので……」

『お知らせありがとうございます。で、どうでしたか。ちゃんと心だけでなく、身体も結ばれましたか』

「な……にを……」

ストレートに聞いてくるにも程度があるだろうと、スマホを持つ手が震える。

『ほら、作戦成功。既成事実が出来たみたい。東悟さんの機嫌がこれで……』

明らかに電話の向こう側で誰かに話し掛けていて、ぶほっと噴き出す声が聞こえた。東悟とよく似た声質に、乃々佳は立ち止まって凍り付いた。きっと総司がそばにいるのだ。

『乃々佳、おはよう。雅が昨日からごめんね』

「おはようございます……」

そこはいないフリをしてほしかった。電話に出た総司に挨拶をしつつ、乃々佳は恥ずかしさで消えたくなりながらも歩き出す。プライベートを覗かれて堂々としていられる人の方が少ないのではないかと思うが、電話越しなのでまだマシだと思うことにした。

総司は雅とはお互い時間が合わないことの方が多いので、月曜日の朝だけはカフェテリアで朝食を取るようにしていると言った。今度一緒にと誘われたが丁重に辞退をする。

何があったのかわかっているのだろうに、普通の会話だけで何があったのかの詮索もしてこない。言わなくてもわかる、といったところだろうか。

『――確認するけど、乃々佳もこの結婚に本当に合意とみなしていいのかな。父さんも照も、なぜだか知らないけど雅まで、この話が壊れたらどうしてくれるんだというくらい好き勝手をしてさ』

「でも、今更だよ……」

『乃々佳の気持ちを大事にしてほしいんだよ。乃々佳は押しに弱いからさ。何かあったら、とにかくすぐに言って』

総司に念を押されて、この気づいた好きという気持ちは感化されているだけなのかと不安になる。

同棲も始めるのに、すべてが勘違いであれば心は傷ついて一生立ち直れない気がする。

『東悟君の機嫌もこれで直るといいけどね』

「そう……」

雅も東悟の機嫌について言っていたが、いつから悪かったのだろうか。東悟を怒らせていたつもりのない乃々佳の不安が大きくなる。

昨夜はとても幸せな気分だったのにと吐《つ》いた溜《た》め息は自然と重くなった。

オフィスに着いたのはいつもと同じ時刻で、重い気持ちのままパソコンの電源を入れる。

先に出社していた隣の席の先輩から心配そうに顔を覗き込まれた。

「洋服素敵ね。昨日、たくさん買い物したのかな。……最近、困っていることある？」

いつもさりげなく助けてくれる先輩で、あまり立ち入ったことを聞いてくる人でもない。それなのに乃々佳の頭のてっぺんから足のつま先までを指差した。

「髪はサラサラだし、服は靴まで、バッグまで新品でしょ。……話、聞くよ」

身につけているもの全てを初めて見るから、自暴自棄な買い物をしたと思われたらしい。確かに新しいアイテムを取り入れるにしても普通は一つくらいだ。

乃々佳は慌てて手を振りながら、苦しい言い訳をする。

「いや、えっと。友達の家に泊まって、帰らなかったから服を借りたんです。買ったのは、靴だけかな……」

「あ、そうなんだ。似合うよ」

ストレス解消をお金でするとと大変だからと、先輩は身に覚えがあるようで苦笑した。踏み込んだプライベートな話をしない間柄で、だからこそとても心地よい距離感で話せる相手だ。

そんな人がこういう話を振ってきたくらいに、心配になったのだろう。

「原さん、プライベートも充実してるようで良かった。若いし可愛いもんね、楽しまないと」

「引きこもってそうな、イメージですか」

実家にプライベートがなかったせいで、休日は家での一人時間を楽しんでいた。文字通り引きこもっていたので、そのまま雰囲気に出ていたのかもしれない。

乃々佳の言葉に先輩は笑いながら、パソコンの画面に向き直ってマウスを動かした。

「いつも明るく元気でしっかりしてるでしょう。そういうのって、とっても疲れるんじゃないかなって思ってて。お洒落したり人と遊んだり余裕が出てきたのなら、仕事にもだいぶ慣れてきたのかなって」

一人の人間としての、先輩からの優しい言葉が心に沁《し》みる。

品行方正に生きていれば、トラブルの方が避けてくれるというわけじゃない。

明るく素直で立場をわきまえていたところで、人からの嫉妬や悪意も減らすことは出来ない。でもこうやって、知らない所で気にかけてくれる人がちゃんといる。

「……先輩、いい人。私、好きです」

「あら、ありがとう。でも、何の腹の足しにもならないのよ、それ」

「船井さんが、先輩に会いたがる理由がわかります」

「えぇ……。あの人、やたらと絡んで来るんだよね。原さんにも絡んでたら嫌だなと思ってたんだけど、大丈夫？」

「全っ然、絡まれてないです。大丈夫です」

心配してくれる先輩を見てピンときた。船井は先輩にアプローチしているが、気づいていない。本人は気づいていないようだが、なるほど、傍《はた》から見るとわかりやすい。

乃々佳も仕事を覚えて一人前になって、両親をもっと喜ばせて安心させたいと頑張ってきた。

それは人から見ると張り詰めて見えていたのかもしれない。

絵瑠に異性に興味はあるのかと尋ねられた。仕事以外に息抜きはあるのかという意味も含まれていたのかなと、今なら思える。甘い食べ物を食べることは簡単なストレス解消方法だから、あまりその方法について深く考えてこなかった。

東悟と過ごした昨夜は、甘い物のことは頭に浮かばなかったなとぼんやりと思う。彼は甘い食べ物ではないけれど、何よりも甘くて、心を満たしてくれる。

まだ肌に残る東悟の体温を急に意識しはじめて、乃々佳の顔は赤くなった。


今、一番忙しい仕事は、社員の家族を会社に呼ぶイベントの調整だ。

各部に催《もよお》しの協力を仰《あお》いだり、お土産になる小物を手配したりと走り回っていた。利益を生まないだけに予算もきっちり決まっていて、それだけにポップなどは手作りする。毎年のことだからある程度は使い回しをするけれど、古かったり新しい催《もよお》しが増えたりもするので、それなりに作るものがある。子どもが生まれたら幼稚園のバザーで活躍出来るよと先輩と軽口を叩きながら毎年用意しているのだ。

仕事中に東悟から何時に帰るのかというメッセージが入ってきていた。一度自分の家に戻ってから、マンションへ行くと返信をしてから返事はない。

小さな子どもが喜ぶようにと画用紙を切ったり貼ったりして、可愛い動物や文字を作っていると定時より少し時間が過ぎた。週末の東悟の突然の来訪から予定がぎっしり詰まっていたせいで、昼過ぎからどんよりとした疲れが身体に巡っている。

いつもの平日を過ごす中で、興奮が治《おさ》まってきたせいでもあるだろう。

それでも自分の家に戻って最低限、必要なものを取りに帰りたかった。朝、全身が新しい服なのを指摘されたからだ。このままだと一週間ずっと、会社に新しい服を着て行かなくてはならなくなる。

帰宅時のラッシュに揉《も》まれながら慣れ親しんだ駅で降り、生あくびを噛み殺しながら、家への道を辿《たど》った。電車では立ったまま寝てしまいそうで、帰ったらこのままベッドに倒れ込んでしまうかもと思う。

眠さにボーっとしながら歩き、煌々と明るい光を放つコンビニの前に差し掛かった時、肩を掴まれた。突然のことにびくりと身体を震わせて振り返り、そこにいた男の存在に乃々佳の全身の血が凍り付く。

「あ……」

高校生の頃の記憶より、年月分しっかりと年を取っている。相変わらず人懐こい綺麗な顔立ちだ。

前と決定的に違うのは、身に着けているものに清潔感がないところ。くたびれて皺《しわ》が目立つシャツだけでなく、白いスニーカーは黒く汚れていて、親指の辺りの布が破れている。

「ねぇ、ここ最近家に帰っていないことが多いね。二週間ほど前からだ。部屋の灯《あか》りが点《つ》かないから心配してるんだよ。どこに行っているのかな。ちゃんと帰ってこないと心配で眠れない……」

大きな目を潤《うる》ませて小首を傾《かし》げている細くて背の高い男。名前を呼ぼうにも舌が痺《しび》れて動かない。手先も冷え切っている。

庭での一件を思い出せて東悟と向き合えたことで気持ちが緩《ゆる》んでいた。ガードを固めていない心が、そのまま衝撃を受けてしまっている。

どうしてここにいるのだろうか。いつから、家を知られていたのだろうか。

固まったまま凝視していると、男は嬉しそうに微笑んだ。

「一緒に帰ろうか、乃々佳。やっと見つけた」

目の前の世界がぐにゃりと曲がる。

――柳澤武志《やなぎさわたけし》、バイト先でストーカーしてきた男本人だった。

○過去の記憶

「クソッ……」

月曜日の夕方、帰宅ラッシュの時間は道路も混んでいる。なかなか車が進まないことを、電車よりはいいと自分に言い聞かせながら、東悟はハンドルを握っていた。助手席には総司が蒼白な顔でスマホを片手に座っている。自分よりも大丈夫じゃなさそうな人間がいて正気が少し戻った。

「飲んだ方がいい」

「ああ、うん」

総司が子どもの時に好きだった、温かいミルクにたっぷりの蜂蜜を入れたものを、タンブラーに入れて持ってきていた。

自社ビルの役員フロアには、こぢんまりとしたカウンターがあるプライベートな応接室兼休憩室があって、飲み物はお酒も含めて何でも作れる。ただ片付ける時間がなく、後をお願いした有能な秘書に不機嫌に対応された。機嫌は明日以降取ることにするつもりだ。

一口飲んだ総司は「俺は子どもじゃないんだ」と言いながらも、緊張を緩《ゆる》ませた。

「落ち着いて、乃々佳との通話を切らないでいてほしい」

「ああ」

ハンドルを握ったまま東悟はそれだけを伝える。

総司のスマホの向こう側には乃々佳がいる。スピーカーフォンにしたいところだが、こちらも電話をかけないといけない所があった。

「いいかい、乃々佳。そこから一歩も動かないように。心配しないで待っていて」

総司が乃々佳を安心させるために、絶えず話し掛けている。

東悟は電話帳から柳澤家の電話番号を出した。あれだけ、ちゃんと監視しておけと言ったのにと腸《はらわた》が煮えくり返っている。ふと、初めてここまでの怒りを抱いた日のことを思い出した。

『とうごくん』

乃々佳は昔から可愛かった。

『とうごくん』

雪のように白い肌に、曇《くも》りのない大きな黒い瞳。色素が薄いのか太陽を浴びると透けて茶色に見える艶《つや》やかな髪。動きやすいという理由だけで照が着ていた男子用のシャツとズボンをお下がりで着て、庭を走り回り明るく笑う少女。

両親が娘のように溺愛するのも当然だった。彼女が笑えば世界が明るくなると思えるくらい、屈託なく笑う子だった。乃々佳は誰もが目を留めて溜《た》め息を吐《つ》くくらいの可愛らしさを、悪気なく周囲に振り撒いていた。

原夫婦に乃々佳が生まれた時、自分は八歳だったのもあって、彼女がたくさんの大人を魅了したのをよく覚えている。両親、特に照を産んで子を望めなくなった母は乃々佳をお姫様のように可愛がった。それを原夫婦は感謝しながらも、少し思い悩んでいたのも知っている。

原夫婦はとてもいい人で、働き者でありながら品があった。物腰や所作にどう育てられたかというのは出るもので、特に道子は礼儀作法に厳しい家で育ったのだろうと子どもも心にわかっていた。

同じ匂いがしたから自分は道子には懐いて、親にも話せない相談を今でも続けている。他の兄弟が原家に出入りするのは、自分の家にはない家庭の温もりのようなものを求めていたからだろう。

『あの子、子どもだからって調子に乗っているわね』

そんな声が上がるようになったのは、世代交代で新しい使用人がちらほら入ってくるようになった頃だ。昔から仕える使用人は何も言わなかったが、新しく雇われた者は乃々佳を邪険に扱うことがあった。わざとぶつかってみたり、無視をしてみたりだ。

両親の道子に対する使用人を超えた扱い。彼女に対して古参の使用人も丁寧に接していたこと。それらをよく思わない使用人が乃々佳に対してそういう嫌がらせをしていた。

滅多に見ない美人母娘《おやこ》、そして夫は次期当主が頼りにしている優しく強い色男だ。

若い使用人の鬱屈した感情が一番弱い乃々佳に全て向かっていた。

使用人の悪意から守るために母が乃々佳に目を掛ければ、彼等の憎悪が増す。しかも、おっとりしているせいで、母は「時が来れば大丈夫」などと事態を重く考えていなかった。あれは完全な悪循環だったと思う。

総司と照が乃々佳と一緒にいても、使用人は乃々佳を無視する。そういう悪意に子どもの方が敏感で、弟二人が彼女を背後に庇《かば》っていたのは、言葉に出来ない理不尽を感じていたからかもしれない。

そう、世界は理不尽に染まっている。

そんな世界から逃げて深い呼吸をするために庭に出れば、乃々佳はやってきた。

『とうごくん』

『……また来たの。いいから、大人しく屋敷の母さんのそばにいた方がいいよ』

使用人が小さな乃々佳を害したらたまらない。こちらの気持ちを知るはずもなく、不思議そうに小首を傾《かし》げる乃々佳に頭を抱《かか》える。その仕草がまた可愛すぎるのだ。思わず抱きしめたくなるこの感情は兄としてのものだが、それを発揮すればまた乃々佳への風当たりは悪化する。

まだ青い葉を付けている紅葉《もみじ》の木を背に座っていた自分の横に、ちょこんと座った乃々佳は、自然に肩に身体をもたせ掛けてくる。ふんわりとしたシャンプーの香りと、子どもらしいお日様のような匂いがした。落ち着く香りだと緩《ゆる》みかけて、乃々佳の生まれ持った人たらしの才能に心の中で悪態をつく。彼等の悪意に気づいていないのも、この持って生まれたほんわりした明るさのせいかもしれない。

『げんき？』

大きな目を心配そうに潤《うる》ませて見上げてきて、どきりとした。

ピアノの才能はないねと音大卒の教師から嫌味を、言語の習得のスピードが遅いとトリリンガルの家庭教師から小言を、体力がないと体育の指導者から『意見』を言われた。別に傷つきやしない。こっちはまだ十一歳だ。才能があると呼ばれる者達と同等の技術を求めるあちらがおかしいのだ。そう、悔しくなんてない。噛み締めていた奥歯から、少しだけ力を抜いた。

ポケットに潜ませていた高級チョコレートを取り出して乃々佳に渡す。

『元気だよ。ほら、これが欲しくて来たのでしょ』

『ありがとう！』

いつも両手で受け取って、その手の上にまず載せて、目を輝かせて眺める。満面の笑みで、白い頬をピンク色に染めて、きらきらした目を向けて必ずもう一度言うのだ。

『うれしい。いつもありがとう』

無邪気な光が淀《よど》んだ闇を消す。自分も人を喜ばせることが出来ると思うだけで満たされる何かがあった。チョコレートを口の中に入れて、溶かしながら食べるから、ずっともごもごしている。その姿も本当に可愛い。

世の中の汚いものも、この子の中には存在しないのだ。この八歳も歳が違う幼い子に助けられている。

教師達は生徒が成長しなければ職を追われる。クビは避けたいのは当然で、だからこそ生徒には優秀でいてもらわないといけない。大人は楽をしたいから、子どもに一層の努力をさせようとする。

若いものにプレッシャーをかける、汚い大人の世界にはうんざりだ。

チョコレートを口の中でもごもごさせながら、乃々佳は鼻歌を歌っている。自分の心がどんどん柔らかくなっていくのがわかった。

『口、汚れてるよ』

乃々佳の唇についているチョコレートを親指で拭《ぬぐ》って舐《な》める。唇の柔らかさにゾクッとした感覚が下腹部に渦巻いた。相手は三歳の子だ。このチョコレートはとても甘いと、慌てて気持ちを逸《そ》らす。

彼女は美しく育って、誰かに愛されるのだ。結婚相手を連れてくれば一発くらいは兄として殴る権利は欲しい。大事な『妹』を傷つければ、社会的にも制裁を加えよう。そうか、彼女を守るという大義名分のためにもあらゆる勉強は必要だ。

不純な理由でも、やらされていると感じていた勉学への動機づけが出来た。何だかやる気が漲《みなぎ》ってきて、何となく乃々佳の頭を撫でる。手の平を刺激するふわふわと柔らかい髪の毛に幸せが胸に広がり、笑顔を向けられて疲れが吹き飛んだ。

もうチョコレートの付いていない親指をもう一度舐《な》める。まだ口の中が甘ったるいのはなぜだろう。疑問には思ったが深く考えはしなかった。


紅葉《もみじ》の色が赤く染まって、その葉を地上に散らす頃に事件は起こる。

その日は父親と言い争いをして、気持ちはだいぶ荒れていた。お前は跡取りなのだからと理不尽に厳しい。下の弟達もいるだろうと思うのだがまだ幼い上に、長男が跡目を継ぐと決めている。胸の中に渦巻くイライラは、すくすくと育っている弟達の姿を見ても大きくなった。

そんな自分に嫌悪していると、乃々佳はどこからともなくやってきて、忠犬のように心配げに顔色を窺《うかが》ってくる。純粋で綺麗なその目に見つめられて、泣きそうになった。

『チョコレートが欲しいんだろう』

強がってポケットに手を入れたが、チョコレートが指先に当たらない。奥にまで指を伸ばしてみたが何もなくて、愕然《がくぜん》とした。

父親に叱られた上に、乃々佳を失望させてしまう。それを思った瞬間、ゾッとする。大きな目に失望が浮かぶのが怖い。視線を屋敷の方へと移した。全てが古臭くて嫌いな家だと睨《にら》みつけてしまう。

乃々佳の手が腕に触れてきて、催促されたように感じ、奥歯をギリッと噛みしめた。

『チョコ、忘れたよ』

『え……』

乃々佳の落胆した声色に、心が冷たくなった。乃々佳は別に自分に会いに来ているわけじゃない。チョコレートをもらいに来ているのだ。

優秀な息子が欲しい父親と同じだ。ちゃんと期待に応えなければ、あっさりと見捨てて、他に行く。

『あのチョコレートを買っているのは母だ。あの人の所に行けばもらえるよ。ほら、早く行きなよ』

いつのまにか庭に行けば、乃々佳がやってくることに期待を抱いている。自分を弱くさせる部分は、少なければ少ないほどいいと思った。このふわふわとした美しい子を、いつか奪っていく男も見なくて済む。

『ほら、行きなって』

『……そうだ。えほんでよんだの』

乃々佳のいいことを思いついたといった明るい声は、暗い心に温かさを灯《とも》した。唐突に腕を支えに背伸びをされたので体勢が傾《かたむ》く。

『ちょっと』

普段はこういうことをする子じゃない。驚きながら注意すると、頬に柔らかいものが触れた。唇だと思った瞬間に、下腹部に熱が宿った。

『のの……』

地面に赤や黄色に紅葉した紅葉《もみじ》の葉が絨毯《じゅうたん》のように敷《し》き詰められていた。空は青く、遠くに感じる。風は少し冷たくて、陽射しは暖かい。

乃々佳は『げんきになるまほう』とにっこりと笑っている。

そうだった、この子を通せば、世界は色づいていたと思い出すのだ。たった一粒のチョコレートを、大事そうに口の中で溶かし唇を汚して、ずっと笑顔で食べている。すべきことで溢《あふ》れたモノクロの世界が、乃々佳が笑えばカラフルに変わった。彼女との時間が大切なら、このどきどきする感じも身体の熱も無視をしなくてはいけない。

本能的に覚えた罪悪感を持て余したせいで、他にも人がいることに気付けなかったのだ。

ドン。初めて聞く鈍い音。

小さな身体が紅葉《もみじ》の木に投げ飛ばされ、ゲホッと嫌な咳をしながら乃々佳はくたりとその場に座り込んだ。

『この、娼婦！　東悟様、お逃げ下さい！　この女は娼婦です！　私がちゃんと躾《しつ》けますから！』

乃々佳を娼婦と罵《ののし》り、自分の名を甘ったるく口にするこれは誰だと、興奮して肩で息をしている大柄の女を愕然《がくぜん》と見上げる。

落ち葉の時期は人手がいるからと、従業員の家族が面接もせずに屋敷に出入りすることにすぐに思い至った。知らない人間が居て、屋敷を物珍しそうに見ていたりする、そんな時期だ。

初めて目にする一方的な暴力にショックを受けて足は竦《すく》んだが怒りが勝《まさ》る。乃々佳に駆け寄る前に、女が乃々佳の柔らかい髪を掴んで地面に引き摺《ず》り投げた。

『やめろ！』

また乃々佳に手を掛けようとする女に体当たりするものの、体格の圧倒的な差で跳ね飛ばされ、尻もちをつく。

自分の無力さを痛感しながら女を見上げると、にっこりと醜悪に笑っていた。乃々佳とはまったく逆の、悪意に塗《まみ》れたぞっとする笑顔だ。手には熊手を持っていた。

『ご心配には及びません。うちにも子どもがいますから、扱いはわかっています』

まったく理解が出来ない言葉にゾッとしたが、乃々佳の髪を掴もうとする手に思いきり噛みつく。

『痛い！』

女が腕を振ったが、振り払われないようにますます顎《あご》に力を込めた。叫んだ女に思いきり突き飛ばされたが、乃々佳から気が逸《そ》れたのがわかって叫んだ。

『誰か！　乃々佳が怪我をした！　誰かここへ！』

自分でも驚くほど大きな、通る声が出る。屋敷や庭から、大人が集まってくるのがわかったのか、女はその場にへたり込んで天を仰《あお》いで大きな声で泣きはじめた。

耳を塞ぎたくなる不協和音の中、地面に横たわったまま動かない乃々佳のそばにやっと跪《ひざまず》く。

『乃々佳、大人が来る。病院へ連れて行くから、安心して』

真っ白な頬には、泥と紅葉《もみじ》の葉が貼りついていた。手の甲でこすり落とそうとしても、泥は消えてくれない。

『……だい、じょうぶ？』

『のの……っ』

何で、まず俺の心配をするんだ。乃々佳は笑むと目を閉じた。その時の喪失感は言葉では言い表せない。そばに座って手を握っていたが、やってきた大人に強制的に離された。

自分自身の怪我の確認、病院への電話連絡、救急車を屋敷前に付けるわけにはいかないとか、大人の事情が耳障りだ。乃々佳を抱き締めた道子が、声を殺して泣いている。

大人達の喧騒と真っ青な顔色を見ながら思った。——自分は、無力だ。

どうでもいいが女は庭師の妻だったらしい。推測通り、季節的な関係で手伝いに出入りしていた。申し訳ありませんでしたと謝る庭師は震えていて、横にいる女は泣いていた。乃々佳の両親である準一と道子は、彼等の感情的な謝罪が久遠家にだけ向いていることに対して、諦めているようだった。

まだ小学生の自分が同席出来たのは、被害者という立場を利用して、父親を丸め込んだからだ。

庭師は職を失う恐怖に怯え、まるで妻が暴力を振るったのは東悟一人かのように振舞っている。

「あの子が東悟様を、襲っているように見えて。悪気はなかったんです」

女は泣きながら言った。ふくよかな手で頬の涙を拭《ぬぐ》っているが、記憶が改ざんされすぎていて、笑ってしまった。

「目が悪いのなら、眼科に通うことをお勧《すす》めしますよ。乃々佳を突き飛ばしたのはあなたです。僕はちゃんと見ましたよ」

自分が口を開くと、しん、と場が凍り付く。うまく収めようとしているように見える両親にイライラしながら、原夫婦を心配した。

乃々佳はあれから折り合いが悪いはずの道子の実家に身を寄せていた。言葉も少なく、人形を抱いて離さず、眠ってばかりいると聞いた。原因は精神的なものだと言われたらしい。自分のせいだと後悔しても時間は巻き戻らない。

女は涙に濡れた目をらんらんと輝かせる。

「東悟様に口付けをしていました。痴女は早めに遠ざけるべきだと思ったので」

「君の妻は口が過ぎるね。慎《つつし》んだ方がいい」

勝造がピシャリと切り捨てたのは、普段は物静かな準一が殺意も露《あら》わに身を乗り出したのと同時だった。

心が救われたあの時間を穢《けが》すこの女の口に、石か何かを詰め込めればいいのにと本気で思った。

ソファに歯を食いしばりながら腰を下ろした準一の姿に、胸を痛める。

「……乃々佳は落ち込んでいる俺をいつも元気づけてくれます。妄想が激しい犯罪者を屋敷に出入りさせる方が問題かと」

「……東悟」

口を挟むなと暗に伝えてくる勝造に笑顔を向けた。

「え、自分勝手な解釈で他人を悪者にして、悪気がなかったと言えば、暴れてもいいってことですか」

「東悟」

「俺も悪気なく暴れましょうか。あの父さんの機嫌取りしかしない家庭教師の前とかで」

「やめろ。口を出すなら追い出すぞ」

悪びれる様子のない自分に、勝造は額《ひたい》に刻まれた皺《しわ》に触れながらきつめに言う。

その後、庭師の妻に口調は柔らかいがきっぱりと告げた。

「言うまでもなく、今後一切出入りは禁止です。いいね」

「ふ、不公平です。そちらの夫婦はいいんですか」

原夫婦を指差し大声を出す女の反応があまりにも反省がなく、瞬《また》きを繰り返してしまった。

庭師は慌ててその腕を下ろさせるが、女は反抗的な態度を崩さない。

勝造は温和な表情を崩さずに、膝の上に肘をついて女と視線を合わせた。

「二人は身元がしっかりしているんだよ。とてもね。その上で働いてもらっているんだ。……庭の件は示談の方向で進んでいるんだが、どうしようか」

庭師が「よろしくお願いします」と膝の間に頭を入れる勢いで頭を下げる。全ての謝罪が、勝造だけに向いていた。

その態度に我慢がならず、怒りが沸点を超えて握った拳が震えて止まらなくなる。

「ねぇ、どうしてあなた達は原さんに謝らないの」

声が上擦《うわず》るかと思ったが、案外冷静で落ち着いた声が出た。

庭師の夫はわかりやすく固まったが、女の方が不機嫌そうに眉根に皺《しわ》を寄せる。

「到底、容認出来ないよ。俺がこの屋敷を仕切る頃、古株の使用人として残っているのがこの妻を持った、この彼だなんて絶対にごめんだけど。性根が腐ってるでしょ。同じ立場である使用人の幼い女の子にならば何をしてもいいって、この人は言ってるように聞こえる。だって、謝らない」

庭師は肩をびくりと震わせた。勝造は眉を動かし、興味深げな視線を向けてくる。勝造は自分のペースに持っていく雰囲気作りが上手な人だけれど、今はそれに呑《の》まれるわけにはいかない。

「口を出すなら聞こう。お前はどうしたい」

「まず、セキュリティの強化。その女の人が妄言を吐《は》いて、それを実証出来ないのも庭の防犯カメラの少なさのせいだ。セキュリティシステムの刷新《さっしん》をまず要求します。そうすれば、誰が、どこで、誰に訳のわからない嫌がらせをしているかもわかりますしね」

「予算は」

「この古い屋敷の電気工事だよ？　見積もりを出してもらえないと答えられません。ただ、将来を考えた時に屋敷への出入りを管理し、防犯カメラで死角を作らないというのは、感情的な浪費ではなく、現実的な投資だと思います」

「ふむ」

勝造は顎《あご》を掴んで何事かを思案する。その眼光は鋭く場の空気がピリッと引き締まったものになった。庭師夫婦も実際は自分のことを小学生と思って舐《な》めていたのだろう。目を丸くして頬を引きつらせながら、こちらを見ている。

馬鹿だなと、座っている彼らを見下ろした。跡取りだ坊ちゃんだと甘やかされているのは、久遠家の将来を託されたプレッシャーへの対価だ。常に自分ならどうするかと考えるように育てられている。勝造に何かがあれば、親類縁者がハイエナの如《ごと》く全てを乗っ取りにやってくるような、緊張感が常にある環境なのだ。

「その人達の雇用について口出しはしません。権限は俺にないので。けれど、『悪気がない』などという、被害者に我慢を強《し》いるような言動をとる者が屋敷内にいるのなら、物証をとれる形にしていかなければ。いい人の離職が進み、主張が強い人間だけが残る、働きにくい職場になります。何度でも言います。俺が仕切る時にそんな人間だけが残っているのは、ごめんだ」

「坊ちゃん……」

道子がこちらを見たので唇を引き結んだ。ここの仕事を辞めようと相談しているという話をされたのは一昨日。両親にも既に話をしていて引き止められてはいるが、気持ちは変わらないということだった。ここまで娘が辛く当たられていることを知らなかったと顔を覆《おお》う。

小学生の自分も一人の人間として扱ってくれる貴重な大人が泣いていた。

その時に道子は、自分の実家が柳澤という老舗建設会社の一族で厳しく育てられ、従兄と組まれた縁談が嫌で逃げ出してきたと打ち明けてくれたのだ。親交があった久遠家が、世間を知っているとは言い難《がた》い美しい道子のことを心配し、花嫁修業の名目で受け入れたらしい。そして準一と出会い恋に落ちて乃々佳が生まれた。準一と結婚したことで勘当のようになっていたが、乃々佳の可愛さにほだされたらしい。準一と戻ってきてもいいと言われているから帰ろうと思うという。

一方で、道子が乃々佳と一緒に屋敷を出ているせいで、家政の仕事に滞《とどこお》りが出ていると執事が零していた。

この雇用されているわけでもない女のせいで、何もかもが奪われるのかと激しい怒りがずっと渦巻いている。

乃々佳の笑顔が守れなかった自分の幼さが歯がゆい。

でも、今の自分の立場を利用して、大きなことを言うことくらいは出来る。

「この屋敷を将来継ぐ者として、セキュリティ対策の抜本的《ばっぽんてき》な見直しを提言します」

この話は終わりだと言うかのように、開け放たれていた窓から風が入ってきた。

乃々佳が走り回らない庭に目をやる。整えられた庭の紅葉《もみじ》は美しいのにどことなく寂しい。屋敷から明るさは消えている。

勝造は屋敷のセキュリティ対策をすぐに講じた。自分も言い出した者として、何が何だかわからない関係書類や、屋敷の電気図面に目を通すように言われ、今まで以上に忙しい日々が続く。屋敷のセキュリティシステムの工事は意外に長くかかった。

完成する頃に道子と乃々佳が屋敷に戻り、庭師は仕事を辞めて出て行った。

すべてが元通りになると思ってはいない。だが、乃々佳と自分の関係がこんなにも変わるとは思ってはいなかった。自分のそばに、まったく来なくなったのだ。そして、その時の記憶が消えていた。屋敷に来る時は必ず総司や照のそばにいて、敷地内の乃々佳の家で留守番をする時は弟二人が原の家に入り浸るようになった。

自分だけ置いて行かれた感覚は、心にぽっかりと穴を空ける。

それでも乃々佳の元気な姿をたまにでも見られるだけで良かった。乃々佳が視界に入ればじっと見つめてしまい、気づいた乃々佳が幼くも礼儀正しく頭を下げてきて胸が痛んだ。

どんどん美しく成長する彼女が、自分が近づけば緊張に身体を強張《こわば》らせ『坊ちゃん、こんにちは』と頭を下げてくることが、とんでもなく悲しい。

勝造は乃々佳が高校生になる頃から、自分との縁談を原夫婦に持ち掛けていた。

やめてくれと言わなかったのは、そうなってほしいとどこかで願っていたからだ。それに原夫婦は決して首を縦に振らないのを知っていた。娘の意思を大事にしたいと一貫している。

乃々佳が幸せになるように見守れればいいと諦めていた気持ちは、自分が屋敷を出ていた頃に変わった。弟二人や原夫婦を通じて乃々佳の情報も入ってくる。学業も優秀な彼女は無事に志望大学に受かり、真面目に通学しているとも聞いて安心もしていた。

家を出てもたまに勝造から屋敷に呼び出される。久し振りに帰宅した日に、リビングで弟二人が話しているのが耳に入ってきた。

『え、乃々佳、流されたの。マジかよ』

『押しに弱いのはわかってたけどさ、押しだけの男だったから、あんまり警戒してなかったんだよなぁ……』

総司が頭を抱《かか》えている。声を掛けようとしてリビングの手前で足を止めた。自分が姿を見せれば、きっと二人は話をやめてしまうからだ。

腹の奥から見ないでいた感情がせり上がってくる。何に流されたのか。嫌な予感に、腹の底に言いようのない感情が渦巻く。

『東悟君が聞いたら激怒するから、照も絶対に内緒で』

『俺も命が惜しいから言わないけど、東悟君はやけにこういうの鼻が利くじゃん。乃々佳なぁ、俺と同じ大学受験すればいいのにって言ったんだけどな。中高だってそうだよ。頭いいから余裕で入れたのに。そんだけ久遠家と関わりあるのを知られたくないっての は傷つくし。あーでもあの男と付き合って最後まで行くくらいなら、俺が……』

『俺が、何だ』

リビングに入ると、弟二人がわかりやすく腰を上げた。その焦り具合と素早さに自分が、手に負えない猛獣になったような気がする。

『何で、帰ってきたの』

『俺が何だ、照』

答えを促《うなが》すと、照は頭をかきむしった。

『ああもうメンドクサイ。俺と付き合っているとでも噂流せたって言いたかったんだよ』

自分が出していた威嚇に照は不機嫌を丸出しにして、ドカッとソファに座った。高校生の時からモデルのバイトを始めて、それが本業になりつつある美形の弟はパックをしていたからあまり迫力がない。乃々佳から何でも相談を受ける総司が、明らかにやばいという顔をしていた。

どうやら大事にしてきたものが、いとも簡単に手折《たお》られたらしい。

不思議な感覚だった。そんなことはありえないと思っていた自分が、どんな表情をしているのかわからない。

総司は頭をかきながら言った。

『……柳澤のストーカーとは全く別件の、乃々佳の容姿をアクセサリーにしたいのがミエミの普通の男。同意の上だから、何も出来ないからね』

乃々佳の柳澤の親類からストーカーを受けていたのは道子から聞いていた。道子が実家から『運命の再会だ。乃々佳と結婚する』と息子が言っているが、何事かと連絡があったらしい。乃々佳が昔実家に身を寄せていた時の可愛さがずっと印象に残っていて、バイト先で再会した時は運命だと騒いでいたそうだ。

『とにかく、落ち着いてくれないかな』

総司が牽制をしてきたことで、相手の男を殺しかねない雰囲気をまとっているらしいことに気付いた。照にいたっては頬杖をついて、明後日《あさって》の方向を向いている。

乃々佳への縁談はずっと勝造から働きかけているが、原夫婦が娘の気持ちを大切にしたいと本人の耳には届いていない。自分と関わることで、また何か被害に遭ったらいけないと遠くから見守ってきた。

『ちょっと、遠すぎたな』

ポツリと呟く。ストーカーの時も総司に送迎の依頼をした。柳澤家に勝造の名前を使って、金銭的に圧力をかけて相手を遠ざけることもした。

『……これから、近づくことにする』

あの笑顔がまた手に入るように。自分だけのものになるように。

「乃々佳、もう着くから」

助手席に座っている総司が、乃々佳が電話を切らないように話し続けている。

コンビニに駐車場はなく、路肩に付けた。代わりに運転席に乗り込んだ総司を見届けてから、自分はコンビニへと足を進める。

店の前、端の方にある喫煙所でしゃがんでタバコを吸っている男がいた。たゆたう煙をぼんやりとした目で眺めているのは柳澤武志だった。顔は前よりずいぶんと精彩を欠いている。何のためらいもなく、その男の前に行くとしゃがんだ。灰皿のまわりなだけあって、タバコの臭いが濃い。

「柳澤武志さん」

名を呼ばれた男が顔を上げて、こちらの顔をまじまじと見てきた。

「知り合いだっけ」

「顔見知り程度に」

覚えてないなぁとブツブツと呟く、タバコを持つ武志の指が僅かに震えていて、東悟は眉を顰《ひそ》める。何にせよ、こんなところにいられては、乃々佳を安心して連れ出せない。

「実家に戻ってきていいそうです。柳澤さんに話は通しておきました」

そう言って胸元のポケットから財布を出し、三万円を目の前に差し出す。武志はタバコの火を地面に擦《こす》り付けながら、らんらんと目を輝かせた。

「パパと知り合いなんだ。なるほど、僕を知っているはずだね」

急に顔を出したプライドの高そうな口調は薄っぺらい。

「はい、知り合いです。タクシー代をお渡しします。ただしお一人で帰ってこいとのことでした。——いろいろと、後悔をされていましたよ」

「そうか。僕を追い出したことをやっと後悔してくれたんだ。お金は借りておくよ。後でうちに請求して」

さっきとは違って勝気な顔で笑って頷くと、武志は三万円を奪うように取って意気揚々と立ち上がった。車の中から掛けた電話の相手、電話の向こう側で唸《うな》っていたのは、乃々佳の祖父に当たる人だった。

『ご存じだとは思いますが、乃々佳は久遠家の一員になります。これからは柳澤家とも懇意《こんい》にしていきたいと思いますので、今後はこのようなことがないように、くれぐれもお願いしたい』

掴まえたタクシーに武志を乗せると、急いでコンビニのトイレへと向かった。乃々佳のスマホを鳴らすと、使用中のドアの向こうから着信音が鳴り始めた。静かにノックをする。

「乃々佳、俺だ。東悟だ」

キィ……と辺りを窺《うかが》うような慎重さでドアが開く。

中から乃々佳の恐怖で真っ白になった顔が覗いて、武志への怒りが更にこみ上げた。

「と……うご、さん？」

「怪我は、どこも、何もないか。痛い所は。遅くなって悪かった。柳澤武志はタクシーに乗せて帰らせたから。もう、大丈夫」

乃々佳がのろのろと胸の中に倒れ込んできた。背中に手を回して何度も撫でると、乃々佳の身体から緊張が抜けるのがわかる。自分の口からも、安堵の息が漏れた。

あの時も、こうやって助けられたら良かったのに。

それでも、何度も襲ってくる後悔と無力感が、少しだけ癒された気がした。

「はい」

自宅のベッドに腰掛けてぼうっとしていると、東悟が温かいお茶が入ったマグカップを渡してくれた。動揺が収まらず震える手でそれを受け取って、落とさないように握りしめる。

武志から逃げてコンビニのトイレに駆け込んだ後、パニックに襲われながらも、すぐに総司に電話をした。助けを求めると東悟が来てくれた。

「あの、ありがとう」

「いいから、飲んで」

東悟はそのまま自分の前を通り過ぎ、ベランダを開けて辺りを確認してくれている。いろんな感情が渦巻いているのは、総司が打ち明けてくれたことのせいだ。

柳澤武志にバイト先で付きまとわれていた時、総司に送迎をするように言ってくれたのは東悟だったのだという。

『東悟君はね、全部知ってる』

前なら絶対に助けを求める電話なんて出来なかったと思う。まずは自分で対処しようとした。東悟に甘やかされる日々が確実に自分に変化を与えている。この影響がいいか悪いかはまだわからない。

総司はコンビニに来てくれる最中に、いろいろと教えてくれたのだ。

柳澤家は母方の親戚に当たり、武志は自分と血が繋がっていること。母の実家はそれなりの資産家であること。当時、従兄を婿養子として迎えるために調《ととの》えられた縁談を嫌がって、母は家を飛び出した。他の人と結婚した従兄の息子が柳澤武志で、柳澤家の跡取り候補なのだが、借金や奇行で問題を起こし、後継問題に頭を悩ませているそうだ。そのせいで道子が実家に戻ることを望まれているなんてことは、全てが初耳で現実感がない。

準一も、どこの家にも秘密くらいあると言っていた。言ってくれればいいのにと思ったが、自分も親には話していないことがたくさんある。一度ちゃんと話したい。

武志は道子の娘である乃々佳を連れて帰れば、実家に戻れると信じ込んで、家を調べていたらしい。

こんな情報を一気に与えられて、混乱するなという方が無理だ。

道子は確かに『決められた結婚が嫌で実家を飛び出たの』とは言っていた。それもあって、東悟との縁談を断り続けていてくれたのだろう。

東悟は「いい風が吹いているね」とベランダの窓を大きく開けて部屋に風を入れてくれた。ひんやりとした空気が部屋に広がったところで閉める。

「聞きたいことは、山ほどあると思う」

振り返った東悟が憂いを帯びた目で乃々佳を見た。

この二週間でいろいろな表情を見たが、弱った顔は初めてだったので戸惑う。

立てこもっていたコンビニのトイレに迎えに来てくれた時の、ホッとした気持ちは人生で初めての深い安堵だった。恋に落ちているだけでなく、信頼もしていることを否定する余地もない。

東悟はベッドに腰掛けている乃々佳の前に正座をした。

「せめて、その小さな座椅子に」

慌ててちょっと奮発して購入した腰に負担がかからない座椅子を指差す。狭い部屋で暮らす知恵でシンプルを究めていた部屋にはお客様用の物がない。こんなところで響くとは焦った。

東悟は椅子に座るどころか膝に手を置いて頭を下げそうな勢いだから、マグカップを両手に持ったまま乃々佳は立ち上がった。

「迎えに来てもらって、仕事の邪魔をしたのは私なの。本当にごめんなさい」

「間に合って、良かった」

東悟の安堵が伝わってきて、乃々佳は再びベッドに腰掛けた。

「あの庭で、俺は助けられなかった。あれから乃々佳は人一倍気を遣うようになった。誰にも迷惑を掛けないようにと、過度に努力をするようになった。久遠家が、苦労をかけたと思っている」

「そんなことはないです」

大変なこともあったけれど、大事にもしてもらえた。

東悟は顔を上げて、眉間に皺《しわ》を寄せたままに首を横に振った。

「高校生のストーカーの時、誰にも相談しなかっただろう。センシティブな問題だし、若かった。難しいのはわかる。けど、自分でどうにかしようとしていた」

総司に送迎すると言われなければ、どうなっていたかを考えるのは止めている。

「出来るはずが、ないんだ」

乃々佳は視線を落とした。バイト先のロッカーに毎回滑り込まれていた手紙、毎日来るメッセージ、シフトを合わせてくる気持ち悪さ、バイト先の駅で待ち伏せをされ始めた恐怖。武志が接触してきたせいでまざまざと思い出した。

バイトを辞めたら今度は家に来てしまうかもしれない。皆に迷惑を掛けるからと、頑張ってバイトに行って、自分の思い過ごしだと思い込んでいた日々。

「乃々佳が頑張っていると聞く度《たび》に頑張らなくていいと言いたかった。もう、頑張らなくていい。……助けを求めてくれて、助かった。でも今度からは、総司じゃなくて俺に電話をしてほしい」

東悟の声に安心してコンビニのトイレの扉を開けた時、彼が開口一番に尋ねてきたのは焦りを隠しもせず「怪我は」だった。乃々佳が記憶を奥に封じ込めていた十数年。

しっかりとした記憶のある彼は、ずっと後悔しながら向き合い続けてきたのだ。

乃々佳はベッドから立ち上がると、東悟の前に同じように正座した。口を付けていないお茶が入ったマグカップをローテーブルに置く。

「私こそ、ごめんなさい」

東悟が眉根を寄せ何かを言いかけたが、その唇にそっと触れた。昔から自分は親しく思った人にすぐに触れる癖がある。庭の一件は、これが良くなかった。

物心がついた頃から両親は使用人として久遠家に仕えていた。親に自分に注目してほしい時期に、一番が自分ではないという。満たされない気持ちの名前を、寂しさだと知らなかっただけだった。

庭で佇《たたず》む同じ匂いのする東悟を見かけると近寄って、あんなことになったのだ。

「東悟さんこそ、気を遣って私と距離を置いてくれてありがとう。使用人の人達に私が嫌がらせを受けないように、ずっとずっと気を配ってくれて」

東悟は、歴史的にも価値がある屋敷の一部を使用人の家族に開放する慰労会を、彼が高校生くらいの時に発案した。その頃から今まで、年に一度は必ず仕切って参加している。使用人の年頃の娘は東悟だけでなく、三兄弟にのぼせ上がることもあったが、邪険にせずに対応していた。そういうことで原乃々佳だけが特別ではないという態度を取ってくれている。

「ずっと、過保護で」

乃々佳が親の手伝いで屋敷のことをしている時に会えば、さりげなく助けてくれながら近況も聞いてくれた。もちろん、同じように使用人に声をかけることも欠かさない。

「いいお兄さんだった」

「好きだと伝えても、守れる力がなかったから」

東悟は自嘲気味に笑む。

「そんな間に、知らない男に攫われて、本当に自分が嫌になった」

「でも私、東悟さんの気持ちとかわからなかったし……」

それくらいお互いに完璧に距離をとっていた。

「距離を縮めると決めた途端、乃々佳は就職して屋敷を出る。父親の具合が悪くなって仕事が忙しくなる。ずっと冷や冷やしていた。他の男が現れたらどうしようかと」

「久遠家の三兄弟がすごく素敵すぎて、出会っても恋は難しい」

眦《まなじり》に浮かんだ涙は、東悟の肩に顔を埋《うず》めたおかげで気付かれない。

結婚なんて考えていなかったけれど、両親のように助け合い愛し合える関係には憧れていた。

「ずっと、守らせてほしい。結婚をしてくれないか」

涙が流れた。今まで東悟にしてもらったどのプロポーズよりも心に沁《し》みてくる。

「……あの時、私があの人を吹っ飛ばしたかった。東悟さんを守れなかったのは、心残りでした」

「……何で、吹っ飛ばそうとするわけ」

東悟が笑いを噛み殺しながら、強く抱き締めてくる。

「だって、私も東悟さんを守りたかった」

「知ってるよ。そんな乃々佳に教えられた。戦うには方法がいくつも必要だということをね」

「非力な私が東悟さんを戦闘モードにしちゃったと」

まっすぐすぎる自分が東悟を策士にしたらしい。

「そうだよ。で、責任を取って結婚してほしい」

「はい。これからいっぱい好きだと言わせて下さい」

乃々佳は笑顔で東悟の唇に口付けた。

「好きです」

「……やっと、俺だけの乃々佳だ」

東悟が顔を傾けてくる。深く重なった唇はどこまでも柔らかくて、甘かった。

エピローグ

「ののちゃん、あの横暴な息子とはね、結婚はやめていいんだよ。まだ婚約の段階なんだから」

　プリプリと怒っている勝造のベッド脇で、乃々佳はお見舞い品である高そうな林檎を剥《む》いていた。

「どうしてですか」

　すっかり元気になった勝造だが、まだ医師から働いていいとの許可が下りていない。快方には向かっているとのことで、体調に合わせて結婚式が一年後に改めて計画された。婚約期間も延びて、忙しい東悟の代わりに乃々佳が雅と連絡を取り、式の準備に取り掛かっている。

　それだけでなく義母になる直美と一緒に久遠の親戚に挨拶がてら顔を出したりと、休日もあまり休めないことが続いていた。今日も東悟と一緒に屋敷に来ている。

「東悟はね、口を開けば嫌味しか言えないんだよ。お飾りで良ければ名誉会長という役職を作ってもいいとか、父親に言うことだと思うかい。僕が持っている人脈を継げていると思っているんだろうか、あの若造は」

「思っていないので、意見を聞きに来ているのではないですか」

「あれはね、そういう態度じゃないよ。ひどいんだよ」

元々精力的な人が身体を動かせないと、エネルギー全てが動かせる箇所、つまり口に回ってくるらしい。東悟が仕事の相談をしにきてくれるのが楽しみなのに、動けて働ける息子が羨ましくてたまらないといったところだろうか。

気持ちはわからないでもない。こういった話を聞くのは慣れてきていて、乃々佳は勝造に尋ねる。

「お義父《とう》さん、林檎はウサギにしてもいいですか」

目も険《けわ》しかった勝造の表情が一気に緩《ゆる》んだ。旦那様ではなくお義父《とう》さんと言われるのが、とても嬉しいらしい。

「……ウサギがいいです」

「はい。かしこまりました」

おまけに昔からウサギの林檎が好きらしいのだが、立場とプライドから人に言えなかったらしい。乃々佳にならば言えるらしく打ち明けられた。皮に切り目を入れて、ウサギを作っていく。

「屋敷もガラッと変わったから、いろいろと寂しいね」

「そうですね」

勝造が寂しそうなのは無理もない。ずっと話し相手だった父の準一が屋敷を出たのだ。

柳澤武志が乃々佳に接触をしてきた件で、道子は重い腰を上げ、準一と一緒に柳澤家に戻った。まだ四十半ばの道子は、直系の血筋にこだわる古くからの役員の後押し、何よりも久遠家という強力なバックアップを持って戻ったため、歓迎されているらしい。優秀な人だから、三年から五年で継げるだろうと言われている。

準一はそのおっとりとした性格もあり、役職を与えられながらも、毎日出社していろいろな雑務をこなしているようだ。元気だというメールは届くが、気苦労も多いだろうと思うと胸が痛む。

勝造とは友人に戻って、それはそれで新しい関係が出来たみたいだ。

「だいたい、あの息子はね、僕がののちゃんに結婚して下さいと頼んだから、結婚出来たということを忘れてるよ」

「本当にそうですよね」

うんうん、と乃々佳は話を合わせた。東悟は勝造が乃々佳に結婚の話を先に出したことを、実は怒っていたとは伝えていない。澄ました顔をしていたものの、内心では怒り狂っていたらしい。

ウサギにした林檎に串を刺して勝造に差し出すと、嬉しそうに受け取った。

「出来ました。どうぞ」

「そうだ、結婚式は一年後ということだけど、孫はどうするの」

「孫ですか。まだ結婚式を挙げていないので、親戚の皆さまの手前もありますし、難しいですね」

コロコロと変わる話題には慣れたが、この質問には答えにくい。

勝造は能力主義だから、女は家庭にという考えを持っているわけではない。

ただ、矛盾をはらんだジェネレーションギャップはある。

「籍を先に入れればいいんだよ」

「世間ではやはり結婚式から結婚したと思われる方が多いですから、順番が違うと捉《とら》える方もいらっしゃると思いますよ。東悟さんの信用問題にならないかと、そこが心配です」

仕事と絡めると、さすがに勝造はそうだねぇと言った。

もっと言えば、乃々佳にも仕事がある。東悟は仕事を続けていいと言ってくれているが、久遠家の妻として両立出来るかも悩み始めていた。責任がある仕事を任せてもらえるようにもなってきて、出来ればまだ仕事に専念したい。

「父さん、夫婦のセンシティブな問題に軽々しく口を挟まないで下さい」

ドアが開いて、すごくいいタイミングで東悟が部屋に入ってきた。眉間に深い皺《しわ》を寄せ、ベッドのそばまで来ると、横たわる勝造を冷たい表情で見下ろす。

勝造はそれに負けじと睨《にら》み返していた。

東悟は決して優しくないと、総司も照も言っていたのだ。優しいのは乃々佳と、乃々佳に関わることに対してだけだと。そして、勝造と東悟は似ているから、ぶつかりやすいとも。

「二人を心配しているんだ」

「自分の期待を情にすり替えるのをやめて下さい。そういうの、父さんの悪い癖ですよ。刺激が欲しいからって、他人の人生に干渉するのはどうかと思います」

「親に向かって」

「東悟さん」

言葉が厳しくなってきた東悟の腕に、乃々佳はそっと手を乗せる。

「お義父《とう》さん、林檎も切りましたので帰りますね。赤ちゃんは、総司君の方が早いかもしれませんよ」

勝造は「確かにな」と頷く。東悟の婚約と結婚が決まったことで、総司と雅も正式に婚約をした。雅は頬を薔薇色に染めて、とても幸せそうだ。

「では、俺達は帰りますから」

「泊まって行けばいいじゃないか。お前の部屋のベッドを大きいのに替えておいた」

「……何を」

東悟がヒヤリとした怒りを顔に浮かべた。

「人の持ち物を、勝手に、また、替えたんですか」

「元のベッドは倉庫に移動させてる」

「そういう問題じゃない。帰ります。行こう、乃々佳」

東悟は勝造に警告の意味を込めた視線を向けて、乃々佳の背中に手を回す。ぐいぐいとドアに連れて行かれながら、振り返った。

「また来ますね。今度は庭を散歩しましょう。ご一緒します」

「ああ。嬉しいね」

笑顔で手を振ってくれる勝造の表情は優しい。やっぱり息子が帰ってきてくれるのが嬉しいのだなと思う。

「……部屋を見て帰るか。乃々佳、ちょっと付き合って」

部屋を出たら東悟は玄関とは逆の、自分の部屋がある方へと足を向けたので乃々佳は苦笑した。怒ってはいるものの、どんなものが運び込まれたかは気になるらしい。

久遠家に言えることだが、親戚とはいろいろあるらしいが、家族はとても仲が良い。口喧嘩をしてもお互いに非を認めてすぐに仲直りする。このベッドの件も来週には勝造が謝って、東悟は受け入れるのだ。

東悟が自分の部屋のドアを開くと、部屋を半分くらい占領するベッドがあった。

「ずいぶんと大きな……、でも寝心地は良さそうですね」

「……」

乃々佳はマットレスを手で押す。高そうなシーツの感触とこだわりのスプリングが休憩を誘ってくる。東悟はこのベッドの寝具ブランドを知っているらしく、あからさまに文句を言えなくなったようだ。

「乃々佳と、屋敷《ここ》に泊まれって意味だな」

「……なるほど」

ぎこちない沈黙が落ちる。東悟は絶対に屋敷には泊まらないと決めていて、どんなに遅くなっても帰るから不要ではあるが、もったいない。

東悟はベッドに腰掛けると、乃々佳を見上げた。

「ちょっと休む？」

甘く囁きながら、東悟が手を取ってきた。それだけなのに記憶が官能を拾ってきて、下腹部に劣情の炎が灯《とも》った。

忙しくて最近は肌を合わせていないから、身体があの甘さを欲しているのかもしれない。

くいっと手を引かれて東悟に近づく。

「これ」

ズボン越しでもわかるほど硬くなった欲望の証を見るように促《うなが》される。膨らんだそれに乃々佳は動揺しながらも生唾を呑《の》みこんだ。

「家まで、我慢は……」

「無理そう。乃々佳に最近触れてないのと、ベッドがあるのとで、ちょっとやばい。それに、シャワーを浴びてるでしょ？」

「何でわかるの」

「ボディソープの香り」

勝造と会う前に、両親が出て行った実家の整理をしていた。実家だった家は直美の許可が下りしだい、執事の間宮夫婦が住むことになる。

買ってもらった高い服を汚したくなくて、片付けは置いていた高校時代のジャージを着てしたのだが、ほこりと汗が気になってシャワーを浴びたのだ。

東悟の熱い視線と合うと欲望が高まっていく。乃々佳が固まっていると、東悟は乃々佳のワンピースのファスナーに手を掛けた。あっという間に下着姿を晒《さら》すことになる。

「明るいし、お屋敷では……」

「皆、弁《わきま》えてるよ」

東悟は器用にブラジャーを外すと、膨らみに触れながら唇を這《は》わせ始めた。欲望に呑《の》み込まれて、声を出さなければいいかと思い始める自分が怖い。

貪《むさぼ》るようなキスをしながら、ベッドの上に二人で横たわる。下着も脱がされて、明

る い部屋で全てを晒《さら》すことになった。東悟も服を脱いで肌をぴったりと合わせる。

「やっぱり、恥ずかしい」

せめて毛布の中に潜り込もうとしたが、身体を起こした東悟に両脚を拡げられ、東悟の顔が間に埋まる。

「待って、明るい」

「明るい所で、見たかった」

そんな汚い所を間近で見てほしくないと、乃々佳は脚を閉じて身を捩《よじ》ろうとした。それよりも先に濡れた舌先で花弁をなぞられ、背が反ってシーツの上でビクビクと痙攣《けいれん》する。

「ひっ、あっ、ダメ、恥ずかしいから」

「恥ずかしがる乃々佳を見たい」

蜜唇を舌で上下され、そこにかかる息にも感じて中がヒクヒクしてしまう。久し振りなこともあって、じくじくした悦《よろこ》びが全身を駆け巡った。

「あっ、んっ」

自分の口を手で押さえているのに、膨れた萌芽を唇で啄まれて声が出た。東悟は声を止めさせようともせず、唾液を蜜と絡ませながらむしろ激しく責め立ててくる。

舌先がぬるぬる滑るたびに、どんどん濡れていくのが自分でもわかるから、本当に恥ずかしい。

もっと花弁を広げられて明るい部屋で晒《さら》しながら蜜口を刺激される。東悟に全てを晒《さら》しているという興奮、それだけで達しそうだ。

蜜が溢《あふ》れ零れて真新しいシーツを汚していくのに、もうやめてと言えなかった。

「ああ、いいね。たっぷり濡れて。気持ちがいい証拠だ」

「あの……っ、赤ちゃんが……」

東悟と繋がる時、一回で終わることはない。

「避妊具はあるから、大丈夫」

「え、何で」

「持ち歩いてる」

どうしてと聞きたかったが、東悟が濡れてぬるぬるとした花弁を指先で捲《めく》り、更に舌で飽くことなく舐《な》め続けるせいで隅に押しやられた。

「ひくひくしてる。乃々佳のここ、可愛い」

「やめ……っ。そういうことを、言わない……で」

ふっくらと膨らんだ媚肉を指で前後に擦《こす》られた。敏感になった桜色の芽は親指で押し捏《こ》ねられて、乃々佳は悦楽に涙を浮かべながら声を殺して荒い息を吐《は》く。

久し振りにするって、こんなに感じるんだ。

蜜襞が期待に震えて、もう一気に奪ってほしいと東悟の二の腕を掴む。

「もぉ……、お願い、中に……っ」

「ああ、俺も、限界」

荒い呼吸を整えた東悟が猛《たけ》りに薄い膜を着けて、蜜口に尖端を擦《こす》り付けた。乃々佳は東悟にしがみついて、声を出さないように歯を食いしばる。東悟が腰を進め猛《たけ》りが肉洞を埋めていった。複雑な蜜襞がそれにまとわりつき、形がわかるほどぴったり奥まで収まる。久し振りに満たされる感覚は、欲望よりも心が満たされた。東悟の頬に手を置くと、その手に口づけされる。

「東悟さん」

「気持ちいいし、可愛すぎるから、反則」

東悟はふぅと長い息を吐《は》いて、燃え滾《たぎ》る目で凝視してきた。

「悪い。今日は我慢出来ない、けど、気持ち良くはするから」

かすれた声で呟いた東悟は一度猛《たけ》りを抜き、乃々佳の身体をうつ伏せにして臀部を持ちあげると一気に後ろから穿《うが》ってきた。

「ンあっ」

後ろから両手で胸の膨らみを包み込み揉《も》みしだきながら激しく突く。

「ひっ、あっ、やぁ……っ」

逃れようとすると腰を掴まれて、最奥に届くような激しさで臀部に何度も腰を打ち付けられた。

パシンパシンと肌が打ち合う音が部屋に響く。

その激しさに目が眩《くら》んで恍惚が身体を巡るのに、声を抑えないといけない。シーツを掴んで耐えているのに、東悟は萌芽を手で刺激しながら激しい動きを続ける。

「あっ、あっ、あっ」

「ほら、もっと声を聞かせて」

そう言いながら東悟が浅い律動と深い突きを繰り返し始めた。緩慢と、衝撃。

その落差に脳が段々と麻痺してきて、とろんと目が蕩《とろ》けた。胸の尖端がシーツで擦《こす》れて、その度《たび》に違う快楽が加わる。

ここは屋敷で幼い頃からの顔見知りがたくさんいるのだ。だから、こんなことをしているとバレるわけにはいかないのに。……気持ち良くて堪らない。声を抑えることは無理だ。

「ふぅっ、あっ、ん……っ、はぁ……っ」

「あぁ……。中が締め付けてくる」

息で逃そうとしても声が一緒に混じってしまう。蜜襞が蠢動《しゅんどう》して東悟の硬い猛《たけ》りを包み込んで、快楽を搾り取ろうとしていた。下腹部の快楽の熱が渦を巻きながら大きく育ち、身体中の血の巡りを良くしている。足の指先まで丸くなり熱くなって、乃々佳はシーツをぎゅっと握った。

「東悟さん、私、もう」

「ちょっと待って」

東悟の指が後ろ孔《あな》に触れる。蜜で濡れたそこがびくりと震えた。

「そこ、違うの、違うから、いやだ」

「でもほら、入る」

つぷり、と簡単に指先が埋まり、脳まで雷のような悦《よろこ》びが伝わって、乃々佳の腰が崩れかける。

「ひっ、やぁ、……やっ、そこ、違う、おかしく、なるから」

「おかしくなってよ。……俺も、おかしくなるから……っ」

指が埋まったまま激しく貫かれた瞬間に悦楽が弾《はじ》けて、乃々佳の頭の中が真っ白になった。

シーツに沈みこみそうな重い身体を東悟は支え、数度腰を深く打ち付けてくる。東悟の猛《たけ》りがいっそう膨らみ、薄いゴムの中に精を放った。

乃々佳がくったりとベッドの上に倒れ込むと、東悟もその横に横たわる。

「思春期みたいにがっついた。ごめん」

「うん」

乃々佳はけだるさの中で笑んだ。東悟は乃々佳の髪を整えながら、耳元で囁いてくる。

「乃々佳を思いながら、ここでシてたから、つい」

「そういうの、いらない……」

シーツに顔を突っ伏して、乃々佳は聞かなかったことにした。

「乃々佳、デートに行こう」

「デート？」

ぼんやりと聞き返すと、東悟は頷く。

「ちょっと遠出しよう。乃々佳と二人きりの時間が足りない」

そう話す東悟の表情は和《やわ》らいでいた。結婚準備や仕事でゆっくり出来ない寂しさを抱いているのは、自分だけじゃないらしい。同じ気持ちを共有しているだけでも嬉しく感じた。

「海が見たい」

乃々佳がリクエストすると、喜びに顔を輝かせて東悟は乃々佳の額《ひたい》にキスをする。

東悟の逞《たくま》しい胸に擦《す》り寄るとまた、中にすっぽりと収まった。

「今日は乃々佳をゆっくり抱きたい。帰ろう」

「うん。私も一緒に過ごしたい」

求められるのが嬉しくて笑顔で答えると、途端に東悟の目に劣情が宿る。

「……もう一回だけ」

「え、何で……」

またすぐに元気になった肉棒を、乃々佳の抵抗も空《むな》しく東悟は埋《うず》めてきた。いつものパターンだ。

三回目、官能に呑《の》みこまれそうになる東悟を何とか宥《なだ》めて、気怠《けだる》さを感じながら服を着ると部屋を出る。

「……おっと」

廊下を歩いている照とちょうど出くわして、気恥ずかしさから乃々佳は顔を逸《そ》らしてしまった。東悟は何事もなかったように、照に話し掛ける。

「照、俺達帰るから。今度うちで食事でもしないか」

「東悟君と乃々佳の手料理なら大歓迎。お邪魔するよ」

照は首にかけているヘッドフォンに触れてから、東悟の肩にぽんっと手を置いた。

「屋敷は壁が薄いから、夜はもっと響くし、もし今後泊まるなら控え目に……」

「照君！」

乃々佳が顔を真っ赤にして叫びながら、照の腕を持つ。

「お願い、それ以上は……」

「いや、乃々佳が東悟君とここでヤるのは全然いいよ。仲が良いのが僕達にとっても一番だから。でもさ、東悟君が手加減しないと乃々佳が壊れるんじゃないの？　僕聞きながら心配に」

「……なっ」

照とは年齢も近いので仲がとてもいい。だからこそ、この指摘は恥ずかしくて死にそうだ。

頑張って声を抑えたつもりが聞かれていたらしく乃々佳は気絶しそうになった。

どうして見て見ぬフリをしてくれないかなと震える。

「いや、だって。乃々佳が壊れるかと……」

乃々佳の思考を読んだのか、心底心配そうな顔で照が畳みかけてきた。

照の腕を掴んだまま凍り付いていると、東悟に背後からお腹に腕を回されて引き戻される。

「俺の前で、他の男に触れるの禁止」

「照君です！」

「男だよ」

不機嫌を隠さない東悟に乃々佳は抗議した。照はヘッドフォンを耳にする。

「いちゃいちゃ出来るようになったのはいいけど、俺を巻き込まないで。東悟君、乃々佳が関わると昔から超マジで、マジでウザいんだから。じゃね」

照が爆弾を落としたまま後片付けもせずに非情にも去って、不機嫌な東悟だけが残った。

「帰ったら、たっぷりお仕置きだ」

「……っ、私、悪くない」

濡れ衣《ぎぬ》なのに、東悟の『お仕置き』という言葉に反応して、さっき達した快楽に再び火が灯《とも》る。

あの行為は甘い食べ物よりよっぽど濃くて中毒性があった。

「……お仕置きは、嫌だ」

でも、どんなことだろうと期待する自分なんて想像もしていなかったから新鮮だ。

「言葉を変える。俺がどれだけ乃々佳に執着してるかを、わかってもらう」

「もう、わかってるよ？」

手を握られて足早に廊下を進む。

「俺の前で男に触れること自体、わかってない」

相手は兄同然の幼馴染の照で、異性とはちょっと違うのにとそれは不満だ。東悟は不機嫌ながらも、少し楽しそうでそれが面白い。今日もたっぷり愛して愛されよう。

乃々佳は東悟と手を繋いだまま、二人で住むマンションへと帰っていった。

憧れは、恋になる

東悟との同棲がスタートした二日目。たった二日目でやらかしてしまうとは露程も思わなかった。

「ただい……ま」

二十三時に帰ってきた乃々佳は、おそるおそるマンションの豪奢なドアを開ける。

そこで目に入ってきたのは、リビングへと続く廊下でスーツ姿で立ったまま、すごく怖い形相でスマホを弄《いじ》っている東悟の姿だ。何時《いつ》からそこにいたのだろう。

こちらを見た彼の顔から、スッと表情が消える。いっそさっきの表情のまま、怒ってくれた方がいい。その口角だけの微笑の方が怖い。

「ただいま、帰りました。連絡もせず遅くなって、ごめんなさい」

広い玄関のたたきで立ったまま口にしたが、小さな声の語尾は更に消えていく。

「おかえり。とにかく入って。無事でよかったよ。何かあったのかと思った。連絡せずこんな時間まで何をしていたのか、説明をしてくれるかな」

婚約者というよりも小さなお父さんとなっている東悟のまとっている何かが、冷気となって乃々佳の身体全体に圧を掛けてきた。

その雰囲気と真反対ともいえる笑顔と、物腰柔らかな口調に乃々佳は固まる。

生まれた時からの付き合いになると思うが、これは初めて見た。東悟の弟二人が兄に関して「乃々佳には優しい」と言っていたが、彼等に普段からよく見せる表情がこれなら確かに怖い。

幼い頃から東悟には厳しく扱われたことがないから、彼の新たな一面に出会えて嬉しいと感じる自分がいる。とはいえ今口にすれば、火に油を注ぐはずだ。

そんなことを考えながら、リビングまでの廊下を東悟に続いて歩いていると、彼がくるりと振り返って言った。

「怒ってないから」

改めて言うことが怒っていることの証明になるじゃないか。そう思うと同時に、乃々佳が思っている以上に心配されていたのだとやっと気づいて、頷きながら落ち込む。

今は遅くなった理由の説明が先だ。

リビングに足を踏み入れたところで、乃々佳は意を決して口を開いた。

「帰りの電車を間違って、前のマンションに帰りました」

返答まで間があった。永遠とも思える間が、乃々佳をどんどん落ち込ませていく。

「電車を、間違って、前の、マンションに、帰った？」

信じられないと目を丸くした東悟の表情が辛い。

襲ってくる自己嫌悪に、乃々佳は視線を落とした。口汚く罵《ののし》ってもらった方が楽だ。自分だって信じられない。

「……」

そんなわかりやすい嘘を吐《つ》くんじゃないという空気が矢となって、ちくちく肌に刺さる。その疑いはごもっともで……

乃々佳はリビングのソファセットの下に敷かれた毛足の長いカーペットの上に、反省の気持ちのまま正座をした。

乃々佳が高校性の時にストーカーをされていた男、柳澤武志に家の近くで声を掛けられたのはついこの間。東悟と総司に助けてもらえたおかげで、平穏な日常が問題なく送れている。

そんな目に遭って尚、無意識は住み慣れた家に帰ろうとしたのだ。

あの後、東悟と部屋で過ごしたおかげで怖い記憶が薄れているのかもしれない。それでもあの日は手の震えが止まらないくらいの怖い思いをした。

だからこそ乃々佳は、人生で初くらいの自己嫌悪に陥《おちい》っている。

「……スマホは」

「電源が切れていたの。昨日充電をし忘れていたから、夕方には電池が切れ……」

「電源が、切れた」

「はい……」

乃々佳がこわごわと口にすると、東悟はふっと感情を引っ込めて、額《ひたい》を押さえながらソファに崩れ落ちるように腰掛けた。

「もう、GPSか……」

ネクタイを緩めながらブツブツと呟いているが、乃々佳は項垂《うなだ》れたまま次の言葉を待つ。

反省しているから口に出さないが、ここ二日間、連続三時間以上の残業、二十一時退勤に疲れていたのも原因ではある。ここ数週間で婚約、引っ越し、ストーカーに遭う、母の出自を知る、などたくさんの出来事が重なったせいでもあると思う。

早く帰らないといけないと焦る気持ちはあったのに、ふっと記憶が途切れるような時間が夕方に近づくにつれ多くなった。会社を出た瞬間に正常な判断能力がゼロになってしまった……としか思えない。結果、足が住み慣れた家に向かっていたのだ。

「……無事だったから良かった。明日、携帯の充電器を買うから持ち歩いて」

東悟が無理やり自分を納得させようとしているように見えて、申し訳ない気持ちが最高潮になる。原因は自分なだけに、謝るしかない。

「うん、わかった。本当にごめんなさい」

東悟は目元の険を僅かに緩めて座っていたソファから立つと、正座している乃々佳の腕を取って立たせた。

「心配したし、寿命が縮んだから、今回だけにしてほしい」

「ごめんなさい」

腕の中に引き寄せられて抱き締められる。少しずつ東悟の身体から緊張が抜けていくのがわかった。少し躊躇《ためら》った後、乃々佳は東悟の背中に手を回して撫でる。

「……本当に、ごめんなさい」

「それで、改めて提案する。送迎を付けたい」

「……う」

柳澤の件の落としどころが見つかるまでのしばらくの間、送迎を付けたいと東悟から提案されていたのだ。本家の車を使うには、使用人の娘として生きてきた時間が長すぎる。抵抗があり断っていたのを、東悟は受け入れていてくれた。

このタイミングで再び提案をされてしまったら、これは折れるしかない。

「……しばらくの間だけ、で良い？」

「あの件が片付いたら、電車通勤でいいよ」

東悟は乃々佳の肩に手を置いて、ゆっくりと身体を離した。ここ数日で一番の安堵の表情を浮かべている。自分のことばかりで、東悟の心配する気持ちにまで気が回っていなかったことを反省した。

どのみち本家の人達を使う立場になるのだ。いつまでも使用人の娘だという理由で避けては通れない。それらしい理由があるうちに慣れておくべきだと考え方を変える。

本家に連絡をするためにスマホを触り始めた東悟の腕に、乃々佳は緊張しながら触れた。

「自分でした方がいいですよね。私が送迎してもらうわけだから」

「そんな心配はいらないよ。大丈夫。俺がするから乃々佳は風呂に入って少しでも疲れを取って」

東悟の左腕が胴に回って引き寄せられ、額《ひたい》に唇を付けられる。乃々佳が良く知る、いつもの東悟だ。頼りがいがあって、優しくてかっこいい。乃々佳は安堵からこみ上げてきた涙を堪《こら》えながら、東悟の胸に頭を預けた。

東悟がメッセージを打っていたスマホから顔を上げる。

「そうだ。他に言っておくことはある？　乃々佳の予定とかあれば聞いておきたい」

「あ、えっと、はい。取引先の会社との飲み会の、幹事になりました。二週間後の金曜日です」

今日は会社で船井と会うことが出来たので、絵瑠との約束を果たすために飲み会をしませんかと誘ってみた。先輩も来ると思うと伝えると快諾してもらえたので、これからメンバーを集める。やはり船井は先輩と会いたいようだ。久し振りなので会えるのは嬉しいですね、と歯を見せて笑んでいた。

正確な飲み会の日付を確かめようとリビングの壁に掛けてあるカレンダーを目を凝《こ》らして見ていると、痛いくらいの視線を頭頂に感じた。

東悟の胸の中から一歩離れて顔を上げると、さっきと似た微笑を浮かべた東悟と目が合う。

「……それ、仕事？」

「歓送迎とかではないから、完全に仕事というわけではないけど……。男性側の幹事に、女の人を私含めて六人集めてと言われました」

絵瑠に声を掛けた瞬間に、その日のうちに人が集まると確信があった。東悟は笑顔を深めて、スマホをカウンターの上に置く。

「女子だけを集めてと言われた……？」

「はい」

東悟は筋を伸ばすように、首を傾《かし》げさせた。

「それ飲み会っていう名の、コンパじゃないかな」

「取引先との飲み会でもコンパになるんですか？　私が来るなら人を集めやすいって言

われたんです。だから二週間後でいけるって。お店の予約までしてくれるそうです」

船井に『原さんが来るなら、男はすぐに集まるよ。理由は、原さんを知っている人がいるから』と言われた。

思い返せば船井が勤める会社に、コンプリメントのサンプル類を見せてもらいに上司と一緒に訪問したことがある。まだ新人だった時に上司が他社訪問の機会を設けてくれたのだ。その際、何人かと名刺交換をさせてもらった。その時のことを覚えてくれている人がいるらしい。

何にせよ人が集まれば、絵瑠との約束を守れるのでありがたい。

幹事冥利につきますね、と言うと、船井は営業スマイルを珍しく外して微苦笑をしていた。

「なるほど」

話を聞いた東悟が、天を仰《あお》いだ。それから冷蔵庫から冷えたビールを取り出し、カウンターに背を預けてプシュっと音をさせながら蓋《ふた》を開ける。

「間違いなく、それはコンパだね。出会いを求める男女がお互いを品定めする場」

「わぁ……口が悪い」

「何も間違ってないよ」

言われてみればその通りなのだが、言い方に棘《とげ》がある。

「でも、私は幹事ですし」

「……乃々佳はさ、幹事はその品定めされるメンバーに入らないって、思ってる？」

「……」

無言の方が雄弁な時がある。そう思っていた乃々佳は、東悟のやや呆れた目に晒《さら》された。

学生時代を含めて、幹事はお金の計算だとか、メンバーの出欠だとか、そういうことに気を配ってくれていたイメージしかない。

「乃々佳には俺がいるって、皆、知ってるの？」

「……」

やんわりと釘を刺されたのは、勘違いじゃない。

「結婚を、俺達はするよ」

実は会社で誰にも何も言っていない。なんせ自分自身が東悟と結婚することに対して半信半疑だったから。

「その、いろいろと急だったので、これを機会に彼氏がいると言うつもりです」

「うん。よろしく」

結婚すると決まってから、とにかく目まぐるしく日々が過ぎていく。

お屋敷での庭の一件を思い出したことが一番大きい。

大好きだとか、一緒にいたいとか、笑顔でいてほしいとか。強くてまっすぐで、自分でも驚くくらい純粋な気持ちも一緒に思い出したから、それが芽吹いて大きくなっている気がする。何気ない東悟の言動や表情が嬉しくて、新しい彼の一面を知ることが楽しくて、また恋心を抱いてしまうのだ。

本人には恥ずかしくてとても言えないけれど、態度には出てしまっていると思う。雅曰く、恋する乙女はそのオーラを隠すことが出来ないらしいから、気付かれているかもしれない。

「あの、何か作りましょうか。お酒だけだと、身体に良くないから」

東悟は目を丸くして、それから少しだけ顔を険しくした。

「もう遅いからいいよ。そういう乃々佳は何を食べたの」

「コンビニで買ったプロテインバーを」

二人の間に再び沈黙が流れる。

東悟に食事の内容を注意されてから、甘いものを食べるのならチョコレートよりもプロテインバーを選ぶようにしているが、確かに食事ではない。

週の前半の火曜日の二十三時半。食事の後片付けも含めれば、就寝は午前を回ってしまう。

「……やっぱりハウスキーパーに来てもらう」

乃々佳は目を見開いた。ハウスキーピング、これも提案を受けていたが乃々佳が渋っていたのだ。飲み終わったビールの缶を、東悟は片手で潰す。

「道子さんはもうここには来れないから、俺もちょっと考えていたけど……。お互いが仕事に出ていて不在の時に、屋敷から誰かを回してもらう。料理と掃除を頼もう」

東悟は道子を信頼していたから、他の人間が出入りすることに考えるところはあったらしい。

道子は親戚である柳澤の一件で、いろいろあるらしく東悟の家には来られなくなった。

乃々佳はぐっと奥歯を噛みしめる。

車での送迎に、ハウスキーパー。二日前に渋った時は、東悟は乃々佳の気持ちを最優先にしてくれた。どうしてこうなったか、理由はひとつ。

「……私がちゃんと帰って来ていれば」

「いや、遅かれ早かれ、こうなったと思う」

東悟はどのみちそうするつもりだったのだ。とはいえ、自分が撒《ま》いた種が原因で早まったのは歯がゆい。

屋敷には既に前のマンションの退去に伴う手続きや、家具の処分も全てお願いしている。その上に、送迎とハウスキーピングだ。

東悟が乃々佳に対しておかしな態度を取った使用人を、決して許さないことも彼らはわかっているはずだから、婚約した途端に屋敷の人間を顎で使って、と嫌味を言うような人はさすがにいないだろうが、やはり気にしてしまう。

　乃々佳はチリッと痛んだ胃の辺りを押さえた。実は母親の実家が家柄も良くお金持ちだと知っても、夫となる人に一生遊んで暮らせるだけの資産があるとしても、乃々佳自身に変化はない。気ままな一人暮らしから一転、家事全般を他人様にお任せする身分になってしまった。喉に何かが詰まった気がして、小さく咳をする。

「乃々佳」

　東悟は潰れたビールのアルミ缶をカウンターに転がし、すぐに近寄ってきた。額《ひたい》に手を置いてホッとした顔をする。額《ひたい》に当てられた東悟の手の方が熱い。

「熱はないな……。早く寝た方が良い。そもそも、退社時間が遅すぎやしないか。残業の管理はどうなっているんだ」

「今、忙しくて」

　他社のコスト面が心配なのか、乃々佳の身体が心配なのか。どう考えても後者なのだが、ちょっと自分の仕事の捌《さば》けなさを指摘されている気がしてしまう。疲れていると再認識した。

「やっぱり、ハウスキーピングに来てもらおう。まずは休むことを第一に考えないか。それから、これからのことを一緒に考えよう」

「……うん」

額《ひたい》から手を離した東悟に、乃々佳は笑顔を作って頷く。

元々東悟は道子に家の掃除や食材の調達、簡単な調理を依頼していた。彼が望む生活のレベルを、自分の我儘で落とすべきでないのだから、自分が慣れるしかないのだ。

ありがたい環境のはずなのに、気が少し重い。

この気分はちょっと知っている。家を出る前、お屋敷の敷地内の実家にいた時の心の動き。

「お任せします」

作った笑顔のまま、乃々佳は自分を宥《なだ》めるように二の腕をさすった。

オフィス内の一番奥にある、それほど広くないロッカールーム。制服着用の義務はないのでいつも人はまばらだ。

出社した乃々佳は一目散にそこへ足を向けた。自分のロッカーのドアを開けると前にしゃがんで、置いてあるクッキーとチョコ、おかきの大袋をガサガサと物色し始める。

送迎が始まり、慣れないままに週末になった。神経は既に擦《す》り切れていて、メンタルを整えるためという言い訳で、お菓子の量がまた増えていた。東悟の前で甘いお菓子を食べることも憚《はばか》られて、毎朝ここでお菓子をいくつか食べてから自分の机に向かっている。

　完全に不審者だと、自分でも思う。

　送迎初日、マンション前にやって来たのは黒塗りの高級車だった。卒倒しそうになったのは言うまでもない。顔見知り程度の運転手に車内で頼み込んで、押し問答の末に、人目を避けて会社からだいぶ離れた場所で降ろしてもらった。次の日から普通のセダンにしてもらったが、やはり会社の正面は無理で、ちょっと離れた場所までお願いしている。

　送迎の時刻は決まっているので、そこまで歩く時間を含めて仕事を切り上げないといけない。そのプレッシャーを感じながら仕事をしていた。

　また、ハウスキーピングのために使用人が家に入ったこともストレスだった。おかげさまで綺麗な部屋をキープは出来ているが、寝室も例外でなく掃除の対象なのだ。

　東悟はベッドを整えてもらうのは慣れているかもしれないが乃々佳は全く慣れない。そこで彼と身体を重ねるわけだから、どう考えてもいろいろと無理だ。そうハッキリとも言えず、疲れているので別々の部屋で寝たいとお願いして客室のベッドで寝ている。

　乃々佳はロッカールームのソファに腰掛けると、クッキーを一つ口に放り込む。今日もお菓子が、自分を支えてくれている。

「やっぱりここにいた。原さん、おはよう。コンパの子、人数集めたよ～」

ロッカールームに入ってきた絵瑠は自分のロッカーを開け、付いている鏡で化粧直しを始めた。大きな化粧ポーチをロッカーに置いているからだ。

ロッカーの使い方は本来こうであるべき……と思わないでもない。

「ありがとう。お店と日時だけが決まっていたから、人数集まるか心配だったの」

「それくらいはするよね。原さんが本当に船井さんにコンパを頼んでくれたからさ。船井さんの名前を出せば、簡単だったよ～」

「本当に、助かってます」

絵瑠は積極的に飲み会開催のあれこれを手伝ってくれて、幹事経験がないだけにとてもありがたかった。

絵瑠は口紅を塗り直しマツエクの具合を確認してロッカーをバタンと閉める。二枚目のチョコクッキーを口に入れた乃々佳にちょっと曇《くも》った表情を向けた。

「顔が疲れているけど大丈夫？　仕事が大変？」

「つ、疲れてない」

図星を振り払うように強めに否定してから、人から見ても疲れているのかと乃々佳は頬に手を当てる。

「ほら、疲れ顔でコンパとか、せっかく原さん美人なのにもったいないじゃない。ファッション変えていい感じだし。せっかくのコンパなんだからさ」

身に着けているのは雅が選び東悟が支払ってくれた服だなんて説明しにくい。

絵瑠は口紅を塗り直した自分を左右から鏡で確認してロッカーのドアを閉めた。

「じゃあ、お先」

「あ、うん。お疲れ」

絵瑠は鼻歌混じりにさっさとロッカールームから出て行ってしまった。

乃々佳は品の良いピンクのVネックのセーターに、濃いベージュのパンツの恰好を見下ろした。雅に勧められて買った五センチの黒のヒールは安定感があって好きで、ここ数日はずっとこれを履いている。洋服を変えると印象が変わるとはいうが、そんなに違うのかと考えて、乃々佳はハッと顔を上げた。

結婚を前提に付き合っている人がいると伝えるのに、今は絶好のタイミングだったのではないか。今の絵瑠との会話は、乃々佳もコンパで彼氏を作るのが前提になっていた気もする。

乃々佳はいくつかのチョコレートの小袋をバッグに入れて、絵瑠を追うためにロッカーを急いで出た。とりあえず、絵瑠に東悟のことを伝えないといけない。

「おっ」

「あっ」

確認もせずにドアを開けたものだから、歩いていた誰かにドアがぶつかりそうになってしまった。

避けてくれたようで、乃々佳は焦りながらも胸を撫でおろす。

ロッカー前の細い通路はドアを開けても二人位は通れる幅があるのだが、一人分のスペースが段ボールなどの荷物置きになっているのだ。防災チェックの時には無くなるのだが、それ以外は一時的な置き場所としてよく使われている。だからドアはゆっくり開けるのが暗黙の了解なのに、勢いよく開けてしまった。

「指原《さしはら》さん！　ご、ごめんなさい」

「いや、原さんこそ大丈夫？」

乃々佳はドアを閉めると、ドアをぶつけそうになった営業の指原に向かって深々と頭を下げる。

「ケガはないですか。すみません、不注意でした」

「ロッカーの前の道、狭いもんなぁ。よくあることだよ」

営業の指原は人当たりが良い人物だから許してくれたが、他の人だとはそうはいかなかったかもしれない。乃々佳は総務部だから、荷物が放置されている状態を責められてもおかしくない状況だ。

「何もなかったから大丈夫だよ。――あ、そういえば」

「はい」

本当に気にしていない様子の指原は、落ち込みながらドアを閉めた乃々佳に身を乗り出した。

「コンパ、するんだって？」

なぜ知っているのかという顔をすれば、絵瑠が営業の子を誘っているところに居合わせたと答えてくれた。主催が乃々佳だと聞いて、耳を疑ったと指原は言う。

「原さんは、飲み会とか嫌いだと思ってたよ。あんまり参加していないでしょ」

社内にも部の垣根を超えて、お酒が好きな人たちが集まるグループがいくつかあるのは知っている。何度か断るうちに誘われなくなった。

当時は新入社員だったし、一人暮らしだという事情を話していたからだと思う。

「嫌いというか、一人暮らしだったので」

「ねぇ、今度さ、誘っていい？」

一人しか通れないロッカー前の狭い通路、逃げ場のない状況でにこにこと誘われる。確認もせずに開けたドアがぶつかりそうになり迷惑をかけた。その罪悪感のせいか返事を考える間、指原の目をじっと見つめてしまった。

数秒見つめ合ってしまい、指原は表情を緩め雰囲気を少し変えて低い声で言う。

「じゃ、今度誘うから。よろしくね」

「え、あ、はい」

言い残すと指原はオフィスに足を向けた。また圧に負けた気がすると、乃々佳の頬が引き攣《つ》る。

東悟に報告したらどんな顔をするだろう。

指原と二人きりというわけではないし、問題ないはずなのに東悟の反応を考えると心臓が痛い。

東悟と一緒に暮らせているのに、良くしてもらっているのに、時々何かを伝えるのが難しく感じる自分がいる。

それがとても嫌だと、乃々佳はお菓子の入った小袋をぎゅっと握った。

思えば東悟から突然のプロポーズを受けて、たった二週間程。

使用人が出入りする暮らしに、使用人の娘がすぐに慣れるわけもなく、金曜日の夜だというのに気分が晴れない。

「どうした。食欲がないみたいだ」

「え」

珍しく早く帰ってきた東悟と一緒に夕食のテーブルについていた時のことだ。

とはいっても、彼は遅めの時間にランチミーティングが入ってお腹が空いていないらしく、食事をせずウィスキーのロックを飲んでいる。

夕食の用意をするといっても、ハウスキーピングの人が昼間に用意をしてくれたものを温めて出すだけだから簡単だ。

だから、ハンバーグのデミグラスソースの味が濃くて胃に重いなんて言えない。ケチャップとソースの方が好きなんて言えない。昨日の豚の角煮は甘辛くて、週末に細く切った後に炙《あぶ》ってネギと一緒に丼にしようと冷蔵庫に保存している。

これが東悟の味覚なのであれば、道子の作るご飯はさぞかし味が薄かっただろう。

このハンバーグよりアイスクリーム、いや卵かけご飯の方が良いと思うのは、まだ見ぬ使用人への反抗心からだろうか。人様の作ってくれたご飯はありがたいのに、おいしく食べることが出来ない自分が本当に嫌だ。

そんなことを悶々《もんもん》と考えていると箸が止まっていた。

「いえ、大丈夫」

「無理して食べなくてもいいから」

「……じゃ、明日のお昼にしようかな」

昼の方が活動量が多い分、多少味が濃い方が口に合うかもしれない。

立ち上がってキッチンの戸棚の保存容器を物色していると、ふとシンク周りの変化に気づいてしまう。調味料や計量カップなどの物の位置が変わっていた。

何とも言えない、湧きあがってきた気持ちに乃々佳は言葉を無くす。

「……」

「乃々佳？」

いつの間にか真後ろに東悟が立っていて、肩に回ってきた腕に抱き寄せられた。

東悟の胸に背中を預けると、ざわついていた気持ちがすっと鎮まる。

「柳澤家との話は、今月中には終わらせるから」

「うん」

黒塗りの高級車が翌日にセダンになった。運転手と乃々佳が車中で長く押し問答をしたのが、しっかり東悟に伝わっているのだろう。運転手が独断で変えるはずがない。

気にしてくれているのが嬉しい。けれど、自分から東悟に主張しなかったことは、しこりになっている。

「ハウスキーピングについては……」

東悟のスマホが鳴り始めて、彼は小さく息を吐《は》いて乃々佳のこめかみに唇を付けた。

「ちょっと待ってて」

「うん」

心臓がとくとくと高鳴って、さっきより気分が上がっている。

東悟が好きな気持ちはとめどもなく溢《あふ》れていた。

だからだろうか。嫌われたくない気持ちが強すぎて、どこまでが我儘なのかがわからず、何も言えない自分に呆然とするのだ。

電話を切った東悟が壁に掛かっている時計を見ている。その表情が氷のように冷たくて、乃々佳は思わず話し掛けた。

「どうかしたの？」

「屋敷からだ。今日、ここに入った人間が、自分のスマホを忘れて取りに来ているらしい。鍵があるべき場所に、メモがあったと」

「自分のスマホ？　どこにあるの？」

東悟がわからないと肩を竦《すく》めたので乃々佳も驚く。

屋敷にある東悟の家の鍵の保管場所を知ったとしても、その家に出入り自由になるというわけではない。家主である東悟に連絡もせずにマンション内に入るつもりだったのだろうか。

当然、東悟はこういうのを嫌うはずで。

「乃々佳、悪い。ちょっと外すから」

乃々佳に申し訳なさそうに笑んでから、東悟は再び冷たい表情を浮かべた。

別の部屋に移動をして、電話をしようとしている。

乃々佳の頭の中でカチリと、スイッチが入った音がした。こういう時、ずっとお屋敷のそばで暮らしてきたからわかる空気感がある。

「坊ちゃん」

つい、その呼び名で東悟を呼び止めてしまった。

東悟がくるりとこちらを振り返る。不満そうに口を開きかけたが、乃々佳が先に喋った。

「私、スマホのある場所が何となくわかります。たぶん、寝室です」

「寝室?」

訝《いぶか》しげな東悟に乃々佳は頷く。キッチンを見て、スマホがある場所の想像がついた。もし、自分の存在を知らせたいのなら。乃々佳は昔から幾度となく、そういう場面を目撃してきた。

「こっち」

乃々佳は東悟の手首を掴んで主寝室へ入ると、灯《あか》りを点《つ》ける。明るくなった部屋の中、ベッドのサイドテーブルに見覚えのないスマホが目に入ってきた。

「……さっき、俺はここで着替えたんだが」

東悟が顔を顰《しか》める。

一番のプライベートスペースに、他人のスマホがあるのを見れば良い気がするわけがない。

「誰が来ているの?」

「楢崎《ならさき》さんの娘」

屋敷内で世代交代が行われている証拠でもあるだろう。昔のメンバーなら絶対にしない人選。乃々佳からすると、一番避けたいパターンだ。

道子の代わりなら、勤続年数も長い年嵩の楢崎がどう考えても適任だ。

乃々佳の記憶が正しければ、その娘は夕子《ゆうこ》という名で二十代。屋敷が解放される時には必ずやってきた。三兄弟をキラキラとした目で見ていたが、母親の立場もわかっていて礼儀正しい人だったと思う。

乃々佳はスマホを手に取ると、洋服のポケットに入れた。

「乃々佳？」

「楢崎さんの娘さん、……夕子さんだと思う。屋敷の携帯電話も持たされていない状態でここに向かっているのかな」

「そのようだ」

スマホが無いままこちらに向かっているのであれば、連絡をする術がない。

乃々佳は東悟の横顔をちらりと見る。部屋を見て回る東悟の怒りは先程より和《やわ》らいでいた。

けれど、夕子本人に厳しく接するのは目に見えている。そういう場面は、あまり見たくない。

「私がエントランスで待ちます。顔を知っているから」

「ここに来るのなら、待っていればいい。乃々佳がわざわざ行く必要は無い」

東悟は腕を組むと、言葉を吐《は》き捨てた。

「そもそも、日中の不在時に来られる人間を頼んだんだ」

ついこの間までは、東悟が名指しで道子にハウスキーピングを頼んでいた。屋敷の仕事もあるので、来られる時間で良いと伝えていたらしい。それは彼が幼い頃から知る道子を信頼していたからだ。

道子は今柳澤家に出入りをしていて、引継ぎは行えていない。それが、いつ来てもいいという形で、夕子に伝わったのかもしれない。

重苦しい空気の中チャイムの音が響いて、二人は顔を見合わせた。

これは下からではない、玄関前のチャイムだ。

一歩踏み出した東悟の腕を掴んで、乃々佳は言った。

「私が出る」

「俺が」

ただの忘れ物だとしても、時間外に許可なく家に来ることを東悟は絶対に許さない。社会常識的にもそうだろう。

「お屋敷の人達のことなら、たぶん私の方が詳しいの。だから、私が出たい」

「……」

東悟は少し考えるそぶりを見せた。乃々佳はこれから『若奥様』と呼ばれる立場になる。屋敷の何もかも東悟がカバーすることは出来ない。東悟はそれもわかっているはずだ。

「お願い」

乃々佳が真剣な眼差しを向けると、東悟が渋々頷いた。

「ありがとう」

向かった玄関で見たのは、ドアロックが掛かったままのドアがゆっくりと開く光景だ。驚きのあまり立ち止まりそうになる身体を気力で動かして玄関のドアに触れた。

「待って。勝手に開けないで」

「……乃々佳さん？」

「お久しぶりです。夕子さん」

ドアの隙間から夕子の顔が覗いて、不審者ではないことを確認して少しホッとした。

数年ぶりに見る夕子は昔に比べて少しふくよかになっている。面立ちは楢崎さんに似ているが、明るい彼女と雰囲気が違って大人しい。

ドアロックを外そうにも、夕子がドアを開けたままで出来なかった。

「あの、忘れ物を」

「スマホの件、お屋敷から連絡をもらいました。これですよね」

乃々佳がポケットから取り出したスマホを、ドアの隙間から渡そうとしたが受け取らない。

「東悟様はご在宅ですか」

「はい。帰っています。だから……」

「……帰宅してないと思って。どうしよう……。お詫びしないと」

「お詫び以前に、在宅を確認してから来ないといけなかったんです」

青くなった夕子にきっぱりと言うと、明らかにショックを受けた様子で震えた。

乃々佳も人に注意なんてしなれていない。バクバクと心臓がうるさくなって汗が噴き出してくる。

「スマホを受け取って、鍵を置いて、今日はそのまま帰っていただけませんか」

夕子はスマホを受け取らず項垂《うなだ》れている。

東悟を怒らせたかもしれないと、怯えているのだろうか。

「スマホを下に置きますよ。室内の撮影をしていないかは、屋敷に連絡をするのでそこで確認を……」

乃々佳は仕方なくしゃがんで、スマホを隙間から外に置こうとした。

「ねぇ、直接、謝りたいの」

ずっと優しく接してもらっている乃々佳でさえ、東悟には他の兄弟より厳しいというイメージはある。不満を抱えた東悟の威圧感も最近知ったばかりだ。絶対にやめておいた方がいい。

「謝罪なら伝えておきますから、日を改めてください。プライベートな時間なんです」

しゃがんだまま顔を上げると眉を八の字にした、必死な形相の夕子と目が合った。

彼女の目から、東悟が好きだという必死な想いを、受け取ってしまう。

「……」

嫌われたくない、能力を認められたい、そんな入り混じった感情。

数日だけでも家に出入りが出来て、憧れが現実になりそうな、そんな夢を抱いたのだろうか。

今の東悟に会ったら、そんな想いは粉々に砕けてしまうはずだ。

「……寝室にスマホを置いたのはわざとでしょう」

震えを抑えながら言ったけれど、乃々佳の全身から汗が噴き出した。本当にこういうのは苦手だ。

夕子は動揺を隠しもせず、「え、あの」と言い淀《よど》む。

魔が差した、その言葉がぴったりかもしれないと思う。でもそれが起こるのは、心に隙や欲がある時だ。

乃々佳は唇を引き結びつつ立ち上がった。

夕子の母親である楢崎は働き者の良い人だ。娘である夕子が私的な想いで東悟に何かをすれば、彼女が屋敷に居づらくなる。娘である夕子は、それをよくわきまえている人だったと記憶していた。

だからこそ、東悟が痺《しび》れを切らしてやってくる前に帰ってほしい。

乃々佳が強く願っていると、夕子は悲し気な表情を浮かべる。

「……乃々佳さん、東悟様と結婚だなんて、うまくやったのね」

遅かれ早かれ、誰かにそう言われるのはわかっていた。本音が生々しくて、ちょっと傷つく。

東悟の真剣なプロポーズにすぐに折れたけど、最初はかなり踏ん張って辞退をしたとか、そんなことを言っても意味は無い。

黙っていると夕子の頬に涙が伝った。

「あなたはいつも特別扱いだった。だから、せめて会いたい」

「こんばんは」

その時、後ろから登場した東悟に乃々佳は二の腕を引っ張られ、彼の背後に立たされた。同時に手に持っていたスマホを取られる。

「まだ、話してる」

「もう、乃々佳は下がって」

有無を言わせない東悟の眼光に、乃々佳は口を噤《つぐ》む。夕子は涙を拭いドアの隙間から東悟を見上げた。

「夜分遅く、ご在宅も確認せず、突然にすみませんでした。スマホを忘れてしまって」

「聞いた」

東悟が夕子にスマホをドアの隙間から渡すと、彼女は素直に受け取った。微笑も浮かべず見下ろす彼の表情に夕子がたじろぐ。

「スマホは返した。私物を持ち込んで忘れる、許可も得ずに勝手にやってくる。あなたはここにもう来なくていい。それに、業務時間外のこの家の鍵の持ち出しは禁止だと知らないとは言わせない。知らなかったのなら、あなたにここの仕事を与えた人間に、説明義務を怠《おこた》ったことを問いたださないといけない。そして、しかるべきペナルティを受けてもらう。あなたも、例外じゃない」

東悟の淀みのない淡々とした口調が怒りを表していた。夕子の顔色が真っ白になっていく。

「ご、ごめんなさい。でも、どうしても、私」

「言い訳は必要ない。さっきから聞いていた。俺の婚約者はあなたに何度も引き返すチャンスを与えていた。それを拒絶して、留まったのはあなただ。情状酌量の余地はない」

屋敷が開放される時には決して見せない、東悟の雇い主としての厳しい顔に夕子は呆然自失になっていた。

それでも意を決して生唾を呑《の》み込んだ夕子に、乃々佳はそれ以上はやめてと心の中で叫んだ。

「結婚をされると聞いて、どうしてもお祝いを」

「嘘は嫌いだ。さっき、あなたが乃々佳に言った非礼を聞いている。楢崎さん、お母様によろしくお伝えください。乃々佳は俺の婚約者で、あなたの雇い主でもある。考え違いをしない方が良い」

はっきりと関係を切る発言をした東悟の後ろで、乃々佳は両手で顔を覆った。東悟は家に来たことよりも、乃々佳を軽んじたことを怒っている。

もし道子がいなくなるのなら、楢崎は屋敷に必要だ。でも、過去のケースから見ても三兄弟に色目を使った家族は、あの屋敷にはいられない。

「そこ、ドアを閉めるから離れて」

東悟の底冷えのする声に夕子の表情から色がなくなった。ポロポロと映画みたいな涙を流し、声も無く泣きはじめた夕子の顔を見て、乃々佳の心臓が自分のことのようにひどく痛んだ。

東悟は興味が無いとばかりに、無情にドアを閉めてしまう。

「い、言い方……」

乃々佳は東悟の二の腕を掴んで揺さぶった。夕子がしたことは完全に悪く、常識外れだ。でも、もうちょっと何かないのかと、圧を掛けた彼を責める気持ちになる。

昔からの使用人は東悟の気質を知っているのか、怒らせまいとしていた。関わりが少ないと、威張らない雇い主という印象だけが膨らんで、フランクに接して痛い目に遭う。

「……俺は間違ってない」

「間違っているなんて言ってない。お屋敷から迎えの車は来るの」

「来るわけが無いだろう。うちの車はタクシーじゃないんだ」

東悟が眉間に皺を寄せたが、乃々佳は食い下がった。

「私にお屋敷の車を手配する許可をちょうだい」

東悟の二の腕を掴んだままだ。乃々佳は彼のきつい視線を受け止める。

「なぜ」

「もう夜も遅いでしょう。夕子さんがちゃんとこのマンションを出たか、お屋敷で鍵を回収出来たか、スマホに保存されている画像がないか、確認を第三者の目でしないとダメだもの」

東悟がしまった、という顔をするのを見て、彼らしくないなと思う。

乃々佳はリビングに駆け入るとソファに置いてあった自分のバッグを持った。

「お屋敷の車の使用許可を下さい。運転はお父さんにお願いする」

「……許可をすればいいんだろう」

「ありがとう」

両手を降参と言った風に上げた東悟の横を通り抜けて、乃々佳は玄関のシュークローズから一番履きやすいヒールを出すとドアを開ける。

「おい、手配は俺がする。乃々佳が出て行く必要は無い……」

「女の子があんなに泣いているのに、放っておけるわけないから！」

東悟が何か言いかけたのを遮って、乃々佳はドアを閉めた。

夕子が百パーセント悪いのはその通りだが憎めない。

彼女の泣き顔はどこかの世界線の自分だったかもと、目から流れ込んできた感情を受け取った時に思ってしまった。

東悟が他の誰かを選んでいたら、庭での記憶も彼への想いも、心の奥底に沈んだままだった。強く求められてやっと好きだと気づけた自分が、彼の婚約者として横にいれば、それを気に入らない人がいても仕方がない。

乃々佳は唇を噛みながら、エレベーターの下向きのボタンを、意味もなく連打した。乗り込んだエレベーターは停まることなくエントランスまで着く。

広いロビーにあるソファに肩を下ろして夕子が座っていた。憔悴しきっていて一人で帰れる状態とは思えない。

「夕子さん」

何を喋ろうかも決めていないのに口が先に動いた。名を呼ばれた夕子が追いかけてきた乃々佳の姿を見つけ、またボロボロと涙を流す。仕事を失う不安や、憧れの人に冷たくされた絶望、知り合いに好きな人を奪われた気持ちなど、きっとぐるぐる渦巻いているのだろう。

夕子の気持ちが前に向かう方法は何かないかと考えていると、また口が先に動いた。

「コ、コンパに興味はありませんか！」

「……コンパ？」

乃々佳の思いもよらぬ誘いに、沈んでいた夕子の気が逸《そ》れたのがわかる。自分でもなぜそんなことを口走ったのかは不明だが、もう止まれない。

「来週、会社の取引先の人とコンパをするんです。私の友人として参加しませんか。男女の出会いの場、コンパです」

「……」

訳がわからないという夕子の表情が、この話題の斜め上度を表していた。

「つ、ついでにもう一件、会社の営業の人に飲みに誘われています。一緒に行って飲みませんか。こう、別業種の人と話すのって刺激になると思うんです」

「飲み、会？」

指原は自分がいる飲みグループに誘ってくれたのだろうが、ここは頼み込んで友人を紹介してもらおうと決める。

乃々佳は夕子の隣に座ると続けた。

「はい、飲み会です。でも、男女が人数を合わせて食事をすれば、コンパともいうそうです」

「はぁ、まぁ、そうだろうけど」

夕子は涙を手の甲で拭って、至極当然な疑問を口にする。

「あの、でも、乃々佳さんは東悟様と結婚を」

「はい。その前に一介の会社員です」

胸を張って答えると、夕子がきょとんとした。

「仕事は辞めるつもりはありませんし、まだまだヒヨッコですが、私は私として評価されたいという希望を持っています。それなら社外のコミュニケーション、人と人が繋がることも大事だと思っているんです。ね、行きませんか。イケメンが来ますよ」

ガッツポーズを作ると、乃々佳の勢いに呆気に取られていた夕子がふっと笑う。肩からやや力が抜けた様子にほっとした。

「坊ちゃんが守備範囲なら、わかりやすいイケメンが好きかなと思って。久遠家の現実離れしたあの三兄弟からズームアウトしていくと、いっぱいかっこいい人が目に入ってきますよ。絶対に」

「……もうちょっと、言い方が無いのかな」

不穏な声に振り向くと、ラフな部屋着にお洒落な革のサンダルを履いた東悟がこちらに歩いて来ていた。呆れ気味の東悟だったが、彼の登場に笑みを見せてくれた夕子が蒼白になって身体を強張《こわば》らせた。長身で厳《いか》つい男性に低い声で責められたばかりだから怖いのはわかる。

乃々佳は彼女の手を握って、大丈夫だという笑みを向ける。

「夕子さん、今ここで私に鍵を渡してもらえますか。それと写真を撮っていないかの確認をさせてください」

「は、はい」

極度の緊張状態らしく、バッグの中を漁る夕子の指先が震えている。

鍵を受け取って画像に何の問題もないことを確認させてもらうと、乃々佳は穏やかに「ありがとう」と伝えた。

東悟は何も言わずに、距離を取って腕を組んで会話だけを聞いている。夕子の様子から、それ以上近寄ってくる気は無いらしい。

「夕子さん、屋敷の車をここまで手配します。それに乗って帰ってください」

「そんな、そんなご迷惑まで」

夕子は頭を横に振ったが、乃々佳は目の前で準一に電話をした。東悟の許可を得ていることを伝え、電話をして車を出してほしいとお願いをすると、すぐに承諾してくれたのでホッと胸を撫でおろす。静観していた東悟が、電話を切ると口を開いた。

「終わったのなら戻ろう」

「あの、私もお屋敷まで、付いて行こうかと思っていて」

東悟が瞬きし、夕子が固まった。

しかし、これだけ怯えていた夕子を一人にするのは少し心配だ。

屋敷に着けば厳重注意を受けるだろうから、その時にそばにいたい。このようなことが起こらないように、お屋敷でこれからの話もしておきたかった。

「……乃々佳、準一さんは信用が出来るだろう」

「それはそうですけど、当事者ですし……。夜はそのまま泊まろうと思うから、ゆっくり休んでくださいね」

そうでも言わないと東悟なら起きて待っているはずだ。

「明日の午前中には帰ってきます。実家に泊まることは、私の安全面に問題は無いですよね」

乃々佳が言うと、東悟は優しい微笑を浮かべた。

「聞き間違いかな」

「何がですか」

東悟が苛立ってきているのに乃々佳が動じないからか、夕子が身の置き場を無くしている。

気を遣わせてしまっていることを申し訳なく、夕子の顔を覗き込んだ。

「大丈夫ですよ。お屋敷には一緒について行きますから」

「あ、あの、一人で帰れますから大丈夫……」

「……わかった、話し合おう。送迎にハウスキーピング、俺が強引に進めたのは悪かったのは認める。乃々佳にとって一番いい形を選ぶから」

東悟が降参だと言わんばかりに、両手を広げて肩まで上げる。でも、と乃々佳は眉間に皺を寄せた。

「東悟さんは、何も悪くないです。生活を続けてきた家なのだし、私はそれに従います」

「俺達が暮らす、二人の家だ。だから、二人で考える。引っ越してもいい」

大股で近づいてきた東悟に二の腕をぐっと掴まれる。

「あと、俺はコンパが二つもあるとは聞いていない」

「今朝、営業の先輩に誘われたんです。それにコンパじゃなくて、飲み会です」

「男か……」

東悟が唖然としばらく口を開け、会話を聞きたくないのに聞こえてくる状態の夕子は存在を完全に消していた。

東悟がこめかみを強く押さえながら、苦々しく言う。

「君が、男の下心に気付けないのは、なぜかな」

「先輩に、下心なんてありませんし」

棘のある言い方に、どうしてすぐにそう考えるのだろう、と乃々佳はムッとする。

バチッと音が聞こえるくらいの強さで、譲らない二人の視線がぶつかって、夕子はついに立ち上がった。

「わ、私、一人で帰れますから」

「一人じゃ危ないからダメです。迎えが来ているので、座って待ってください」

乃々佳が夕子に視線で座るように促すと、彼女はびくびくしながらソファに腰を下ろす。

東悟が口を開きかけると、彼のスマホの着信音が鳴った。タイミングの悪さに天を仰ぎ見た後、表示された名前を確認してすっと表情を仕事のものへと変える。

「乃々佳、そこで待ってて」

東悟は乃々佳に強く念を押すとその場を離れながら、硬い声で電話を始めた。

すると、存在を消していた夕子が、震えながら頭を下げる。

「乃々佳さん。今日は本当に私が悪かったです。申し訳ありませんでした。なので、一人で帰りますし、これ以上ご迷惑をお掛け出来ません」

乃々佳と東悟の淡々とした険のあるコミュニケーションに現実に引き戻されたようで、夕子は先程とはうってかわって、いつもの彼女に戻っていた。

乃々佳も人が険悪ムードのただなかにいるのは苦痛なので、ちょっと反省をする。

「あ、お父さんだ」

エントランスから見える車止めに、見覚えのある車が一台入ってきた。お屋敷の車ではなく準一の車だ。運転席に座っているのも間違いなく準一で、乃々佳は夕子に声を掛ける。

「夕子さん、行きましょう」

「え、でも」

夕子は東悟が電話をするために向かった、エレベーターホールの方へ視線をやった。

エントランスに車止めはあるけれど長時間の駐車は良くない。少し悩んでから、乃々佳はスマホを夕子に見せる。

「東悟さんにはメッセージを入れるから大丈夫」

「いや、でも」

乃々佳はスマホを手に持ったままマンションを出て、車の後部座席のドアを開けると夕子を押し込むように乗せた。

「お父さん、ありがとう。ずいぶんと早かったね」

「ああ、それはね」

準一は恐縮している夕子に穏やかに会釈をすると、助手席に乗った乃々佳に穏やかな笑みを向ける。

「旦那様にね、頼まれたからだよ。だから、乃々佳から電話をもらう前にはもう出ていたんだ」

具合が良くなってきた勝造は、さっそく屋敷を仕切りはじめているようだ。東悟なら仕事が出来ず暇なだけだと言うだろうが、回復の兆《きざ》しが明るくて本当に良かったと思う。

準一はしていないと落ち着かないという白い手袋をしっかりとはめ直して車を発進させた。

「あの、あの」

オロオロと振り返っているのは夕子で、ぼそぼそと「私がスマホを……」と後悔を口にしている。

「ところで乃々佳」

「はい」

乃々佳は東悟に車に乗ったことを連絡しようとスマホを触っていたところだった。

感情を抑えて話し合おうと言ってくれた東悟の姿を思い出す。今夜は遅くなっても帰った方が良いのかなと考えていた。

それなのに準一は前方を見たまま、思いも掛けないことを口にする。

「一度、坊ちゃんの家を出ないか」

「え……」

手からスマホが滑り落ちた。

元気になった勝造に結婚を反対されているのだろうか。

乃々佳は座ったまま、頷きも出来ずに準一の横顔を見つめた。


「東悟さんを困らせたいと聞いたので、これは協力したいと思ったの」

「私はなんと答えたらいいのでしょうか」

着物の割烹着姿で朝食を作る雅の横で、乃々佳も慣れない着物と割烹着で息苦しさを感じながら四苦八苦で料理の手伝いをしていた。

昨夜、準一に連れて来られたのは雅が住むマンションだ。夜中だというのに雅は「いらっしゃい」と両手を広げて歓迎をしてくれた。

いつもは通いの家政婦さんがいるが週末は来ないらしい。雅が手際よく料理をしていく。

準一が勝造から受けていた命《めい》は『東悟に冷静になってもらう時間を作ること』だ。東悟は乃々佳と結婚が出来ることで、周りが見えなくなってきていた。そんな時に柳澤が乃々佳に接触をしてきて、やっと手に入れた好きな人を危険に晒《さら》され、東悟は戦闘モードがずっとオンの状態なのだそうだ。兄弟を含め、屋敷は東悟のピリピリモードに当てられて、少し疲れているらしい。

『ああなったら、東悟は突っ走る。肝も座っているし行動力もあるから、今は暴走機関車状態だ』

勝造はベッドの上で苦笑しながら息子を心配していると、準一は微笑ましそうに言っていた。

どうやって乃々佳を東悟から離そうかと考えていた時に、目を付けられたのが乃々佳が注文した着物一式。着物には独自の所作があり、洋装の動き方とは違う。せっかくだから花嫁修業の一貫として、一週間くらい雅に仕込んでもらえるように話を付けたらしい。

注文した着物は高額であるし、乃々佳はこれからの上顧客である。雅は着物の魅力を知ってもらいたいと二つ返事で承諾したそうだ。

「私は仕事があるから一日一緒に行動しましょう。着崩れを直す方法も教えるわ。店で着付けも習ってちょうだい」

ありがたい申し出なのに、どこか胸につかえがあって喜べない。

「総司が、東悟さんの家から乃々佳さんのワードローブ一式を持ってくると連絡してくれたから、ここから出社してね」

東悟の名前が出て、心臓が跳ねた。

勝造から東悟に連絡をすることもやんわりと禁止されているのだ。父親の手前、乃々佳は旦那様に逆らえない。

まだ半日も経っていないが、東悟がいないことに喪失感があった。プロポーズから三週間、毎日あれだけマメに連絡をくれていたから、彼からの連絡を無意識に待っている。

昨夜の別れ際が良くなかっただけに、不安がちょっとずつ大きくなっている。

雅が用意してくれているのは朝食は白米と長ネギとワカメの味噌汁、銀だらみりんに、野沢菜の漬物だ。大根をおろしていた乃々佳は手を止めて、グリル内の魚の焼き具合を確認している雅を見た。

「……雅さん。男性って自分の彼女が男性のいる飲み会に行くのって嫌ですか。その、合コンとか」

「社会人なら飲み会くらいあるでしょうし、彼氏がいる人が合コンのセッティングを頼まれるのも別に珍しくないとは思うけれど」

東悟の方が社会的地位的にも、美しい女性ともたくさん出会うだろう。彼のように出会う女性の全てを気にしていたら、気が変になってしまう。だから逆の立場でもそうだと思ってしまうのだ。

そういう考えが、ダメなのだろうか。

「東悟さんが愚図ったのでしょう。征服欲なのか、独占欲、支配欲、うーん、自信の無さなのかしら。嫌がる人の理由の根っこなんて、他人にはわからないと思うけれど」

東悟がなぜ嫌なのかを、ちゃんと理解しようとしていなかった。そのせいで彼を不安にさせるような発言や行動をしてしまっているのだろう。

昨夜も話し合おうと言ってくれた東悟は、いつも歩み寄ろうとしてくれる。

「……乃々佳さんが東悟さんに抱いている好きは憧れに近いものでしょうから、東悟さんが焦るのもわかるわ」

ちゃんと好きです、と雅に言いたかったのに、言葉に出来なかった。

小さなお父さんみたいだと、心配をされる度に感じているのは、そういうことだったのかもしれないとよぎったせいだ。

「こういう話をしてきたってことは、乃々佳さんが合コンに行くってことなのね。楽しんだら良いと思うわ。東悟さんはいーっぱい、困ればいいのよ」

勝造も雅も、ここに送り届けてくれた準一も東悟に何だか手厳しい。過去に皆、何かされたのだろうかと勘繰るほどだ。

雅が美しく手際よく器に盛った料理を乃々佳は次々にテーブルに運んだ。一緒に作ったからわかる、基本に忠実でシンプルだけど絶対においしい和食。

「東悟さんに連絡をしなくても、大丈夫だと思いますか」

「そうねぇ」

雅は割烹着を外しながら、考えるそぶりを見せた。

「私がすることは乃々佳さんを磨き上げることだから、答えられないわね」

「私が、自分と向き合う時間？」

乃々佳が尋ねると、雅は嬉しそうに笑んだ。

「ここにいる間は深呼吸の期間だと思ってちょうだいね。さぁ、いただきましょう」

着物のまま手を合わせて食事を始める。お米も魚もとってもおいしいのに、東悟にも食べさせてあげたいと、目の前の食事に集中出来ない。

夕子が作ってくれた食事は味が濃いけれど、東悟は大丈夫だろうか。やっぱり、簡単なものは作りたいと言い張れば良かった。

連絡したくてうずうずする感覚は、初めてだ。

着物を長時間着ているのは初めてで、いつもと違う筋肉を使うから身体が凝っている。

その感覚に気を逸らしながら、胸が詰まってよく味わえなくなる食事を喉に通した。

身体が痛いのにも慣れるものらしい。雅の家に帰るとまず自分で着付けをして簡単な家事をする、そんな生活をしているうちに自然と姿勢が変わったのがわかる。習慣は大切だと思いつつ、東悟から連絡の無い日々には慣れずに胸が常に詰まっていた。

それでも毎日は過ぎていくもので、あっという間にコンパ当日だ。

張り切ったのは雅で、乃々佳が着ていく服やメイク、化粧直しのポイントまで指示をされた。

全身コーディネイトされて出社したせいか、気合が入ってるねと絵瑠に褒められてしまう。残念ながら苦笑しか返せなかった。

さすがに東悟から連絡が来るかと思ったが、スマホは静かなまま夕方になる。

船井が予約してくれたのは、イングリッシュパブ風の洋風居酒屋だ。蛍光色の照明で統一された店内の壁には、クラシックアメリカンがモチーフのポスターが額に入って飾られている。

店の一番奥、何段か階段を上った場所にある低い壁で仕切られた、個室ではないが区切られたスペースの席に、集まってきた参加者を乃々佳は船井と一緒に誘導していた。

あれから連絡を密に取っていた夕子もちゃんと来てくれた。女性の人数を一人増やしても良いかとお願いすると快諾してくれた船井にも感謝だ。夕子はコンパに出ること自体に気後《きおく》れしていた様子だったので、着飾ることを得意とする照にお任せしたのだが良かったようだ。

ビールで乾杯をしてから、和気あいあいと食事が進んでいるので幹事としてホッとする。絵瑠も先輩も、夕子もそれぞれ楽しそうだ。夕子も楢崎さんも、屋敷での職を失わずに済んだ。乃々佳が一緒に屋敷に付いてきてくれたおかげだと、母娘《おやこ》から感謝された。

楽しい雰囲気の中、乃々佳の気持ちは浮かび上がらないままだ。

さっきから陽気に話しかけてくれる男性に相槌を打ってはいたが心はここに無かった。東悟から連絡がないせいだ。そんなに気になるなら、連絡をすればいいじゃないと雅はあっけらかんと言うが、あのお節介な他の兄弟が何の連絡もしてこないのも異常事態だ。

これはいよいよ結婚は無くなると、乃々佳は腹を括《くく》り始めていた。

これまでにかかった費用を返すとして、貯金だけでは賄《まかな》えない。雅の店で揃えたスーツや着物の額が相当になる。

いつまでも雅の家に厄介になるわけにもいかない。夜などはベッドの上で副業の求人をスマホで探していた。

「もう一杯、頼むね」

「あ、はい。ありがとうございます」

乃々佳の空になっていたグラスに気付いた目の前に座ってる男性が、同じビールを注文してくれた。

東悟のことばかりを考えているせいか、船井以外の男性メンバーが同じ顔に見える。失礼だと思いつつも、この一週間の全てが精彩を欠いて見えていた。

「はい、ビール」

運ばれてきたビールが目の前に差し出された。気を遣ってくれているのに、考え事ばかりをして申し訳ない。

「あの、先程からありがとうございます」

精一杯の笑顔を作ると、目の前にいる男性は嬉しそうに笑んだ。

「ビールが好きなんだね。いい飲みっぷりで、こっちまで気持ちがいいよ。女性でそんなに飲む人は初めて見たかも」

「え、そんなに飲んでませんよ」

「いやいや、ペースすごいし」

そんなに飲んでいないけどな、と乃々佳は愛想笑いを浮かべる。

そういえば東悟とお酒を飲んだことがない。勧められたことも無ければ、飲むと自分から伝えたことも無かった。

「その洋服も素敵ですね。お洒落でいいなぁ。俺、お洒落な子はけっこう好きなんですよ」

「ありがとうございます。でも、センスの良い友達が選んでくれるんです」

またまたぁ、と男性は笑っているが、もっと言えば東悟が嫌味の一つも言わずに支払ってくれたものだ。

「でも、着こなしているのは原さんだよね。あ、乃々佳ちゃんって呼んでもいい」

「え、はい、どうぞ」

もう二度と会うことも無いのに、なぜ下の名前で呼ぶ必要があるのか。

疑問を持ったまま、首を僅かに傾げて男性の顔を見つめていると、彼はいそいそとスマホを取り出した。

「ねぇ、連絡先」

「乃々佳さん」

肩に手を置かれて見上げると、髪を耳に掛けながら夕子が微笑んでいる。

「え、もう帰るとかじゃないよね」

夕子に門限があるかどうかを確認していなかった。しかも、今が何時かも把握していない。幹事失格だと自分もスマホを取り出す。

焦っている間に店がにわかにざわめいた。コンパのメンバーも入口の方を見ている。

「……何、あのイケメン軍団」

絵瑠が皆に聞こえる声で呟いた。軍団という物々しい例えに振り向き、よく知った顔ぶれに乃々佳は固まってしまう。

店に久遠家の三兄弟、東悟、総司、照とともに雅が入店し、小さな丸テーブルの腰高の椅子に着席していた。

普通は足が床に届かないはずのハイチェアだが、男性陣はしっかりと踵《かかと》が着いている。

兄弟が三人揃っているのは久し振りに見たし、四人がいるのは初めてだ。

彼らがコンパをしている同じ店にやってくるなんてこんな偶然があるのだろうか。

皆が注目するその四人に向かって、夕子が手を上げた。

ニコニコと夕子に手を振り返してきたのは照だ。灰色のパーカーに黒のジーンズに黒のスニーカーという格好で、すぐにメニューに目を落とした。口でパクパクさせて手を振ってきたのは満面の笑みの雅。隣には苦笑しているスーツ姿の総司がいる。

小さな丸テーブルにひしめき合って座る、一番長身の存在感がひと際目を引くのは東悟だった。雅が彼の腕に手を乗せて、何かを仕切りに話し掛けている。そして、乃々佳の方を見る気配が全くない。

なんだ、四人はちゃんと連絡を取り合っていたのか。夕子からコンパの情報は筒抜けだったのだ。肩から力が抜けて、怒りよりも悲しみがこみ上がってきた。

前の東悟だったら姿を見つければまっすぐに来てくれたし、アイコンタクトで挨拶くらいはしてくれた。プロポーズ前よりもひどい状況だ。

乃々佳は耐え切れずに膝に視線を落とす。

この数日感じていた不安が的中した瞬間で、涙を堪《こら》えようにも無理だった。

「乃々佳ちゃん？　酔ったの？」

「あ、はい、ちょっと、そうみたいで。お手洗いに行ってきます」

トイレが店の最奥で良かった。付き添おうとする夕子に大丈夫だと伝えて立ち上がると、足元がおぼつかずによろけた。

「乃々佳さん、大丈夫ですか」

「大丈夫、幹事だから」

「関係ないです。それ」

思い通りに動かない身体を夕子が支えてくれている。柔らかくて気持ちが良い感触にますます体重を預けた。

「女の人って柔らかい……」

「ああ、もう、酔ってる。飲み過ぎなんです。もうジョッキで五杯ですよ」

「まだ、二杯だよ」

憤然と言い返すと、夕子は思い切り顔を顰《しか》めた。

「めちゃくちゃ酔ってるじゃないですか……。顔色変わらなくて本当にわかんない」

「酔ってない。幹事だから」

乃々佳は頬を膨らます。

早くこの場から離れて、東悟の目が届かない場所に行きたい。肉体的な距離と精神的なそれが比例するかはわからないけれど、彼がそばにいると泣いてしまう。

「乃々佳ちゃん、大丈夫？　俺、責任を持って送るよ」

目の前に座っていた男性が席を立って背中をさすってきた。そういうのはいらない、と思い夕子にますます身体を預ける。

柔らかくて安心する身体に身を委《ゆだ》ねていたのに硬いものに代わられた。

「乃々佳は何杯飲んだの」

「私が知る限り、ビールの中ジョッキ五杯です」

「……ジョッキ、五杯」

心地よい声に誘われるように目を開けると、男性を腕で押しのけた東悟に支えられている。

しかも、夕子と東悟は普通に話していて、一人だけ蚊帳《かや》の外だったのだと、悲しみが怒りに切り替わった。

「乃々佳、俺がわか——」

「連絡をくれなかった人」

乃々佳は涙声で東悟の言葉を遮った。会いたかったのは自分だけだったと、被害者意識になっている。

「もう東悟さんが他の人を選ぶ覚悟も出来ました。もう放っておいて。会いたくない」

東悟の胸を力いっぱいで押し返すと彼は歯を食いしばった。まっすぐに乃々佳を見つめて、力を逃すように息を吐《は》く。

「放っておかないし、俺達の関係は何も変わっていない」

「嘘吐《つ》き。嘘吐《つ》きは針千本飲んで、閻魔《えんま》様に裁かれて、大叫喚地獄に堕ちるんですよ」

「……よくわからないが、嘘は言っていない」

支えてくれる身体が温かくて気持ちいいのが悔しい。

この一カ月近く心も身体も休まっていなかった。お酒とこの温かい東悟の体温のせいか抗えない睡魔がやってくる。乃々佳は寝てたまるかと自分の頬を思いきり抓《つね》った。

「ああ、何だってそんなに思いきり……。止めろって」

東悟に手首を掴まれて、振りほどこうとしたが力で敵《かな》うわけが無い。

「私は、幹事なの。だから寝ないの」

「わかった、わかったから。楢崎さん、男性の幹事が誰か教えて」

「船井さん！」

ガヤガヤと人が集まってくるのがわかるが、東悟の胸に顔を押し付けられてよく見えない。

「とりあえず、乃々佳は寝て」

「幹事だから無理です」

東悟の胸の中にすっぽり収まると、暖かくてやっと安心出来る場所に戻ってきたような感覚に包まれた。

「最近、原さんずっと疲れてたから……」

「原さん、大丈夫ですか」

「帰れそうなら、タクシー呼ぶよ。原さん」

いろんな人が、いろんなことを言っているのが聞こえる。

「私、幹事……」

「知ってるよ」

ポンポン、と後頭部を撫でるように叩かれた。ああ、安心する。

「後は任せて、とりあえず寝て」

囁かれて、瞼を閉じるとあっという間に眠りに入った。

額《ひたい》に冷たいものが載っているのに首元は温かい。

部屋の中に漂う無機質で清潔感のある空気を胸深く吸い込んだ。全身が緩みとてもリラックスする。でも、水が欲しい。

乃々佳は重い瞼をこじ開け、目に入ってきた明るい照明に瞬きを繰り返す。

視界に入ってきたのはタブレットに目を走らせている東悟だ。そして自分は、仕事中であろう彼の膝を枕にして寝ている。しかも目が覚めたのに、眩暈《めまい》がして起き上がれない。

「ずみません……、水を……」

取り消したいほどのガラガラ声に、乃々佳はまた目を瞑《つむ》った。東悟はタブレットから顔を覗かせると、ふっと頬を緩ませた。

「目が覚めた？　気分は」

「……頭が、フラフラします」

東悟は乃々佳の背中に手を回すと、ゆっくりと上体を起こして、ソファに背を預けさせてくれる。それから、キャップを開けたペットボトルの水を手に握らせてくれた。

いつもの優しい東悟に自然に涙が溢《あふ》れてくる。

東悟は唇の端に笑みを浮かべると、目に悪戯っぽい光を宿らせた。

「悪態の次は泣くわけか。酒癖が悪いね。……まぁ、けっこう飲めることも知らなかったな」

悪態を吐《つ》いた覚えがない乃々佳は心の底から驚く。どこからか完全に記憶が無い。

イングリッシュパブ風の居酒屋でコンパをしていたはずなのに、目が覚めたら一面がガラス張りになっている広い部屋のソファに座っている。何よりも、そばに東悟がいるのだ。

「私、幹事……」

立ち上がろうとした乃々佳の腕を東悟が掴んだ。

「大丈夫だ、照と楢崎さんが収めてくれている。船井さんとも連絡先を交換済みだ。乃々佳からの連絡は後で大丈夫」

照ならうまく収めてくれそうだと、自己嫌悪に消えたくなりながら乃々佳はソファに座り込んだ。

部屋を見渡すと、バーカウンターもあり、座面が広いソファ、ドアが二つあって、そのうちの一つは外へと繋がっているのだろうと思った。無機質だけど、広々として開放感もある。

「ここは、どこですか」

「会社の、プライベートルーム」

会社にこんな場所があったとして、どうしてマンションに帰らないのか。

乃々佳が戸惑い気味に静かに首を傾げる。

「乃々佳をマンションに連れて帰れないから、ここに連れてきた」

ワードローブ一式は雅の家に運び込まれていた。もう帰れないのだ。現実を突き付けられて、乃々佳の涙が引っ込んだ。頬に残る涙を手の甲で拭う。

「わかりました。すみません、ご迷惑を掛けて」

もう自分たちの関係は終わったのだ。東悟と過ごすことで味わった甘く満たされる中毒性のある気分は、抜けるのにどれくらいかかるのだろうか。

「お金……」

「金？」

脚を組んで水を飲む乃々佳を見つめている東悟の、逞《たくま》しい体格のシルエットが視界の隅に映りこむ。会えなかった数日分、触れたくて仕方がないから、少し身体を横にずらして東悟と距離を取った。

「お洋服代とか、いろいろ払わないと」

「支払いのことは心配しなくて良いと言ったと思うが」

「でも、結婚が無くなったから」

「まだ、酔ってるのか」

苦痛をにじませた静かな低い声に、東悟の痛みが伝わってきた。彼の気を引こうとして、こんなことを言っているわけではない。

「まず」

　東悟は深く息を吸い込んだ。

「俺は乃々佳が嫌がろうが逃げようが結婚する。そこだけは、理解していてほしい。いいかな」

　乃々佳の身体中に強い酒を飲んだように血が巡った。無意識に期待していた甘い言葉では無かったが、乾いた心を潤すには十分だ。

「皆から、乃々佳に危険が及んで、俺がすごくピリピリしていると指摘を受けた。楢崎さんの件があって、俺の頭が冷える状況が来るまで接触を禁止されたんだよ」

　準一から聞いたそのままだった。苦く笑うその表情さえも魅力的で、乃々佳はじっと東悟の横顔を見つめる。

「……だから、総司君も照君も、連絡をしてこなかったの」

「雅の家にいることで安全は保証されているし、夕子さんがコンパに参加することで、通勤以外の危険に関する情報も手に入る。不測の事態への対処も可能だった。その間に俺は頭を冷やせと言われたんだ。乃々佳にも時間がいるって」

　東悟は大きな溜《た》め息を吐《つ》いて天井を仰ぎ見た。

「夕子さんは父さんに謝って許された。だから楢崎さん母娘《おやこ》は久遠家で働き続けることが出来る。乃々佳が彼女の話を聞く姿勢を貫いて安全を確保した。然《しか》るべき対処をして、かつ新しい出会いまで用意しただろう。乃々佳の器の大きさに感動したらしく、仕えたいと父に訴えたそうだ。そういう味方は必要だよ」

夕子がそんな風に思ってくれていたとは知らなかった。それに、と東悟は続ける。

「俺に対等に意見が出来て反抗する。俺の弟を使うことが出来て、使用人の人心の掌握《しょうあく》も出来る。久遠家に必要な人材だ」

乃々佳は寂しげに眉根を寄せた。必要だとされるのは嬉しいが仕事みたいだ。

最初はそのつもりで結婚を決めたけれど、既に惹かれてやまない相手に言われるとやはり寂しい。

涙を堪えていると、長い沈黙の後に東悟は囁くように言った。

「俺が、乃々佳を好きすぎる。――愛しすぎてるのが、今回の発端なんだ」

東悟は両手で顔を覆う。

「店に入った時、すぐに乃々佳がわかった。男が明らかに言い寄っているのを見て、頭に血が上ったよ。総司が腕を掴んでくれなければ、男に掴みかかっていったと思う。酔っぱらっている乃々佳を見るのも初めてだし、俺は乃々佳が酒を飲めることにさえ驚いたんだ。そうだよな、未成年じゃない。だけど、俺の中でどこか乃々佳はまだ守らないといけない小さな女の子で」

東悟が指の甲で頬に触れて、乃々佳は頬が涙で濡れていることに気付いた。

乃々佳の中でもどこか東悟は『小さなお父さん』だったからわかる。たった数日会えなかっただけで、胸が苦しくて会いたくてたまらない相手が父親なわけがない。

「もう自立した立派な大人なんだと、忌々《いまいま》しいことに男に囲まれて飲んでいる乃々佳を見て腑に落ちたんだ。やっと」

乃々佳は東悟が涙を拭ってくれる手を握った。

「私、会いたかったの。連絡がもらえなくて、愛想を尽かされたのかと思ったの。マンションにも帰れないって」

東悟も会いたく思っていてくれたことが嬉しくて、乃々佳は抱きつこうとしたのを手で制された。

「ここには防犯カメラが死角の無いように設置され、録画されているんだ。理性が嫌でも働くように、ここに運んだ」

カメラで録画と聞いて、さすがに乃々佳も身体を引く。東悟は乃々佳の手を握って低く響く声で言った。

「本当は、その可愛い唇にキスしたい」

きゅん、と下腹が切なげに締まる。

「そのセーターの下から手を入れて、胸に触れて口付けたい」

言われているだけなのに、触れられているような感覚に襲われて、乃々佳はくらくらした。

「あの……っ」

「柔らかい膨らみを揉《も》んで、首筋にキスをいっぱいして……」

手の甲を親指で撫でられ、指の隙間を触れるか触れないかで刺激してくる。血の流れが速くなって、耳の奥でドクドクという音が響いた。

まるで抱かれているみたいで、乃々佳は熱い息を漏らす。

「舌でも味わいたい。乃々佳は肌も胸も綺麗で、おいしい」

生温かい舌に乳房の尖端を舐《なぶ》られていた記憶が甦り、ブラジャーの中の胸が張って息苦しくなった。東悟が胸を口いっぱいに頬張って、音を立てている気がする。

東悟は乃々佳の手を自分の唇に付けて、欲望の眼差しのままチロリと舐めた。

「……っ」

「そのスカートは下着までの抵抗が少ないから、すぐに乃々佳の温かい部分に触れられる」

下着に蜜が零れて濡れたはしたない感触に、乃々佳は反応してびくりとする。

東悟は喋っているだけなのに、こんなにも感じる自分が淫《みだ》らで恥ずかしいのに止まらない。

「ふっくら膨らんで、ひたひたに濡れて、いつも俺の指を迎え入れてくれる。中は熱くて蕩《とろ》けて、指で擦るとビクビクと締まるんだ」

「は、恥ずかしいから」

東悟の指が唇を辿って乃々佳の喉の奥がカラカラになる。キスしたくて乃々佳は東悟の頬に触れた。お互い欲望に濡れた視線がぶつかる。

「いつも、もっと気持ち良くしたいと思ってる。快楽に終わりは無いから、どこでもしたいと言わせたい」

どう答えていいか戸惑っていると、東悟は指を唇で優しく擦り続けた。

「乃々佳が俺以外の男なんて目に入らないくらい、セックスに溺れてほしいと思いながら抱いてる」

敏感になった肉襞が東悟の指を探して身体がもぞもぞと動く。このまま言葉だけで達してしまいそうな、でもそこまでは到達しない本能的な苛立ち。

「……私、今、抱かれたい」

「乃々佳」

「いっぱい、欲しい」

媚肉が蕩《とろ》けて下着が滑る。秘烈がひくひくと開いて、東悟を待つ疼《うず》きが乃々佳を抗えなくさせていた。

「好き。会えなくて、寂しかった。東悟さんがいっぱい心配しているの、ちゃんとわかってなくて、ごめんなさい。せめて、抱き締めてほしい」

乃々佳の懇願するような声色に東悟は身体を強張らせる。それから、乃々佳の手を取って立ち上がらせた。

「酔ってる？」

「酔っては、いると思う」

「わかってるなら、醒《さ》めてきてる」

おいで、とゆっくりと手を引っ張られたのは、部屋に二つあるうちの一つのドアだ。東悟はスーツの胸元からカードキーを出して、横にある接触板に触れさせた。開いたドアの向こうには、セミダブルのベッドがある。

「泊まりこんで仕事をする時の仮眠部屋。ここは、カメラが無――」

乃々佳は東悟の首に手を回すと爪先立ちになり唇を重ねた。バタン、と重いドアが閉まる。

奪い合うようなキスで息苦しい。乃々佳は背中を壁に預けて東悟の首に離れまいと抱きつき、彼の舌を口腔に受け入れる。

両手が空いている東悟が自分のスラックスの前をくつろげた。乃々佳にキスを浴びせながら避妊具のパッケージを開ける。

「ごめん、余裕がない……っ」

スカートがたくし上げられ、太腿を持ち上げられた。片一方に寄せた下着の合間から、太くて質量のあるそれが性急に押し込まれる。

ずぶり、と久し振りに受け入れるそれは、とても大きく感じた。

「ああっ」

乃々佳の悲鳴のような声は、東悟の手で塞がれる。

「俺だけに聞かせて」

東悟は乃々佳の臀部を持ちあげて壁に再び押し付けると、最奥を穿《うが》ち始めた。

言葉で愛撫されただけなのにとろとろと蜜で濡れた秘所は、滑らかに東悟自身を受け入れる。

乃々佳の唇を東悟が舐め、激しいキスで口を塞ぐ。縋りついたまま奥深くまで蹂躙《じゅうりん》されて、何も考えられない。

好きだという気持ちが快感に結びついて、異物感の全てが愛おしさと悦楽に繋がる。

東悟の情欲が肌に刺さってくるせいで、興奮することを止められない。

「あ、ああっ、東悟、東悟さん……っ」

激しい腰使いと不自由な体勢に、東悟に支配されている心地よさを感じる。与えているのか奪われているのかもわからない。世界が彼だけになって、身体をぶつけ合う淫《みだ》らな音にさえ酔う。

背中をせり上がってくるこの感覚はもう知っていた。乃々佳は東悟の首にかじりつく。

「イく、イっちゃう……っ、やぁ……」

「ああ、可愛い……っ」

絶頂に達すると、弛緩した身体を東悟がしっかりと抱き締めてくれた。そのまま抱きかかえられてベッドの端に乗せられると身体を反転される。

「と、東悟さん……」

「まだ、足りない」

弛緩してぐったりとなっている乃々佳のお尻を持ちあげ二つに割ると、衰えていない肉茎をぐっと蜜洞に滑り込ませた。

「ああっ」

ひくひくとまだ痙攣《けいれん》を繰り返すナカが東悟を刺激する。彼は乃々佳の細い臀部を掴んで、ゆったりとした律動を加えながらひどく落ち着いた声で言う。

「俺のものだ」

東悟から向けられた独占欲に乃々佳の心が震えた。

最奥に突き刺すと動きを止め、乃々佳の中の襞の絡みやうねりを味わうように息を吐《は》く。

そして全てをぶつけるような激しい動きで何度も突き上げ、精を避妊具の中に解き放った。軽く奥を突いて出し切ると、東悟は乃々佳の首筋にキスをする。

「乃々佳、愛してる」

勝造に、東悟と一緒に住みたいとお願いしてみよう。

乃々佳は何度もこくこくと頷いて「私も」と言った。


今、美男美女の中のピラミッドがあれば、たぶん頂点にいる人たちが目の前にいる。

頂点グループの中にいる、そんな日々を夢見たことは何度もあった。けれどそうなってみると想像していたものとはだいぶ違う。

夕子は立ったまま、聞こえてくる目の前のカップルの会話を聞き流そうと努力中だ。

「大叫喚地獄って、嘘吐《つ》きが堕ちるらしいわ。私達、堕ちるのではないかしら」

「東悟君の件に関しては、善行だから大丈夫じゃないかな」

「確かに、そうね。でも、とても楽しんじゃった」

スマホで地獄を検索していたらしい雅が、三杯目のドライマティーニを一気に煽った。

夕子はぎょっとする。そのカクテルは、強いお酒だった気がするから。

「東悟さん、今頃、乃々佳さんを抱き潰してるわよ。欲求不満ですって顔に書いてあったもの。あんな人間らしい東悟さんって楽しいわ。ねぇ、今日の乃々佳さん、すっごーく可愛く仕上げたの。可愛かったでしょう？　私、可愛くて綺麗な子大好き」

「乃々佳は昔から常に可愛いよ。東悟君、マンションじゃなくて会社に連れて行くって言ってたけど、あそこってカメラが無い仮眠室があるからね。我慢がきっと裏目に出てるだろうな」

乃々佳が可哀そうだと言いながら、総司はノンアルコールビールを飲んでいる。

「やだ。どっちも『激しく愛し合ってる』に賭けたら、賭けにならないわ。私、婚約指輪で欲しいものがあるの」

「買うことになるでしょ、それ。そもそも賭けにならない」

自分の婚約指輪を賭けるとか、よくわからない世界が目の前で繰り広げられていた。

四杯目のドライマティーニを頼んだ雅に、他人様《ひとさま》の夜の事情を賭けの対象にしていいのかなんて聞けるはずもない。夕子は目立つ二人のそばに空気の如く立つだけでどっと疲れていた。

「丸く収めて来たよー」

照がコンパが行われている奥の席から、首を押さえつつ丸テーブルに戻ってくる。

「人気モデルＴＥＲＵの顔代、東悟君に幾ら請求しようかな」

酔いつぶれた乃々佳を、東悟が抱えて店を出てしまった。訳がわからず呆気にとられたコンパのメンバーを、社会的な認知度で照が場を収めてくれたのだ。

「やめとけよ。照、勝手に屋敷名義で車を買ってただろ。この間、東悟君が屋敷の収支を全て確認してたからもうバレてるよ。請求なんてしたら、車の請求書が回ってくる」

「え、もうバレたの。屋敷の足としても使ってるんだけどな。東悟君に怒られたら乃々佳に一緒に謝ってもらおうっと」

「それ、ますます怒られるやり方だって」

照と総司の会話の内容のスケールが違いすぎて、よくわからない。

もう席に戻ってもいいだろうと判断した夕子は照に頭を下げた。

「ありがとうございました。コンパに戻ります」

「うん。後のことはよろしく」

照が親し気に手を振ってくれるが、心を許してはいけないことをもう知っている。

お洒落の手ほどきを受けた時の緊張を思い出せば当然だ。初めて一対一で会った日、座っている彼の前でくるりと一回転させられた。それから痛烈な洗礼を浴びせられる。

『うん、その服は似合ってないね。君ってさ、いい男に選ばれて自分の価値が高まるとか、綺麗になるとか、そんな少女漫画的依存心を持ってそうだよね。まず捨てて』

ガーン。

心の奥底に秘めた乙女な部分をぶった切られて夕子は立ち尽くしたが、乃々佳が紹介してくれた手前、踏ん張った。

東悟に身分不相応な懸想《けそう》をしてわざと忘れ物をしたのを知って尚、乃々佳は最大限の譲歩をしてくれたのだ。

しかも、コンパの誘いだけでなく、お洒落指南にまさかの久遠家三男の照を紹介してくれた。

乃々佳が東悟と対等に意見を言い合っていただけでも肝が冷えたが、人気モデルでもある照を自分に紹介することにも驚いた。

乃々佳は、人が好過《よ》ぎると心配になる。

原乃々佳はどの角度から見ても美人で、兄弟と接する姿は、まさに『金持ちは美人しか選ばない』の構図な上に、旦那様奥様から可愛がられ、成績も優秀。しかも本人はそれらを鼻に掛けないというか、謙虚に徹している部分があって、それがまたひんしゅくを買っていた。

その評価の全てが理不尽であったと、夕子は痛感する。

乃々佳が久遠家の皆に気に入られているのは、容姿が良いからではない。胆力があるからなのだ。

傍目にもイライラしている東悟に対して、怯まず自分の意見を通した乃々佳を見て夕子の考えはガラリと変わった。

母が勧める久遠家の若奥様は、庶民の感覚を持った、優しくて強い乃々佳が良い。

「では、失礼します」

ペコリと頭を下げると三人はニコニコと手を振ってくれたが、そそくさとコンパの席に戻る。

すると今度は質問責めだ。

「どうして人気モデルのＴＥＲＵと普通に知り合いなの」

突き刺さる女子の視線に、悪意と敵意、あわよくばあやかろうという下心を感じる。

どうしてあんたなんかが、そんな感情がビシビシと伝わってきた。怖いやらムカつくやらで、ああ、と思う。

原乃々佳はこういう視線を幼い頃から受けてきたのだ。

東悟は――

『乃々佳、帰るよ』

その場にいた人間が皆恥ずかしくなるような、東悟の甘い愛情たっぷりの声色は、耳から剝《は》がしたいのに離れない。

乃々佳をお姫様抱っこで抱き上げた東悟の迫力と圧力を、誰も止めることは出来なかった。

東悟は乃々佳にベタ惚れなのだ。彼女が何かしようとすると全身全霊で注意を向ける。何をしてほしいのか、すればいいのか、探り当てようとするのだ。そして、資産を投げ打ってでも応えることに力を注ぐのだろう。

本当に傍《はた》から見ていて恥ずかしい。でも、ちょっとうらやましい。自分もそんな人に出会いたい。

「まさか、ＴＥＲＵと付き合ってるの」

「絶対に無いです。無い無い」

昔ならそんな風に見えるのかと、夢を見て喜びながら否定していただろう。今はそんな気持ちが全くなくなった。あの三兄弟は劇薬、取り扱い注意モノなのだ。

「私は、普通の人が良いです」

そして、今は仕事を頑張りたい。今は乃々佳に頼りにされる使用人になるのが目標だ。

夕子は満面の笑みを浮かべて、いろいろな乃々佳に関する質問にのらりくらりと答えた。

書き下ろし番外編

ジェネレーションを超えていく方法

乃々佳は喉の渇きを覚えて夜中に目を覚ました。

東悟がベッドにいないことを確認してリビングに足を踏み入れると、暗い部屋の中、ソファの上で人影が動いた。

乃々佳が言葉も無くびくりと身体を硬直させると、影の主はのそりと起き上がったように見えた。

「ごめん、驚かせた」

「と、東悟さん。びっくりした……。おかえりなさい。いつ帰ってきたの？」

ばくばくとうるさい心臓を宥《なだ》めながら暗いままのリビングで冷蔵庫の扉を開けると、その光が周囲を僅かに明るくする。

帰ってきているのにベッドに来なかった理由を尋ねる言葉は浮かんで消えた。

「どうして灯《あか》りを点《つ》けないの？」

乃々佳は気を取り直して冷蔵庫から作り置きのお茶を取り出した。

じっと乃々佳の動きを目で追う東悟に、ガラスのコップを指さす。

「飲む？」

「飲む」

東悟は立ち上がりコップを置いたカウンターのそばに寄ってきた。

彼の体温と香りが漂ってくる。安心感と嬉しさで、乃々佳の頬は自然と緩んだ。

「乃々佳、今から出かけないか」

起きたばかりのはっきりしない頭で言われたことを反芻《はんすう》する。

乃々佳はお茶をコップに注いだ後、東悟の顔を見上げた。

こんな夜中に出かけると聞こえたが、常識人の彼がそんなことを言うはずがない。聞き間違いだろう。

「出かけるって聞こえたけど……」

「そう言った」

滑らせるようにしてコップを東悟の前に置くと、彼は大きな手でそれを持った。

「さっと着替えて、食事に行かないか」

「……」

手首にあるスマートウォッチで時刻を見ると夜中の二時だった。食べようと思えば食べることは出来るが、と東悟を見上げた。

「丑三つ時だよ。開いている飲食店とかある？」

まだスーツ姿の東悟が好みそうなお洒落な店を思い浮かべる。

この時間に開いていそうなバーでも、三時には閉まりそうだ。それに、お酒を飲むのなら車では行けない。

そんなことを考えていると、東悟が何かを手に持ち、翳《かじ》りつく仕草をした。

「ハンバーガーなら行ける」

「な……」

確かに二十四時間営業のハンバーガーチェーン店はあるけれど、東悟がハンバーガーを⁉ 驚きすぎて乃々佳が言葉を失う。

一緒に過ごすようにはなったが、東悟がそういったファストフード店に赴《おもむ》くイメージが全くない。

B級グルメは乃々佳の専売特許で、常に健康に気を配っている彼の口から、ジャンクフードの名前が出てくるなんて、意外すぎる。

「本気？」

乃々佳の戸惑いを見て、東悟は顔をくしゃりとさせて笑んだ。

ついさっきまであった、仕事から戻ったばかりの表情のこわばりが消える。

「歩いていこうか。ずいぶんと涼しくなって、散歩にはいい季節になった」

「散歩の時間かな。……何かあったの？」

乃々佳は恐る恐る尋ねる。

東悟に限って疚《やま》しいことは無いとは思うがそわそわする。普段は出かける時、彼は車を使う。食事を作らない時はデリバリーを頼む。いつもと違うことをする人間は何かに悩んでいる、気がした。

「何も。俺はこれでも強面《こわもて》の方だから、夜歩きの供として安全面は保証するよ。乃々佳がひとりで歩くのとは違う。というわけで、どっちの用意が早いか競争。遅い方の奢《おご》りで」

東悟は乃々佳が夜中に駅からひとりで屋敷まで歩いて帰ってきたことを、ずっと弄《いじ》ってくる。危機管理能力がどこか抜けていると、未だにブツブツ言うのだ。

「真夜中にひとりで歩くことは……今はしてないよ」

「啓蒙活動」

本当に信用がないなと、乃々佳は唇を突き出した。思い出したくもないが、ストーカーに遭ったこともあるから何も言えない。

そういえば、会社の後輩から食事に誘われていることを思い出す。旦那さんが家にいないなら、別に俺と映画を見ても良いじゃないか、と謎な強気で言ってくるのだ。

押し切られそうな自分を思い出していると、東悟がぽんと頭に手を置いてきた。その重さは優しくて温かくて、でもすぐに離れる。

「じゃ、スタートで」

空になったコップをカウンターに置いたまま寝室へと着替えに向かう東悟の背中を、乃々佳は視線で追う。

「え、もう始めるの？」

東悟は振り返らないまま、ひらっと手を振ってくる。

腰に手を置いて頬を少しだけ膨らます。

こういう時、東悟は乃々佳が負けてもお金を出してくれる。

だから一秒でも早く準備を、なんて気持ちを持ってもあまり意味は無い。

「勝手なんだから……」

プロポーズも突然で、押し切られた。圧は健在なのだが、前ほどプレッシャーは感じない。

仕方がないと勝負を受けることにしたが、使ったコップを洗ってからにする。

乃々佳が寝室に入った時点で、東悟は着替えを終えていた。ポロシャツにジーンズというラフな格好だ。

「俺の勝ち」

ベッドに腰掛けてにっと笑う東悟に、乃々佳は呆れる。

「なんかずるい、ずるいよ」

簡単に化粧をしてパーカーとフレアスカートという服装を選ぶ。乃々佳の仕度が終わると東悟は立ち上がり、近づいてきた。

背後からふわりと抱きしめられる。東悟の体温でどきどきと心臓が速く打ち始める。

「出かけるんだよね」

「ああ、乃々佳の奢《おご》りで」

「なんか、納得出来ない……」

「俺はずるいんだよ。覚えておいて」

ああ言えば、こう言う。乃々佳はむぅとしながら、顎の下に回された腕に手を置く。

そういえば、こういう時間に追われない触れ合いは久しぶりかもしれない。

今から出かけるのに、温かさと安心からか眠くなる。

「さ、行こうか」

当然のように手を取られて握られる。

そうか、手を繋いでのお出掛けなのか。

心臓の音がとくとく……と、期待と喜びの鼓動になっていく。

頭や手だけでなくて、もっといろんなところに触れてほしい。

そんな気持ちがむくりと湧いてきて、乃々佳はひとり顔を赤らめた。

「いただきます」

トレイに載せられたバーガーとポテト、ドリンク。それらを前にして頭を下げつつ、東悟は手を合わせた。

「……どうぞ、召し上がれ」

乃々佳は右手でまだ財布を握っていた。まさか負けた自分が本当に支払うとは思っていなかった。

財布にお金が入っていなかったらどうするつもりだったのだという気持ちと、入っていて良かったという気持ちがせめぎ合っている。

東悟はパティが二枚入ったボリュームのあるバーガーを大きな手で難なく持ち、さっそく口に運んでいる。

「夜中のジャンクはうまい」

嬉しそうに頬張る東悟に、乃々佳は力なく肩を落とした。

真夜中のファストフード店は煌々と灯《あか》りが点《つ》いて、それなりに人がいた。

終電に乗り遅れて時間を潰しているだろう人や、明らかに夜遊び風の人、勉強をしている人もいる。

トレイを持って店内を歩く東悟の後ろを、澄ました顔で、内心はどきどきしながら乃々佳は続いて席に着いた。

　東悟が通ると顔を上げる人が多いのは、彼の持って生まれたオーラだけでなく、背の高さと鍛え上げられた体躯《たいく》のせいでもあるだろう。

　その後、視線が乃々佳に移るのだから、スルースキルは嫌でも上がった。東悟と結婚して学んだ大きなことのひとつは、こういったスキルだ。

「ねぇ、今度からちゃんと勝負になる勝負にしようよ」

「わかった」

　あっさりと頷いた東悟を、絶対にわかっていないと乃々佳は軽くねめつける。

　それから乃々佳はフィッシュバーガーに齧《かじ》りついた。酸味のあるソースを久しぶりに味わって、無意識に微笑んでしまう。

「それ、いつも注文するメニュー？」

　東悟がLサイズのアイスコーヒーを飲みながら尋ねてくる。

「うーん。頼まなくはないけど、ポテトとシェイクという組み合わせの方が圧倒的に多かったかも」

「道子さんの用意してくれた食事の土台があってのジャンクだな……」

　渋い顔をした東悟に、乃々佳は苦笑いで尋ねる。

「東悟さんは？」

「いつもほぼこれかな」

「ファストフードのイメージ無いよね。誰と来ていたの……」

東悟が一瞬斜め上を見たので、あまり良い質問で無かったかもと焦る。

もしデートに使っていたら、どうしようと思う。

「家を出ていた時に、ひとりで」

お屋敷から出ていた時、乃々佳が学生の頃の数年だ。女性と会うなら、違う所を選びそうだと勝手に納得する。

「……なるほど」

「あの数年でこういうジャンクなものを知ったな。習い事とか勉強量が多くて、中高生時代にはこういう機会が無かったんだよな」

「そうかぁ」

初めて聞いた話で、東悟が置かれていた環境に胸がチクリと痛んだ。

そういう乃々佳自身も同世代に比べれば、こういった店はあまり利用していない方だろう。

両親の手伝いでお屋敷にも出入りしていたし、親の立場が悪くならないように勉強をしていた。勉強が出来る子は、周りから悪く言われにくいのだ。

時間があれば勉強するその頃のパターンが今に繋がっている。我ながら遊びの少ない人生だ。

「乃々佳とこういう時間をもっと過ごしたいと思って」

東悟は食べ終わったバーガーの包み紙を丸めている。いろいろ考えてくれているのだと、バーガーを持ったまま顔を上げた。

「俺は乃々佳ならこれを選ぶと、言い切れないことが多い。未だに弟達の方が知っているのが、嫌だ」

小さな子の駄々みたいにも聞こえて、乃々佳はバーガーに齧《かじ》りつきながら笑んだ。

確かに年が近い総司と照とはお菓子やアイスを分け合った仲だ。同じベッドの上でゴロゴロもしていた。

彼等とは学生の頃にファストフード店に来たことがある。その頃の思い出なら、総司と照との方が確かに多い。

「一緒に暮らしているから、たぶん今からでも遅くないいんじゃないかな」

食べ終わったバーガーの包み紙を折りながら言った乃々佳に、東悟は首を横に振った。

「そんな悠長なことは言っていられない」

重大案件のような口調に、乃々佳は僅かに首を傾げる。その乃々佳の唇の端に東悟の手が伸びた。彼の親指が、口の端を拭う。

タルタルソースが付いていたとわかったのは、東悟の親指に白い物が見えたからだ。

「あ、ごめん」

　がっついて食べてしまったと照れたが、東悟がその指を舐めたので固まってしまった。

　すぐに我に返って、ペーパーナプキンで口をごしごしと拭く。

「ここ、外だよ。言ってくれたら拭けるし。お腹が空いてたみたいで恥ずかしいし」

「可愛いよ。――感情が豊かだよな、昔から」

そういう問題じゃないと思ったが、思い出すように笑む東悟の表情がとても優しくて口を拭く手が止まった。

「そんな拭き方をしたら、肌が荒れるだろう」

ずいぶんと女子力が高いことを言いながら、東悟は自分のクロスボディバッグからウェットティッシュを取り出して渡してくれた。

自分はハンドタオルしか持ってきていない。

「ありがとう」

いろいろと負けていると思いながらも、素直に受け取って口の端を拭いた。

優しいと思う。大事にされているとも感じる。

日常の中で、東悟は溢《あふ》れて零れたような愛情表現をしてくれる。本当に些細《ささい》なことなのだが、いつも胸が締め付けられる。

嬉しいのに、この感覚は好きではなかった。東悟が大好きなことを思い出して、理不尽に我儘を言いたくなるからだ。

もっといっぱい話したいという本音が顔を出して辛くなる。

その本音がむくむくと大きくなる前にいつも火消しをしていた。他のことで忙しくして目を逸らして、考えないようにするのだ。

なのに、今は口が勝手に動こうとしている。

真夜中のファストフード店という非日常、大好きな人が目の前にいて独り占め出来ているせいか、止められそうにない。

「東悟さんの周りには、綺麗な人がいっぱいいるでしょう」

「急にどうした」

東悟は眉間に皺を寄せて、ポテトを食べた。乃々佳が続きを言い澱《よど》む間に、チキンナゲットのソースの蓋《ふた》を開けてくれる。

真夜中に書くラブレターは感情の歯止めがきかず、朝に読むと恥ずかしい内容になっていると聞く。

書いたことが無いからわからないが、今、言おうとしていることもそうなるのかもしれない。

「嫌だなって思うの。変だよね。ずっとずっと続くことなのに」

乃々佳はチキンナゲットを指で摘まんだ。何か手を動かさないと、泣きそうな気がしたから。

「いつか、綺麗で頭が良くて性格も良くて、そしてお金も稼げて愛嬌があって、そんな女性が現れたら、私、勝てないなってずっと思っていて」

「もっと聞かせて」

東悟が話の続きを促してくる。

話しているうちに乃々佳の喉がきゅっと詰まった。少しだけ店内の陽気なBGMに耳を傾ける。

止めたかったが心は外に出したがっていて、茶化すような口調で口は動いた。

「――赤ちゃんも出来ないし」

触れたくないのに、一番気にしている部分が零れた。堰《せき》を切ったように言葉が溢《あふ》れる。

「私、何か自分に悪い所があるかもしれないって、段々。私、東悟さんの妻で居続けていいのかって」

一番話したくないことを口にして、乃々佳は奥歯を強く噛み締めていた。

子どものことを聞かれないのも、聞かれることと同じくらいプレッシャーがある。読むべき空気のようなものが、自分の中で膨張する感覚。

外からではなく、無意識という内側からくる圧迫感。

「ごめん」

東悟は乃々佳が指で摘まんでいたナゲットをそっと取って、自分の口に運んだ。ずっと持ったままだったらしい。

恥ずかしいなと思うと同時にじわじわと現実が戻ってきて、涙が浮かびそうになった。

東悟はポテトを一本取ると、泣きそうになっていた乃々佳の口に運んできた。

硬い端で唇を刺激されて乃々佳は仕方なく口を開く。

「乃々佳が無理をしているのは、気付いていた。仕事ばかりで、ごめん」

「無理はしていないよ。とっても恵まれているし」

「そういう性格なのをわかっていて、仕事に集中していたから、俺が悪い」

東悟は頭をがりっ、と掻いた後、腕を組んだ。

「そうやって、溜め込まないでくれると嬉しい。環境に感謝をすることと、自分の気持ちを無視することを、混同しないでほしい。今だって、何で好きなポテトとシェイクを頼んでないんだ」

無理をしているのか。自分でも無意識に追いやっていた感覚を指摘されて、乃々佳は東悟を見上げた。彼は、自分を責めるような難しい表情をしていた。

最初はよく頼んでいたポテトとシェイクを選ぼうと思った。

でもなんとなく、正解だと思われる方を選んだ。そうやって生きてきたのだ。

「……タンパク質と、糖質が。せっかくジムに通っているから」

東悟が肩を竦《すく》める。

「体型か。たった一回の食事でどうにもならないのはわかってるだろ」

確かに、わかっている。けれどその一回でずるずると怠《なま》ける方向へ落ちてしまうのが怖いのだ。

ひとりで暮らしていた時に、戻りたくない。今も、ひとり暮らしみたいなものだから。

「誤解のないように言っておくけど、俺の周りの綺麗な女性は乃々佳だけだ。他は知らん」

東悟が断言したので、乃々佳に笑みが浮かぶ。

「そんなはずはないと思うよ」

「このことに関しては、俺は間違っていない」

他の女性がこの世にいないみたいな言い方なのに、満たされる。嫌な性格だと思うけど、心は軽くなった。

東悟は、ふぅと息を吐《は》いてアイスコーヒーに口を付けた後、乃々佳の目を見つめた。

「ちょっと待っていて。頼んでくる」

何を、と聞く前に東悟は席を立った。目の前から東悟がいなくなる。

すると、子どもについて漏らしたことに、猛烈な後悔が襲ってきた。本音を漏らした後は、いつも後悔する。そんなものは心の奥底にしまっておくのが賢明なのだ。

東悟が席を立ったのは、もしかしたら自分を面倒になったのかもしれない。

そんな不安が胸によぎった時に、戻ってきた。

「ほら、食べよう」

戻ってきた東悟は手にトレイを持っていた。上にはLサイズのフライドポテトと、ドリンクが二つ。乃々佳は困ったように彼を見た。

「まだナゲットも残っているのに」

「余ったら、俺が全部食べるよ」

東悟は買ってきたドリンク二つにストローを差す。

「何のドリンク？」

「どっちもシェイク。何が好きかわからないから、バニラとストロベリーという王道を頼んだ。どっちか好きな方を選んで」

ほら、また優しい。乃々佳の目にまた涙が込み上げてきた。それを瞬きと生唾を呑《の》み込むことで堪《こら》える。

「どっちも、好き。好きすぎて、交互に注文をしていたくらい」

「そうか。俺は乃々佳の好きなものを覚えることが出来たな」

東悟が嬉しそうにバニラとストロベリーのシェイクも目の前に置いた。

「どっちも飲むのは無理だよ」

「Sサイズを頼んだ」

「そういう問題じゃなくて」

乃々佳が笑うと、東悟は机の上に置いていた左手を右手で握ってきた。

「人前だから」

「誰も他人のことなんか気にしてない」

人と目が合うのを恐れつつ周りを窺《うかが》う。確かに誰もこちらを気にしてなさそうだ。

それでもそわそわと乃々佳が頬を赤らめると、東悟は手を離してくれる。

「……子どものこと、乃々佳の気持ちの準備は出来たのか」

「準備？」

乃々佳は聞き返すと、東悟は微苦笑を浮かべる。

「仕事とか、いろいろ。現実的に大変な思いをするのは乃々佳だから」

ずっと気にしてくれていたのか。繊細な問題だから、東悟も気を遣ってくれていたらしい。

優しい人だから当然なのだ。

「こういう話を、もっとちゃんとすべきだった。ごめん」

今日は東悟をずいぶんと謝らせている。乃々佳も謝ろうとすると、察したのか手で制してきた。

「俺が忙しいと、乃々佳は気を遣って黙る。わかっているはずなのに、話しやすい環境は作れていなかった。これは俺の責任だ」

生唾を何度も呑《の》み込んだが、乃々佳の目から涙が零れ落ち、頬を伝う。

「他の誰かに取られるリスクがあるのは、俺の方なんだよ」

綺麗に折り畳まれたハンカチを差し出された。東悟は何でも完璧らしい。人に話を聞いてほしいと期待することは、自分が傷つくリスクがある。期待が大きければ大きいほど、反動があってきつい。

だからいつからか、大人の嗜《たしな》みのように、期待そのものを諦めていく。

仕方がない、という魔法の苦い言葉を何度も呑《の》み込んで、正常な期待さえも手放すのだ。

「乃々佳の子どもなら、絶対に可愛い」

頬を紅潮させた乃々佳は、涙で赤くなった目で見つめる。

「東悟さんは、欲しいの？」

「周りが呆れるくらいには」

東悟はにやりとしたが、乃々佳がその意味を理解するのに数秒かかった。何人でも欲しいということだ。彼のきっぱりとした口調も相まって、耳まで赤くする。

「家族が増えるのは喜ばしい」

乃々佳は自分が別の男性に関心を持つことはないだろうと、心から思った。こんなに素晴らしい相手と出会えるとは思えない。

「なら、どうして、今日は帰ってきてベッドに来なかったの」

東悟はうーん、と天井を見上げて、にっと意地の悪い表情を浮かべる。

「寝ている妻を抱いていいか、許可をまだもらっていないから」

東悟が熱を帯びた目で聞いてきて、乃々佳の心臓が激しく高鳴った。

ベッドに寝ている身体に、東悟が触れてくる。想像しただけで、きゅっとお腹が震えた。

「……いいよって、言うと思う」

乃々佳の返事に、東悟が眉と一緒に口角を上げた。

「そうか、これから忙しくなりそうだ」

乃々佳は、慌ててシェイクを飲みながら、自分の赤く火照《ほて》った頬を手で扇《あお》ぐ。涙は止まっていた。

自分に真剣な愛情を向けてくれている人が夫である幸運。

絶対に握りしめておこうと、乃々佳は心に決めた。

持ち帰りの紙袋に入ったシェイクとポテトを、倒さずに玄関に置くことが出来たのは奇跡だと思う。

「ま……っ」

　家に着きドアの鍵を閉めるなり、東悟は暗い玄関で乃々佳のフレアスカートをたくし上げた。

「え、ここなの……っ」

　壁に手を突かされた。下着が下ろされると、ひんやりとした空気が外陰部に触れ、乃々佳は息を呑《の》んだ。

　東悟は申し訳なさそうな、それでいて雄々しい口調で言う。

「乃々佳、ごめん、余裕ない。頼む」

「うん……」

　壁に手と額《ひたい》を付けたまま、吐息と一緒に呟いた。

　タクシーの中で、ずっと手を繋いでいた。

　東悟に手の平を指で弄《いじ》られながら、乃々佳は鍛えた澄まし顔で流れる外の風景を見続けた。堪《こら》えられないときは、目を瞑って眠い振りをした。

　指と指の間を爪で刺激され、手の甲や腹を弄《いじ》られ続けるうちに、下着はわかるくらいに濡れていた。

　ズボンを下ろす衣擦《きぬず》れの音がして、東悟の大きな手が腰を掴んだ。

肉杭の笠が陰唇を割り蜜穴に触れると、そのまま力任せに入ってくる。

「あぁっ」

そのまま奥まで挿入され、乃々佳の身体は本能的にそれから逃れようとした。

「乃々佳、ダメ」

東悟は臀部をしっかり手で掴むと、そのまま激しく腰を打ち付ける。卑猥な粘着音がもう聞こえてくる。

身体がぶつかり合う音に、溢《あふ》れた蜜の水音が混じり、乃々佳はここが玄関であることを一瞬忘れた。

「ぁっ、ぁっ」

「もっと声を聞かせて」

容赦なく蜜襞をいきり立った肉杭が擦り、乃々佳は久しぶりの快感に身体をひくひくと震わせる。

「もう、ダメぇ、はげしっ……」

激しく打ち続けられ力を失った身体が、壁に頬を押し付けるようにずるずると下に落ちていく。

東悟は乃々佳の身体を自分に引き寄せると、耳を舐《ねぶ》った。

「ひぃあああ……っ」

「まずは、ここ《玄関》で出させて」

こんなのが続いたら身体が持たない。

乃々佳の手は宙を掻いたが、東悟はその不自然な格好のまま腰を突き上げてくる。

いつもは決して刺激されない部分の快感に乃々佳の思考が蕩《とろ》けていく。

「めちゃくちゃ濡れてるな……」

東悟は独り言《ご》ちて、結合されている部分を指で刺激する。

「やっ」

「うん？」

東悟はその濡れた指を菊穴に滑り込ませた。

「や、やだ、やだっ！」

「うん、わかってる」

東悟は宥《なだ》めるような口調で、指を第一関節まで滑り込ませ、それから激しい抽送を始めた。

「……！」

意識が飛びそうな快楽の強さに、乃々佳の目がとろんと蕩《とろ》けていく。

「ふ、ふぁ……ぁ」

「ああ、すごくいいよ、乃々佳」

乃々佳は渦を描き続ける悦楽の中央にずっといるような状態だった。

パーカーのファスナーが開かれ胸を強く揉《も》まれても、脚を抱え上げられ、あられもない格好で肉杭を挿入されても、全ての愛撫に高みに連れていかれた。

乃々佳は肌を桃色に紅潮させ、執拗に繰り返される欲望の抽送に身を委《ゆだ》ねた。

東悟が我を失っている姿を見て、満たされる自分がいる。

「乃々佳、出る……っ」

東悟が更に激しく動き、快楽で力を失った中に、勢いよく注ぎ込まれる。全身が砕けるような終わりのあと、静けさが訪れ、玄関先で着衣のまま繋がったことがまざまざと押し寄せてきた。

まだ繋がったまま、壁を背に座った東悟の上に乃々佳は跨《また》がるような姿でいた。

「動かないで」

もぞりと乃々佳が動こうとすると、東悟に止められる。

「キスもしていなかった」

そう言って唇を軽く重ねてきた。唇を割り、舌が入ってくる。こんなキスも久しぶりだと思う。

唇を割り舌が滑り込んでくる。そんな中、東悟の指が菊穴に触れる。

「……そこ、はっ」

零れた蜜で濡れた孔《あな》に、指がくるくると触れる。

「……っ」

指がぐっと入り込んできて、乃々佳の襞が締まる。

「ああっ」

「気持ちが良いって、言ってる」

東悟は腰を突き上げてきた。

「だって……」

「乃々佳と俺だけの、秘密。どんどん作っていこうな」

東悟はそう言いながらキスを続け、それから乃々佳を抱え上げてベッドに移動した。

「……まだするの？」

「子作りは、そういうものだろう」

ポロシャツを脱ぎ捨てた東悟が、解放の余韻など無かったかのような、欲望の表情を浮かべる。

「それに、乃々佳を気持ちよくさせていない」

「き、気持ち良かっ……」

東悟の肉棒はまた反り勃《た》ち、今にも乃々佳に入ろうとしていた。

「愛しているよ、乃々佳。俺の妻は君だけだから」

乃々佳は深い快感と感動に震える。膝の後ろに手が差し入れられ、大きく広げられた。

『今すぐ帰る』

乃々佳が通勤途中で眩暈《めまい》と吐《は》き気に襲われ、自宅に戻ったことを東悟にメッセージで伝えると、すぐに電話がかかってきた。

「え、いいよ」

『ダメだ、大人しくしていて』

ぶつっと切れた会話の後、乃々佳は寝ていたらしい。目が覚めると、ベッド脇に座る東悟の姿があった。

「大丈夫？」

身体を起こすと背中に手を入れて手伝ってくれる。それから水を飲ませてくれた。

心配する表情の東悟を見て、乃々佳は枕元に置いていた妊娠検査薬のスティックに視線を移す。

もしかして、と帰宅途中にドラッグストアで買ってきた。

結果を見ないまま寝落ちしたが、視線の先には妊娠を示す線が入っている。

心臓がどきどきした。見間違《いじ》いじゃないだろうか。

乃々佳はシーツの端を手で弄りながらおずおずと言った。

「大丈夫、だけど……妊娠したかも。そこに、検査の」

言うなり東悟は乃々佳の視線の先を見た。ややあって真顔になり、口を真一文字に結ぶと、薄っすらと涙を浮《う》かべた。

初めて見る東悟の表情に、乃々佳が慌てふためく。

「ど、どうしたの。ごめん、私」

「ありがとう。嬉しくて……」

東悟は涙ぐんでいる。乃々佳はまだ平らなお腹を撫でた。

自分と同じくらい、子どものことを考えてくれていたのかもしれない。

話す機会をお互いに窺《うかが》い、ただすれ違っていただけで、その一歩を東悟が作ってくれた。

「……東悟さんがお父さんで、生まれてくる子は幸せだね」

「乃々佳が俺を幸せにしてくれているから」

ただここにいるだけだ、と思う。普通の奥さんより何倍も楽をさせてもらっているのに。

涙を流す東悟につられ、乃々佳も涙を流す。

「私も、幸せ……」

乃々佳はベッドから上体を乗り出し、がばっと東悟に抱きつく。

「あまり急に動くと危ない……っ！　もうひとりの身体じゃないんだ」

さっそく過保護を出してくる東悟を、ありったけの力でぎゅっと抱き締める。

「でも、東悟さんがいるから」

「逃げ出したくなるくらいに、サポートするよ」

とてもうるさくなるだろうと笑いながら、二人で抱き締め合った。

本書は、2022年8月当社より単行本として刊行されたものに、書き下ろしを加えて文庫化したものです。


この作品に対する皆様のご意見・ご感想をお待ちしております。

おハガキ・お手紙は以下の宛先にお送りください。

【宛先】

〒150-6019 東京都渋谷区恵比寿4-20-3 恵比寿ｶﾞｰﾃﾞﾝﾌﾟﾚｲｽﾀﾜｰ 19F
（株）アルファポリス　書籍感想係

メールフォームでのご意見・ご感想は右のＱＲコードから、
あるいは以下のワードで検索をかけてください。

アルファポリス　書籍の感想　検索

ご感想はこちらから

エタニティ文庫

愛《あい》のない身分差婚《みぶんさこん》のはずが、極上御曹司《ごくじょうおんぞうし》に甘《あま》く娶《めと》られそうです

水守真子《みずもりまさこ》

2025年3月15日初版発行

文庫編集－熊澤菜々子・大木 瞳
編集長－倉持真理
発行者－梶本雄介
発行所－株式会社アルファポリス
〒150-6019 東京都渋谷区恵比寿4-20-3 恵比寿ｶﾞｰﾃﾞﾝﾌﾟﾚｲｽﾀﾜｰ19F
TEL 03-6277-1601（営業） 03-6277-1602（編集）
URL https://www.alphapolis.co.jp/
発売元－株式会社星雲社（共同出版社・流通責任出版社）
〒112-0005 東京都文京区水道1-3-30
TEL 03-3868-3275
装丁イラスト－小路龍流
装丁デザイン－AFTERGLOW
（レーベルフォーマットデザイン－hive&co.,ltd.）
印刷－中央精版印刷株式会社

価格はカバーに表示されてあります。

落丁乱丁の場合はアルファポリスまでご連絡ください。

送料は小社負担でお取り替えします。


ISBN978-4-434-35446-5 C0193